浮上

田野武裕

三省堂書店
創英社

目次

浮上

一

約束の時間まであと三時間。ここから大学へ歩いて二十分、タクシーに乗れば五分で着く。時間はまだたっぷりある。

ぼくの二十一年の人生のうちで、今ほど時間に余裕を感じたことはない。自由に何にでも使える時間が、光のようにぼくのまわりに漂っている。眠りに就く時には消えてしまうけれど、目を覚ませばきのうと同じ光が窓から差し込んでいるように、ぼくの時間も同じ色で甦っている。これも、学生ならではの特権なのだろうが、時間を意識するようになってから持った初めての感覚だった。

時間を時計で測ることを教わったのは小学校一年だった。それ以来、食べる、学校へ行く、塾へ行く、テレビを観る、寝る、とすべてが時計で分割され、進行させせられた。いい子だったぼくは、きれいにナイフを入れられた円いケーキをスケジュール通りに順繰り平らげ、翌日も翌々日も疑うことなく飽くことなく同じケーキに向かった。

時間というものを概念として考えてみようとしたのは、それほど早い時期ではない。高校時代にふと手にした哲学書の一節で、時間が空間と共に世界の本質のひとつであり、物質の運動の中で測られるものだと知り、自分を刻んでいる時間が、太陽を廻りながら自転する地球の運動を基準にしたにすぎないのだ、とこれまで気にもとめずにいたことをあらためて意識させられた。そしてスケジュールとは違う自分に付随して離れないぼく自身の「時間」というものを考えてみなければと思った。

しかし迫っていた大学受験に気持がせわしくなり、自分自身と「時間」から目を背けざるを得なかった。

医学部に入学したぼくは、高校時代に制限され、禁じられ、しかし自分からは憧れ、欲望したことを、心ゆくままやってみた。今の学生が試みることはすべて、と言うことは、結婚して子供を作り、仕事をして報酬を得るということを除けば今の大人たちがすると同じものを広く浅く経験した。

教養部の二年間は、文字通り現代の教養課程として豊富で輝きに満ち、あまりに密度が高いために一瞬間のきらめきとも思える短かさで終わってしまった。けれどそれに不満や物足りなさを感じているわけではない。奇術師のポケットのようにあらゆる魅惑的な思い出がいつでも取り出せる二年間だったのだから。

医学部の専門課程に進級した春休みの今、ぼくの前にゆったりした時間が、四月の陽光を浴びて澱んでいる。新学期になり、知的にも肉体的にもハードだと恐れられている死体解剖の実習が始まってしまえば、忙しい生活が時間という概念を覆い隠し、分単位に刻まれたスケジュールが再びぼくを走らせるのが目に見えている。けれど今は駆り立てるものが何もなく、自分自身についてゆっくりと考えられる。

ぼくは人生という吊り橋を渡ってきた。足許に続く橋板には、しなくてはならなかったことが固められ、少しの無駄もなくびっしりと隙間なく並べてある。ぼくはそれを太陽と巡り会う地球の自転速度で堅実に従順に踏み固めてきた。振り返って眺めると、すぐ近くでは一枚一枚が、遠くの方では特に印象に残るものが、波頭のように光を放って目を愉しませる。ところがこれから足を踏み出そうとする前方に顔を向けると、定まった橋板が疎《まば》らにしかなく、その隙間に深い谷が、いや書き込みを待つ透明な板が見えているにすぎない。目が眩み、足を踏み外してしまうのではないかと不安に思う。

しかし今、それがとても大切なものにも感じられている。このスケジュールの裂け目は窓なのだ。ぼく自身の時間について考える窓、ぼくの人生の意味を覗くことのできる秘密の窓にちがいない。

ベランダ越しに、今日の日差しの残り火が、赤味を増して部屋に入っている。また自由な一日が暮れようとしている。きのうの一日は自然に終わったけれど、今日は太陽に背を向け、自分の手で終らせようとしている。いや、今その時刻が来るのを待っているということは、もう自由でないのに等しい。つまり束縛なのだ。明日もそして明後日も、もしかしたらぼくのものにならないかもしれない。

自分の意志で約束したのに、もう逡巡し後悔しはじめている。こんな時に、考え過ぎる性癖が弱点になってしまうのだろう。父の高校・大学の後輩で、ぼくの大学の先輩にもなる中本先生の言葉にこだわり、あれこれと考えてしまう。

電話で中本先生は、学会を主催中で人手がないから手伝ってほしい、結構高額なアルバイトになるから、と強く勧めてぼくから生返事を吐き出させたあと、弁解するように付け加えた。
「じきに解剖実習が始まるんだから、そのための心の準備だと思えばいいよ。アルバイトとしては徹夜になって大変だが、春休み中なのが好都合だ」

どんな仕事なのか、と訊き返したぼくに、単純なことだ、来ればわかる、と彼は説明を避け、六時半までに来れるかどうかだけを聞きたがった。

観念的になりがちな今の生活に変化をつけるのも悪くないと考え、生まれて初めてアルバイトをすることにした。そして新しい経験を待ち受ける時のやや高揚した積極的な気分になった。

しばらくする内に、軽率すぎたかもしれないという不安感が強くなった。中本先生の所属している法病理教室、解剖実習の準備になること、徹夜、そして高額なアルバイト料。これらを結びつけて考えてみると、仕事が何か胡散臭いこと、得体の知れない無気味なものに思われた。電話で説明せず、強引に約束させようとした彼の熱意も、暗い輪郭を浮き上がらせる灰色のコンテのように感じられる。

よりによってそんなものに自分の貴重な時間を浪費する必要はない。金にも物にも不自由を感じていないし、自由を持て余したり、退屈で仕方がないというわけでもない。今はただ自分自身の時間の意味を、深く知り得ていないことにこだわっているだけなのだ。

しかし約束は約束だ。一度交した契約を一方的に反古にすることはできない。

すでに夕闇が下の街から始まり、今日が閉じかけている。あたりには沈んだ青い帳《とばり》が幾重にも降りている。ぼくの部屋は、もう明かりを必要とするほど暗くなった。机の上の書き散らした紙が、そこだけ青白く光って闇を浅くしている。

ぼくは立ち上がってスイッチを入れた。四個の白熱灯が黄色味を帯びた光を放つ。闇と共に無限に広くなりかけた部屋が、再び十畳の洋間に戻る。カーテンを引き、カップボードと机の上のスタンドに明りを入れる。右上がりのぼくの字が、机の上の紙を汚している。ぼんやりとそれを眺める。

耳ざわりのよい柔らかな鐘の音が聞こえる。ぼくははっとして時計を見る。六時の鐘だ。いよいよ出かける時間になった。

ぼくはもう一度心を励まし、真新しい白衣をショルダーバッグに入れて大学へ向かった。

二

ほとんど暮れた夜の闇の中に、左右対称に建てられた古風な医学部の建物が横たわっている。二階建の屋根に尖塔が乗り、空に向けた鋭い切っ先が中世の教会を連想させる。夜のせいか今迄で一番陰気臭く感じられ、入るのが躊躇《ためら》われた。だが、そう言いながらもじきに慣れ、違和感を持たなくなるにちがいない。八十年間、同じ表情でぼくのような若者を受け入れてきたのだから。

けれどとうとうぼくらがこの門をくぐる最後の世代になるらしい。秘密めいた建物は破壊され、十二階建の墓石のように単純なビルに生まれ変わるという。

ぼくは建物の真中がアーチ型にくりぬかれた穴に入る。右手に守衛室の覗き窓があり、通行人を監視している。何か声をかけられるかと期待したが、明りが漏れてくる以外に何事もなかった。ぼくは通過してすぐに右へ曲がり、角の磨り減った木の階段を二、三段昇った。節目の残った廊下の床板の凹凸が運動靴の足裏にはっきりと感じられる。まるで轍《わだち》や足の跡がそのまま凍てついて固まった泥道を行くようだ。躰が揺れ、影が騒ぎ、気持が不安になる。辺りの匂いまでが馴染みのない刺戟を与えている。『組織室』と書かれた扉に辿り着いたが、澱んだガスが今にも爆発するような緊張感に襲われ、ぼくはその前に立ち竦んだ。

するとと、扉が急に中に引かれ、両手を頭上に掲げても入れそうなほど大きな穴が開いた。

「時間通りだね」

縁なし眼鏡の中本先生が、この建物に不似合に思えるほどの明るい笑顔を見せてぼくを招き入れた。

ぼくは造り笑いを返し、何をさせるつもりかと素早く部屋の中を見廻した。机、顕微鏡、スライドガラスの標本をのせた木皿の山、洋書の入った本棚、と普通の研究室だった。変わったものと言えば、棚の脇のポリバケツの中にコンニャクが三、四個水に漬っている位だった。他に何もない。外に出た中本先生が戻ってきた。餌を漁る鳥のように小柄な体を忙《せわ》しなく動かしている。夕食は？　と訊かれたが、空腹を感じないので、三時頃遅い昼食を摂ったから、と言って断った。それなら夜食を用意するよ、と言われ、本当に徹夜になるらしい、と失望とも諦めとも覚悟とも言えぬものが複雑に胸を占めた。

「忙しいもんだから、すぐで悪いが早速現場へ行って、そこで仕事の説明をしよう、簡単なことなんだ」

中本先生が足早に歩くあとをぼくはついて行く。彼の勢いがぼくを引っ張り、断れなかった思い切りの悪さが後ろから押す。壁が落ちて窪んだところが夜の翳りを際立たせている。奥に行くにつれ、そんな模様が増えている。心なしか照明も暗くなって行くようだ。

中本先生が一人で喋っている。この間きみのお父さんに御馳走になった。今度自然保護運動なんかに参加されたそうじゃないか。お年なのにファイトがある。いつまでも気が若いのには感心するよ。

突然、中本先生の姿が沈んだように見えた。階段を降り始めたのだ。建物の底の方へ、土の中へ、ぼくを連れて行くつもりなのだ。床がかわり木から石になった。空気もだんだん重く冷たくなる。

ぼくの足も重くなり、遅れがちになった。周囲の壁が押し寄せ、彼との間に湿気と闇を吐き出している。けれど彼を見失うのは困る。また足を早めた。

下り切った中本先生が裸電球の下でぼくを振り返っている。ぼくは急いで底に辿り着く。地下室の匂い、どんなに厚い壁をも透してくる地底の匂い、土と水とカビの匂いがぼくを迎えた。

影で黒く縁取りされた前に立ち、中本先生がノックした。厚い壁の切れ目の奥の方にドアらしきものがある。返事がないが、彼はかまわず開ける。

眩しい。強い風のように光が押し寄せ、ぼくを竦《すく》ませる。ぼくは風上に向って身を屈め、顔を手で覆って中に入った。ほとんど何も見えない。

しばらく佇み、少しずつ腕を下ろすと、ぼくの部屋の三倍位ありそうな白い空間があり、地下室にいることをふと忘れそうになる。しかし窓らしきものはない。そのかわり白衣を着た二人の男の向うに、飛び抜けて大きい水槽が見える。幅は三メートル、高さも二メートルはありそうだ。頑丈そうなステンレスの枠組の間にガラス板が嵌められた巨大な熱帯魚用の水槽だった。左脇にモーターや機械類の入っているらしい鉄製の大きな箱があり、そこから子供の腕ほどある管が二本、水槽の左脇と右脇へ伸びて口を開けている。

部屋の真中に机と椅子があり、他に折り畳み椅子と工事用の脚立が三台ほど壁に立てかけられている。開け放してきたドアの脇にも机があり、それと並んで大きな長方形の木箱が横たえられている。

余分な光が戸口から流れ出てしまったように、ぼくの目は部屋の明るさに馴染んだ。気持も大分落着き、白衣の男たちと話している中本先生の方へ注意が向いた。二人とも中本先生より若く見える。ぼくだけがセーター姿なのに気付き、バックスキンのベストを脱いで持ってきた白衣を着た。

もっと気持が楽になった。大学院生だと紹介された二人は、中本先生に御苦労さんと労われて部屋から出て行った。ドアがぴたりと閉まった。

ぼくの前に水槽の全体が露わになった。魚影もなくただなみなみと湛えられて緑色がかった水が、どことなく懐しく、郷愁を呼び起こす。生物が海から生じたためなのか。自分の産湯を意識下に記憶しているからなのか。

ぼくはひき寄せられ、二、三歩近づいた。と、思いがけないものを発見して戦《おのの》いた。俯せになった裸体が、水槽の底に青白い光を纏って沈んでいた。死人なのだろうか、動きがない。

ぼくは信じられず、息を殺し、呆然とみつめた。中本先生が何か言っているようだが理解できない。目がすべてになり、ぼくの全身を呑み込んでいる。心臓の拍動だけがどこかでのたうち廻っている。「こんなことだったのか」声にならない声をぼくは辛うじて吐き出した。

三

どれくらいなのだろうか、ぼくが時間を失っていたのは。十分、十五分、それ以上かもしれない。

机の上の円いタイマーが、残り時間十数分を示しながらジリジリ、ジリジリ、と音と時を漏らし続けている。ぼくはその微かな響きに縛られたように、身動きすることも椅子から立ち上がることもできない。けれど、ぼくの時間を取り戻してくれたのはこの音なのだ。最初に甦った神経が、この虫の歯ぎしりのような音に咬まれて、ぼくは自分自身を取り戻しかけた。

ぼくは不自然な坐り方をしている。手は椅子の背のパイプをしっかりと握り、股は開いてそれを間に挟み、躰は伸び切ったまま彫刻のように固まっている。目の前に白ペンキ塗りの壁、右手にドア、机、そして長方形の白木の箱。あれは、そう、節目の多い粗末な箱だが、棺桶だったのだ。

中本先生の動きを思い出す。下を指示し、自分の顔に戻し、眼鏡のところを強調している。唇が裂け、歯が覗く。喋っているらしい。

すべてが水の中の動きのようだ。はっきり見えているようで遠い。声はまったく聞こえない。けれど水中の伝達は特殊なのだろうか。意味はわかる。観察し、記録しろと言っているのだ。

リリリン、とタイマーが鳴った。ぼくは反射的に立ち上がり、自分の空間を取り戻した。零になったタイマーを取り上げ、印の入った三十分のところにセットして置く。そっと顔を左に向け、水槽の方を見た。ある、そして、いる。

地の底、水の底にいる死体には、時間はほとんど無意味なようだ。あれから三十分近く経っているはずなのに、同じ姿勢、同じ色、同じ形で俯せになっている。

ぼくは、影を舐めるように躰を低くして近寄った。水が迫り、裸体がぼくと同じ大きさになった。緑の葉を溶かし込んだような水が、透明度を増して明るくなり、裸体も一層裸体らしく見えてくる。

顔を奥の方に向け、長い髪で素顔を隠しているので救われる。もしこちらを向いていたら、と想像しかけただけで、胸苦しくなって動悸が強くなる。とても一人では耐えられないだろう。

右腕は躰の蔭になってほとんど見えないが、左腕は自然に伸びて底を這い、白い掌を広げている。そこの白さだけが一際目立ち、手袋でもしているように見える。

けれどここまで見るのが限度だ。ぼくは目を逸らし、屈んで底から一メートルの高さにある水温計の目盛を読んだ。

机には、そっとそっと戻った。決して眠りの邪魔にならないとわかっているのに、思わず物音を避けてしまう。むしろぼく自身の中にある何かを目覚めさせたくないのかもしれない。

机の上のノートに書き入れた。ほとんどの言葉を前の記録から盗んで。

『午後七時半、KF十一号、変化なし、水温二十度。記録者　藤岡伸』

ぼくはノートの裏表紙にある『観察者心得』に気付いて読んだ。眠らないこと、検体から目を離さず、状態を三十分毎に記入すること、水温に注意（これはボールペンで新しく書き込んである）、変化があった場合は直に非常用ブザーで当直者に連絡すること、など毛筆で書いてある。紙は汚れ、かなり古いものだとわかる。

椅子を直し、『心得』通りに検体の方を向いた。左の方に頭を置いて、裸体は動かない。まるで一番楽な姿勢でいるとでもいうように頑なだった。

水槽の上にスポットライトが三つある。何のためかわからないけれど、明るい方が気持も幾分晴れるように思い、スイッチを捜した。こういう仕事がみつかるのが嬉しい。気になる人がそばにいるかのように、一瞬一瞬裸体を盗み見しながら捜す。入口脇の非常用ブザーの下にそれらしきものがあった。

鮮やかな光線が水を貫き、散乱し、太陽のように裸体を照らした。海辺で甲羅干しする背中のように、生気に溢れて横たわっている。白熱灯は北国の恵みの太陽、蛍光灯は鬱病の光、死者の燐光だ。あまりに地下室に向いている。ぼくはスポットを点けてほっとする。ぼくの方に近い雰囲気で、裸体と空間を共有できそうだった。

裸体の頭が動いた。気付いたぼくは、一瞬目の底を稲妻に打たれた。そんなことがあるだろうか。スポットライトが死者を蘇らせたのだろうか。いや、錯覚、幻影にちがいない。だが、やはり頭をゆすっている。

ぼくは立ち上がり、忍び足で近寄った。動いている。確かに動いている。黒い髪が厭々するように揺れている。

ぼくの息が詰まる。詰まった息苦しさの中で思った。隠した顔で空気の管をくわえて呼吸していたのだろうか、人騒がせな。こちらこそ管が欲しい。

そんな冗談めいた結末を期待して機械の方から覗いてみた。が、顔は見えない。酸素のチューブらしいものも見えない。静かに髪が揺らめいているだけ。

そうか、頭ではない。水が動いているのだ、と思い当たり、ぼくは肩から力を抜いた。風船が萎んだ。機械から伸びた管が水を循環させ、水温を一定にしているのだ。

気持も萎んで少し憂鬱になった。裸体は無関心にこちらに背を向けている。肉の薄い背中、その中心線に小さな瘤を連らねた脊柱が見える。三角形の肩甲骨が折れた翼のように残っている。尻は躰の重心に相応しい大きさと広さを持って水槽の中心に沈んでいる。

ベルが鳴った。タイルの床、コンクリートの壁、平らな白い天井、水槽のガラス、すべてが音を増強させ、ぼくの胸に鋭い矢を集中させてくる。ぼくは周章てて机に行き、音を消し、次の三十分にタイマーを戻した。

幾度かの三十分がぼくを刻んだ。ぼくは今、ぼくの半生の典型的な時間を、もっとも単純な形で繰り返してみせている。三十分、三十分、とベルがぼくを区切り、時刻の変化だけがノートに記され、他は同じ言葉が並んでいる。ぼくは決して主役ではなく、この空間と時間の罠に取り込まれているだけなのだ。これが永遠でなく終わりがあり、一生でなく数日のことなのがせめてもの救いだった。ぼくはシシュフォスではないのだから。

けれど裸体は、裸体のまま時間を超越している。持続する静止、絶対的な静止、つまり死なのだ。ほとんど死に同化している。

しかしぼくは、本当のところ半信半疑だ。馴染みのない死の後姿だけ見せられても、普通の裸と区別ができない。呼吸もせずに水槽に沈んでいるのが死の証拠だ、と理屈では言えるけれど、そのためにかえって顔も見られず、肌に触れることもできない。死者らしい冷たさを確かめることもできないのだ。この異様な光景に驚かされているが、それでもあれを、百パーセント死体だとは認められない。

死そのものが、ぼくには遠いことだった。大学に入って二年目の秋に下宿のおばさんが死ぬまで、肉親はもちろん、身近な人の死も見たことがなかった。死とは、観念の中の不愛想な記号のひとつに過ぎず、訪れたことのない地名よりももっと実感に乏しい世界のひとつだった。

死。死とは何だろうか?

死が個を襲った絶対的な静止である以上、それ以降時間と無関係になるというのはわかる気がする。死にとって時間は、死者に用意された毎日の食事と同じように無意味なのだろう。ところがぼくは、その無意味なはずの裸体の時間を、さも重大なことのように測らされている。何故？　何のために？　わからない。闇に包まれたままだ。まさかぼくの眼に映る通り、本当は死んでいないというわけではないだろう。動き出して仰天させようというわけではないだろう。それとも太陽が地平線に姿を消したあとに黄昏が残るように、死体の中にも生の残り火が仄めいているのだろうか。時計で測りうる何かが潜んでいるのだろうか。

水温を見に立つ以外にはすることがなかった。動きも表情もない死体を前にしていると、自分もそれに似てくるのだろうか。眠っているのでもないのに、ベルの音を聞いて初めて自分の意識に小波が立つ。壁の白さと同じ平板な空白が、ぼくの意識を支配している。みつめるのが苦しくなって、スポットライトを消したのも影響しているのかもしれない。部屋全体が、青白い光で満たされた水槽になり、そのまま寒天のように固められている。こんなぼくらを誰かが観察しているのだろうか。ふと同じ場面を見たことがあるような気がする。

何か考えなくてはいけないと思う。家のこと、医学の勉強のこと、旅や遊びのこと。しかしすべてが波打ち際の足跡のように粘りなく消えて行く。白い波で蔽われ平面になる。

あの死体は、男なのだろうか、女なのだろうか？　こんな疑問がぼくの虚空を横切った。そんなことすら考えつかなかった自分に呆れ、だが良い思いつきに少し元気づく。ぼくは机を離れ、再びライトを点け裸体の脇に立った。同じ俯せの姿なのに、さっきよりも親しみ深く感じられる。

女にちがいない、ひと目見てぼくは確信した。ほっそりした躰つきに似合わぬ横に張った丸い尻、痩せていながら滑らかでふっくらした感じの腕や足は、どう見ても女のものだった。年齢はまったくわからない。二十代にも五十代にも思える。ただ枯れ果てた老婆でないことは確かだった。記録用のノートには、検体ＫＦ十一号と名付けられて、年齢も性別も書かれていないが、もしかしたら「Ｆ」は女性を表わしているのかもしれない。

ぼくは水槽の右手にまわり込み、女の足の方から眺めた。尻の割れ目がそのまま股の間を下り、ほんの僅か開いている太腿の付け根のあたりの黒い繁みの中へ消えている。男の特徴は何もなく、女の暗い傷口が光の差さぬ奥に仄かに見えるように思う。

髪が揺らめいている。水の循環が再開されたようだ。この時折の動きがなかったならば、死に支配された水槽をとても注視し続けられなかったにちがいない。ぼくは、スポットライトを浴びて生き返ったように見え、それでも不自然な静止から逃れられないでいる女の周囲を歩きながら、髪の流れに誘われてようやく息をつくことができた。

女はまるで生きているように見える。清楚な恥じらいで躰を固くし、顔を隠してくびれた腰を晒すしかない境遇に耐えている。すぐ手の届きそうな近くに、水で薄められた光をほど良く肌に纏った彼女は、同じライトを浴びて舞台に立つ女優よりも生気に溢れ、瑞々しい美しさに満ちているようだった。太腿から脹ら脛にかけて、白い脚がなだらかな弧をふたつ描きながら細くなり、今にも踊り出しそうに足首に力を入れアキレス腱に横皺を寄せている。左手の指先には、マニキュアでもつけているのか、丸く伸びた爪が見える。

ぼくの好奇心は刺戟された。これまでの停滞が嘘のように頭の中で水が流れ出し、乳色に澱んでいた意識が透明になる。ぼくは女に語りかけようと言葉を捜す。女の少しの身振りも見逃すまいとして凝視し、観察する。肌に散らばる虫喰いのような跡にも気がついた。

と、突然、後ろで大きな音がした。振り返ったぼくに向かって、中本先生が笑っている。

四

中本先生は、手にソバ屋の出前のような箱をぶら下げて入ってきた。

「よう、どうだい、変わりないかい」

水槽を見、机の上のノートを点検し、妙に懐しく聞こえる声で喋った。

「うん、この要領でいい。眠くなるだろうがこの調子でがんばってくれ。腹が減っただろう？　ほら、夜食を持ってきたよ」

中本先生は箱を机の上に置き、出前持ちがするように板を上げて中を見せた。小さなポットと紅茶カップ、色んな形をしたドーナッツとリンゴを取り出して並べた。

腹が空き、喉が渇き、何よりも言葉に飢えていたことに気付いた。注いでもらった紅茶を一口啜ると、自分でも意外に思うほど滑らかに言葉が出た。

初めは驚いて仕事の内容も良く理解できなかったけれど、今は落ち着いて考えられる。何を狙ってこんな実験をしているのですか。あの検体は女のようですが、何者ですか。死因はなんですか。このあとどうなるのですか。

ぼくは、疑問が消えてしまうのを恐れるように、返事を待たずに立て続けに喋った。できるだけ彼に長居してもらいたいという気持もあったにちがいない。

「あれは、見ての通り女だが」

中本先生は、予期した質問が出たとばかりに表情を変え、今迄見せたことのない厳しい顔で切り捨てるように言った。

「死因や素性については何も言えないな。さっきまでいた大学院生も知らされていない。とにかく死後研究のために役立てられているということだ」

「年齢はどの位ですか」

ぼくは喰い下がった。何でもいい、あの女についての知識が欲しかった。こういう巡り合わせになった女について知りたかった。

「それも言えないな」

迷うような表情をちょっと見せたが、彼のガードは固かった。それだけ秘密の匂いが強くなった。ぼくは少し話題を変えた。

「皮膚に小さな傷みたいなものがあるのは、研究と関係があるんですか」

「ああ、あれか、良く気がついたなあ」

彼の声にほっとした気持ちが滲み出ていた。

「組織を取った跡なんだが、これからまたやるから、ちょっと手伝ってもらうかな」

中本先生は、食事を運んできた箱の下の抽出しから液体の入った三センチほどのガラス瓶を数個取り出した。灰色のゴム栓がついて封印されている。さらにガーゼにくるんだスチール製の針も見せた。銀色のそれはマッチ棒の二倍の太さがあり、二重針になっていた。外筒は斜めに切り落されて鋭く尖り、内筒はやや長目で松葉のようにふたつに割れている。

「まだ準備があるからゆっくり食べていいよ」

中本先生は身軽に立ち上がり、壁から脚立を運んで水槽の前に置いた。さらに機械の奥の壁から二メートル以上ある細いステンレスの棒を持ってきて、その尖端に針をネジ式に廻しながら取り付けた。

「これはシルバーマンの生検用の針を改造したものだが、仲々取り扱いが難しくてね。ほら、こんなふうに組織を切り取るんだ」

彼がステンレスの竿の頭に飛び出した自動車のアンテナのような細い棒を押し込むと、取り付けられた針先からふたつに割れた内針が突き出され、さらに棒を捻じると外筒が下りて割れた先を締めつけ、再び一本の針に戻った。

「大学院生にもコンニャクを相手に練習させてるが、仲々上達しなくてね。ここへ連れて来ると豆腐みたいに意気地がなくなるんだ。もっともコンニャクにさえ馬鹿にされているんだから仕方がないが」

中本先生は一人で笑い声を上げ、そろそろ始めよう、瓶を持って下にしゃがんでいてくれ、とぼくを促した。

ぼくは、番号のつけられた小瓶を持って脚立の下に蹲った。中本先生は長いステンレスの棒を注意して持ち上げ、脚立に登った。そして水中にその先を入れながら、ぼくから湿った木箱を受け取った。箱にはガラスが張ってあり、それを水面に浮かべ、上半身を水槽の上に乗り出して女を覗いた。

　ぼくの目の前に銀色の棒が生き物のように降りてきた。尖端の刃物がちょうど女の尻の上で停まった。

「それじゃあ始めるぞ、えいっ！」

　声と共に棒が震え、光った針先が肉の中にぶすりと突き刺さった。ぼくは思わず自分の尻を浮かした。だが女は痛いとも言わず、腰をちょっとでも振って抗議したりすることもなかった。針を躰に入れたまま無関心だった。

「今、皮下脂肪の中間まで針が入ったはずなんだ。これか内針を押し込めば脂肪組織とその下の筋肉まで取れる。そこへ外筒を下ろして完了というわけだ。生検の場合は素早くやらなければならないが、死体の時はその点気楽だ」

　解説すると彼は操作を終え、「よいしょっ」と元気な掛け声と共に針を抜いた。そのあとに、マッチの軸にも満たない小さな傷が残った。赤い血が涙のように溢れてくるのかと見守ったが、僅かな色も滲まなかった。

「どうだ、上手く取れているかな？」

　中本先生は棒を水から出し、先をぼくの方へ下ろしてよこした。しばらく竿についた水を涙のように滴らしてから外筒を引き上げ、内針の間に挟まっている女の肉の一部を見せた。黄色味を帯びたぶよぶよしたものと、薄い肉色をしたものが一本の紐のように針の内側についていた。ぼくはそれを竹串で針から取り、用意した小瓶に辛うじて落した。手が震え、瓶の液がこぼれそうになった。

ぼくはひたすら中本先生に協力した。彼の刺した尻、腰、背中の獲物を命じられるままにそれぞれの瓶に移した。彼女の分身は液体の中を魚のように泳ぎ、龍の落とし子のように舞った。竿の雫が白衣にかかり、彼女の涙が手の甲を濡らした。ほとんどの瓶が彼女で満たされ、タイルの上に並べられた。

彼は活気に溢れ、疑うことなく主役を演じている。ぼくは下に蹲り、自分に割り当てられた脇役に徹した。女は？　女は犠牲者だった。抗うことのできない貴い弱者だった。

しかしぼくは、仲の悪い夫婦のようにふたつに割れ分裂していた。タイマーと共に動くぼくは、中本先生の厳しさを畏怖する忠実な脇役だったが、内面の感情は彼女のものだった。彼女の苦しみの破片はぼくの胸の中で身もだえし、肌に増える傷跡はそのままぼくの心に移った。

「さあ、最後は腎臓を狙うぞ」中本先生が吠えた。ゆるぎない目的を持っている彼に、ぼくは自分にない美しさを見る。ぼくは動揺し、引き摺られ、興味を持たされ、彼に訊く。

「組織を取って何を研究するんですか？」

「死体の各組織の腐敗、融解の経過を、継時的に追って調べているんだ。今回は、特に水中での変化がテーマなんだ！」

彼の熱の籠った声が一際大きく響いた。

五

中本先生が去り、彼の手でスポットライトを消された部屋には、一瞬のうちに地上の夜が重々しくのしかかってきた。冬が逆戻りしてきたように空気が冷え、耳を削ぎ落されたように静寂が強まった。

ぼくと傷ついた女は、暫くめいめいの孤独に浸った。ぼくは毛布を腰に巻き、彼女は蛍火と水を纏って。その方が、乱された気持ちが落ち着き、新しい傷口が癒えるにちがいなかった。

ぼくは、視線を漫然と漂わせ、脇役として感じた興奮や彼女への感情の波立ちが治まるのを待った。ぼくはどちらかと言えば醒めやすいタイプだったのだ。

けれど、ぼくの全身を揺るがした地鳴りは治まらなかった。吊り橋が右に左に傾き、中本先生と彼女が交互に近づき、遠ざかった。

中本先生は力強く、確信に満ち、自分の世界の中心だった。仕事を持ち、打ち込み、工夫し、小柄な躰を大きく感じさせる光を内から放っていた。

しかし、何故彼はこんな素晴らしい生活を秘密にしなければならないのだろうか。過程にある研究は、未使用のフィルムと同じように扱われなければならないのだろうか。まるで白日に晒すと色褪せてしまうかのように女の素性を隠し、研究について口止めしようとする。ぼくの手放しの礼讃は、ふとここでその行き場を失い、戸惑ってしまう。

彼から漂い出てくるものが、地下室の湿気や闇に似ているようにも感じられ、ぼくの神経を警戒させる。目の前で無抵抗に虐げられる女の痛みが、ぼくを苛立たせ、考え込ませる。

毛布を外し、彼女のそばに行って慰めようとする。悲しげな後姿にぼくは涙ぐむ。そして語りかける。

生の終焉と同時に、快楽や苦痛に震えたあなたの肉体も、野焼きの煙となって空に昇るはずなのに、何故あなたはこんなところで安眠を妨げられなければならないのですか。

あまりに満たされた人生だったために、それを感謝して敢えて自らこの犠牲と献身を選んだのですか。

それとも、打ち続く悲惨な人生に投げやりな気持ちが強くなり、こうした不幸に沈むことに無頓着になったのですか。

あるいは、爛れて腐臭に満ちた生活の罪滅しとして、あなたの意思とは別にこんな罰が下されたのですか。

ぼくは答を求めて佇む。光のように頼りなく、鉛のように重そうな女の寝姿に問いかける。しかし女は何も言わない。言いたそうな素振りさえ見せない。いや答えられないのだ。一人の人生に結論を与えることになるかもしれない大切な事実さえ、中本先生に奪われてしまったのだから。

ぼくは歩き始める。部屋の中を自分の尻尾を追う犬のようにぐるぐると廻る。少しでも彼女の生きていた姿を知ろうと注意を集中させる。

ここは法病理教室の地下室だった。ここへ運ばれる遺体は、警察か検察の手を通して来る以外にないはずだった。と言うことは、殺人、事故死、不審死、自殺、それに身元不明の死しかないことになる。つまり彼女は、生きて地上にいた時からすでに今の境遇に似た不幸や不運に付き纏われていたのだ。翻弄された弱者の生は、打ち身のように、死の闇に呑み込まれたあとも、こうして傷と痛みを自分の上に現わさないではいられないのだろうか。

ぼくは、最近読んだ新聞の記事を思い出そうとする。刺戟的だが平俗な話題で満たされた三面記事の遺骸の山の中に、彼女の事実が埋もれていたかもしれないのだ。一体どんな事件が新聞に拾われ、人々の好奇心を満たしただろうか。一人の女の死に伴われた悲劇はどこで扱われていただろうか。

この仕事にぼくは四十分あまりを要した。一度タイマーを戻しまた鳴り出すまで考え続けた。だが比較的良く新聞を読む方だったけれど、どんなに記憶の袋を絞っても彼女を含んだ雫を滴らせることはできなかった。毎日の風を憶えられないように、この世には悲劇もまたありふれていて、流れる雲のように知らぬ間に頭上を消えて行くものなのだろうか。

ぼくは、俯せの彼女を仰向けにしようとするような試みを諦めることにした。彼女の過去、太陽に照らされていた頃の彼女を捜し出そうとするのは徒労だった。彼女はもう春の陽を永遠に失い、死の滝壺に落下する途中でひっかかった倒木のようなものなのだ。無限に続く死界に顔を向け、決してこちらを振り向くことができないのだから。

深夜二時を過ぎた。ぼくは疲労困憊し、椅子に小さく貼りついて息をついた。床の冷気が凝縮し、氷の上に足を乗せているように爪先が痛くなった。片付けてあった足温器をつけ、毛布を脚に巻いて凌いだ。

だが空気の方は思ったほど冷たくならなかった。二十度に保たれた水槽が仄かな温もりを輻射して、まるで彼女がぼくの介添に感謝して暖めてくれているようだった。

ぼくは、今ではもう中本先生が知り、ぼくに隠している事実も大して重要ではないと思うようになった。いつどこでどんなふうに彼女が生に別れを告げたかを知ったところで、彼女のすべて、彼女の最も大切なものを理解していることにはならない。単なる事実の断片は、この場に及んでは傷口を隠す貧しい屍衣よりも無意味で煩わしいものにちがいない。

数々の思い出を刻んだ肉体が、煌びやかな衣裳よりも深く沈むように、真実に満ちた彼女は地の底に沈み、ぼくの前に全裸の姿を見せている。この場面を発案し演出したのが中本先生だとしても、一番良く観察し、見抜き、理解しているのはこのぼくではないだろうか。彼は彼女の肉をかすめ取ることだけに熱中している。

目を瞑る。水槽も白い壁も消え、地下室から脱出できたような気分になる。やや赤味を帯びた黒い世界がぼくを包んでいる。早く部屋に戻り休息したい。いいコンディションでもう一度考えてみたい。考えること、考えなければならないことが無数にあるのだから。

目を開いてタイマーを見る。まだ二分しか経っていない。ジリジリという音は同じなのに、物差しの目盛をレンズで覗いたように時間が拡大している。まるで一秒が一分になり、一分が一時間になったようだ。自分の部屋の中で考えていた時には瞬く間に過ぎ去った「時間」が、彼女に心を惹かれ目を背けた途端、嫉妬深い女のように復讐を始めたみたいだ。萎えた神経をゆっくりといたぶっている。

ぼくは、間延びした時に悲鳴を上げた。

六

温もりのある液体に抱かれていた。重力を失い肉体を失った躰が、捉え所のない心地良さに包まれ、律動的な調べに波紋のように円く揺れていた。それでいてぼくは胸苦しく、不安で、手を伸ばして助けを呼びたくてたまらなかった。躰の芯の一番触れられたくないところを針のようなもので抉られ、痛みも何もないのだけれど物哀しく、不快でならなかった。液面を貫く一条の光線のように、乳色の安息の中を不安を孕んだ黒糸が刺さっていた。

突然、右脚の内側を刃物で切られたように感じてぼくははっきり目覚めた。カーテンの合わせ目から漏れた光が、ベッドの脇を走り、一本の光の川のように部屋を拡げている。

今度は左脚の上を何かが走ったようだった。ぼくは羽根蒲団とタオルケットを跳ねのけて起き上がり、脚に触った。膜のように広がった液体が手の平にべっとりとついた。全身が汗まみれだった。湯舟から出たばかりのように湯煙りが上がっている。そのまま浴室に飛び込んだ。

午後の二時過ぎだった。地下室から帰って七時間近く眠ったことになる。シャワーで清められた躰にいつもとほとんど同じ力が甦っているのを感じる。食べてすぐ寝入ったのに胃も軽く、空腹感が快い。ピザトーストを作り、ティーを入れる。

シーツを交換し、タオルケットと蒲団とベッドパッドを太陽の前に広げて置く。ガラス越しだが少しは乾くだろう。

約束の六時半が来れば、躊躇いながらも再びあの地下室に降りて行くのを、ぼくは知っている。疲れ果てて逃げるようにここに戻ってきたけれど、すべてから退散したわけではない。あの女がどうなるのか最後まで見届けたいし、良いコンディションにあれば、あそこにいてももっと系統立てて考え、整理できそうな気がする。今度の偶然を大切にして、目の前に開いた裂け目をもう少し覗きたいし、足を踏み入れてもみたい。

けれど億劫な気持ちがあるのも確かだ。見ないで済めば見ないで、知らないで済めば知らないままでいた方が良かった世界なのかもしれない。そんな思いが心の片隅にあるのを否めない。あそこがどんなところかわかってしまった以上、もう近寄らない方がいいとも思う。美しいもの、快いもの、軽やかなものだけ見、味わい、感じていられるのならば、それが一番いいことなのだから。あの空間は、美しさよりも苦痛と秘密の方が勝り、シリアスすぎる気がしないでもない。ぼくは、もう少し穏やかな世界が好きなのだ。

人恋しい気持ち、誰かと喋りたい気持ちがしてならない。思い浮かぶ友人の電話番号を捜してダイヤルを回すが返事がない。帰省したままなのか、外出しているのか。空虚な部屋に谺するベルの音が自分の胸の中から聞こえてくるように思われ、三、四人に電話してやめた。

真昼なのに世界中が寝静まっているようだった。氷のような孤独を抱いて今も地底に留まっているような気分に陥り、ぼくは慌しく部屋を出た。そして行くあてもなく街に足を向けた。

日曜日だった。繁華街は歩行者天国で賑わい、どこから生ずるのかわからない喧噪が渦を巻いて街角から街角を流れていた。

ぼくは、珍しいもの懐しいものを眺めるように往き交う人々の顔を味わった。休日らしいゆとりが幾人かの上に恵みのように輝き、蝶のように纏りつく子供たちの顔に照り返っている。険しい色を忘れ、溶けそうな目を細めながら、腕にぶら下がる子供を持ち上げてやる父親。短いスカートの少女は、物怖じしない眼を巧みに動かして大人たちの隙間から世の中を見ようとしている。彼女たちの眸は何と澄み切っていることか。

ぼくは、これほど丁寧に人の顔を見たことがなかった。誰ともわからない人々にこれほど好奇心を持ったことがなかった。つまりぼくは、今日ほど孤独を感じたことがなかったのだ。

ぼくは疲れて足を停め、子猿のように辺りを見廻す。近くに広い喫茶店があったはずだった。水平に走らせた視線の先に、見知った顔を見付けてうれしくなった。切れ目なく続いている人の流れの中に、そこだけ穴が開いたように間島の姿があった。彼は蝶ネクタイに黒の三ツ揃いという見慣れぬ格好で歩いていた。

七

間島は、懐しさよりも警戒心をあらわにした表情でこちらを見た。むしろ人を避け、先へ行きたそうだった。しかしぼくは、彼を離したくなかった。半年ぶりの彼が珍しかったし、何よりも人と言葉を交わせるのが嬉しかった。

間島の案内で、ビルの地下の小さな喫茶店に入った。

奥の暗い席に浅く腰を下ろした間島は、黒ずくめの服装とオールバックにした髪型のせいか、すぐに飛び立とうと身構えたカラスを連想させた。明るい鋭さが特徴だったのにその面影が失われ、陰気さだけが目についた。「大分痩せたね。やはりあの下宿ほどの食事は無理なんだろうね」煙草をくわえたまま黙っている間島に、ぼくは二人の共通の思い出を呼び起こそうとして話しかけた。

下宿で初めて顔を合わせた頃の間島は、朝靄の中で胸を張る鷹のように見えた。よく喋り、彼の放つ棘を含んだ言葉がむしろ爽快に感じられることが多かった。想い出は、そういう彼を甦らせてくれるかもしれない。それを期待して、ぼくは年寄りのように懐古話にふけった。

ぼくたちのいた下宿はちょっと変わっていた。特色は何と言っても料理で、経営者である独身のおばさんが、趣味と実益を兼ねて腕をふるったものだった。

相場の二倍近い下宿料を払った五人の下宿人は、ほとんど毎晩おばさんと大きなテーブルを囲んで豪華な食事を愉しんだ。

幼い頃飢えに苦しんだおばさんは、電話交換手をして貯めたお金で下宿屋を始め、六年前から採算を度外視してこのようなスタイルにしたという。

子供がいるわけじゃなし、お金なんて残したってしょうがないわ、美味しいものを食べて、ぽっくり行くのが理想よ。彼女はそう言って笑い、下宿人のためというより自分のために料理を研究し、今迄食べたことのないような珍味を食卓に並べた。

彼女は良く肥えて、色白で丸々としていた。ふっくらした指は、肉のつかない関節の部分が一番細く、ぼくの指と逆だった。眉毛がうすく、頬の間に鼻が埋もれているようで決して美しくはなかったが、美食で培われた声はクラリネットの音色のような甘いまろやかな響きがあった。

月に二、三日、予算の都合からか料理に疲れたからか、おばさんは料理人としての責任を放棄することがあった。ぼくたちも胃休めの期間と称してそれを歓迎し、自由な時間に外で夕食を摂るのを楽しんだ。

去年の秋、同じようなことがあったが、いつもと違って躰の具合いが悪かったらしく、間島が異変に気付いて救急車を呼んだ時には手遅れだった。心筋梗塞だったという。


ぼくは余計な話をしたようだ。おばさんの死んだ話になった時、少し元気づいていた彼の顔が歪んだ。ぼくにとって懐しい想い出しかなかったけれど、彼には違うらしい。彼女の死を最初に発見したことにこだわっているのだろうか。一番可愛がられていたはずなのに、彼女について語りたがらなかった。

「無事に医学部へ進級したんだろうな」

ぼくの言葉の量に比べればほんの ひと雫に過ぎなかったが、間島が口を開いた。

「俺は留年になったよ。一年間ほとんど大学へ行っていなかったからな。経済学部も最近は厳しいよ」

間島は、他人事を話すように自分の近況を語り始めた。自分を客観的に見ているというよりも、嫌いな子供を扱う親のように邪険でそっけない話し方だった。

気が向いた時にバーテンの仕事を手伝っていること、麻雀やゲーム賭博で結構もうかること、店にアルバイトで来たデパートガールと同棲していること、女なんて馬鹿で嘘つきで淫乱な生き物だが、そこに入るか避けるかどちらかだから、俺は入るほうに徹底していることなど、一度蛇口を開けたからには溜まっているものをすべて出し切らないではいられないとばかり、暗い情熱をこめて喋った。

ぼくは、動きの少ない彼の口や女のように細い指を見ながら、螺旋の軌跡を描いて降りて行く彼の後姿を想像していた。いつからか、彼はそんな雰囲気を持つようになった。入学した当初は彼にとって一時的な晴れ間が訪れ、鷹のようにもふるまえたのだろう。ところがあの日の光景から、影に染められた彼が、ぼくの目に映るようになった。

去年の春、風邪気味で授業に出なかった日の午後に、下宿のホールで新聞を読み終えて休んでいると、和服姿の女性が奥から出てきた。ぼくに気付かないらしく、入口の小さな姿見で髪を直し始めた。三十を過ぎているのだろうが、うなじから頬にかけて陽炎の立つ花畑のような艶やかさが匂った。後ろに手をやった仕草の時、着物の袖口から真白い腕が覗き、鏡のように光を反射してぼくの心を射た。けれどぼくには眩しすぎた。同年のガールフレンドとは比べようもない濃厚な色気が恐しく感じられた。捉えどころがなく、手を触れるとそこから溶かされてしまいそうだった。

どこと言って欠点もないと思われるのに、女は化粧に熱中していた。ぼくは、今更声を出して気付かせるわけにもいかず、誰を訪ねたのだろうとひっそり見守っていた。すると、外出の仕度をした間島が現われた。怒ったように口を結び、目に力を入れているのがわかった。その口が瞬間開き、鋭い言葉が飛び出した。短い発音だったために良く聞き取れなかったが、馬鹿とも女狐とも牝犬とも受取れるような罵倒の言葉だった。

女にはその小さな暴力的な声が聞こえたらしく、窺うように間島の顔を見たが、怒りもせず、媚びるように溶かすように頬笑んだ。そして間島の腕に手をかけると外へ誘《いざな》った。彼は、口とは裏腹に何の抵抗もせず、女に連れて行かれた。咲き乱れた花の香りが、戸口から吹き込んだ風に乗ってぼくの所へ届いた。

水商売の女にも見えないし、人妻を恋人にしたのだろうか、彼は年上の女性が好きだと言っていたから、と思い巡らしていると、おばさんがトレイに手製のチーズケーキと紅茶をのせて姿を見せた。

「間島のところへもって行くの?」

「そうよ、お客さんが来ているの。でも良くわかったわね」

二人が今出て行ったと教えると、おばさんは、そうだったの、とお客にケーキを御馳走する機会が失われたことを残念がり、二人でお茶にしましょう、とソファに腰を下ろした。

「綺麗な方だったでしょう?」

おばさんは言い、ぼくが頷くと、あれで四十近いんですって、お姉さんみたいなお母さんね、と嫉妬めいた言い方をした。

「えっ、お母さん?」

「そう、継母なんだって」

ぼくは、飲んだ紅茶が泥水になったようなショックを感じ、胃が痛くなった。今の場面が繰り返し現われ、痛い箇所を刺した。

家を嫌い、遠いからこの大学を選んだと言い、休暇にも帰省しようとしなかったのは、今見せられたことと関係があったのかもしれないと思った。感じ易く良く考える方の彼が、女性のこととなると人が変ったように攻撃的で無責任になるのも繋がりがあるのかもしれなかった。違う岸辺に立つ間島を初めて意識し、彼がどこへ流れて行くのか不安になった。

「お前も、誰かいるんだろう?」

一年前をぼんやり考えていたぼくに、間島が無遠慮に訊いた。彼はいつもこんなふうに人の女性関係を知りたがった。ぼくは相手が喋らなければ聞かない方で、彼と継母についても何も言わないでいた。女のことを露出的に話して聞かせるのが好きな間島も、あのことだけは口にしなかった。

「いるにはいるけれど、長続きしなくてね」

ぼくは、どちらかといえば恋愛感情より性的な好奇心に支配されてつき合った幾人かのガールフレンドを思い浮かべながら答えた。すぐ飽きて面倒くさくなってしまうので、最近は慎重に考えるようになっていた。

間島は聞き終えると、嘲るように顔を歪めて言った。

「小便臭い小娘を相手に子供っぽいセックスをしてわかったつもりになっていちゃあ駄目だなあ。性は深いよ。恋だの愛だのという耳触りのいい言葉で誤魔化して、自分の中にある欲望から目を背けちゃあ駄目よ。まあその内わかるだろうけど、偽善的だよ、そんなの。女だって満足しないよ。少しわかった奴なら、欲望の中にこそ真実があるし、生きている証があるのを知っているよ」

「別に欲望を否定しないけれど、女にセックスだけを求めるのも厭だし、今は精神的に満たされたいい恋愛をしたいと思うね」

「幻影だな、そんなの。女からセックスを取ったら何が残る？　口うるさい教育ママか、牛か羊のような家内労働者か、干からびた理屈屋、去勢動物だけだ。性を知り、喜び、性に身を委ねられる者だけが女として存在できるんだ。女なんて快楽のためには何でもするぜ」

間島はにやりと笑った。ぼくは皮膚が粟立つように感じた。ぼくの知っている間島ではない。何頁も飛ばして読んだ本の中の人物のように理解できなくなっている。

眼を光らせ、彼は喋った。ぼくが反論すればするほど、それをエネルギーにして喋り続けた。女の美貌や美声、スタイルは、女の付加価値を高めるアクセサリーなんだぜ。知性や教養だとて同じものだ。衣服がセックスを隠すことによって逆に目立たせようとするように、知性や教養も差恥や品性というベールで欲望の素肌を保護しておいて感度を高めようとするんだ。荒々しく剥ぎ取られる快感のためにこそそれは存在価値があるんだ。どんなアクセサリーの女を好むか、どんなアクセサリーをつけさせるか、色んなパターンがあって飽きないものだよ。

上っ面だけ繕った世界から逃れるために勉強したんだぜ。今が俺の本音さ。きれいごとだけ言うのは許せないな。お前だってそうだ。もっと人の裏を見ろよ。欲望の前でこそ人は正直なんだぜ。欲望こそ真実なんだ。

間島は言葉の勢いを緩めず、指をぼくの胸に突き刺すようにしながら厳しく言った。

「これから俺のところへ来いよ。俺の言うことが嘘でない証拠に、女と寝るのを見せてやるからな」

ぼくは驚いて彼を見た。続いてくる冗談めいた笑いを予想して彼の端正な顔を眺めた。だが彼は真剣だった。逃げるのを許さないぞ、とばかりに尖った指と眼が、ぼくを狙っていた。

八

ぼくは、むしろ自ら進んで地底の女のところへ戻ってきた。やり場がなく、行き所もない自分の感情を宥め、間島に傷つけられた心を癒すために、この水底の女が必要だった。どっしりと沈み、ぼくの思い入れや感情に動かされない姿は、男の描く永遠の母性のようなやさしさと深さでぼくを迎えてくれた。微動だにしない姿は、生の底辺にある死の安定性の象徴として、今のぼくの救いだった。心の底が抜け、たとえどんなに落ち込んだとしても、死より底へ堕ることはないのだから。

二度目だという慣れが、昨夜の萎縮を取り払ったのだろうか。地下室が前より小ぢんまりしているように感じられる。水槽や硬い壁も圧迫感を与えず、むしろ懐しい色に見えた。

女は脳裡に刻まれたパズル絵のように、少しの狂いもなくぼくの記憶とぴったり重なった。俯せの姿、伸ばされた左腕、張った腰とすべてが同じだった。水の動きに巻き込まれる髪のまつわり方さえそっくりだった。ただ肌につけられた傷跡だけが、過ぎ去った時の量を目に見えるものにしていた。

　ぼくは彼女に寄り添い、地の底に立ちながら、地表のさらに上の三階にいる間島と女のせめぎ合いをじっくりと眺めた。あれほど衝撃を受けたシーンが、ここにいると極彩色を失ってその本質だけ見えてくるようだった。


　間島のマンションは、歩いてすぐの真新しいタイル張りの建物だった。彼の言葉が信じられず、だが無視もできずに鬱屈していたぼくは、思いがけない健康的な雰囲気に、気持が少し晴れるように感じた。そしてこんな便利な場所に住めるというのも、電器製品の卸商を経営している父親がかなりの額の仕送りを続けているからだろうと考えたりした。

　だが三階の彼の部屋に案内されると建物の外観から呼び起こされた明るいイメージが一掃され、ふたたび、彼は本気なのだろうか、という不安がぼくを強く捉えた。

　入ってすぐのダイニングには、汚れたままの皿や食器や鍋類が、流し台とテーブルの上に暴かれた内臓のように口を開いて雑然と並んでいた。食物の饐《す》えた臭い、化粧品や煙草の匂いが混り合い、馴染みのない家に来たことを思い知らせた。奥の開け放しの襖の間からは、敷かれたままの蒲団も見えていた。

「どうしたの？」と声がして、襖の蔭から薄紫色の服を着た若い女の上半身が覗いた。化粧中らしく、首の周りに小さなエプロンに似たピンクの布を纏っていた。こちらから逆光になっていたが、目鼻立ちのはっきりした顔が見えた。「あら、一人じゃないの、厭だぁ、蒲団敷きっぱなしなんだから」

女は慌てて立ち上がって全身を現わし、中から襖を閉めた。ワンピースを透して形のいい脚が裸のようにあらわになった。

上着を脱いだ間島は、ぼくに食卓の椅子をあてがい、閉められたばかりの襖を開けて中に消えた。隙間から踏みしだかれた花模様の蒲団が覗いていた。

ぼくは喉の渇きを覚えた。けれど水を求める動きを起こす気にもなれず、首だけ廻して部屋のあちこちに視線をやった。一ヶ所だけ避けて、いかにも新居を見に来たふりをしようとした。

しかし、すべてを見ているはずなのに何も見えなかった。まるで勢いの悪いホースから出る水のように、視線が壁や棚まで届かなかった。目の底に、いぎたなく横たわった蒲団の残像が、潰された肉体のようにいつまでもこびりついていた。

「何言ってんのよ」

低く囁かれていた声を破って、鋭い非難が聞こえた。はっとしてそちらを向くと、間島が襖の間をさらに広げながら立っていた。

「この位開けておくからな」

笑ったらしかったが、窪んだ眼は少しも笑っていなかった。上半身が背後から光線を浴びて鬼火のような炎をゆらめかせていた。姿が消え、女を引き摺ってふたたび現われ

「いや、何すんの、いやよ、人のいる前なんかで厭よ」

「大丈夫だよ、気にすんなよ」

女は悲鳴を上げながら抵抗した。両腕を前に出し、顎で胸を隠すようにして起き上がろうとした。間島は足で女の下半身を挟み、もみ合いながら薄紫の衣裳を剥いだ。耳を咬むようにして何事か囁き、手を無駄なく動かして首から胸、胸から腹へと辷らせ、肌を晒して行った。

ぼくは呆然として目をやっていた。自分を見失ったまま、ただ顔を二人に向けていた。だが突然、憤りの炎が腹の底から吹き上げてきた。嫌悪と怒りがぼくを火柱のように熱くした。ぼくはつき動かされ、立ち上がり、襖に手をかけた。と、その瞬間、音を奪われて足を竦ませた。何も聞こえなくなった。女の悲鳴も涙声も消えていた。

眼の下にほとんど丸裸にされた女がいた。胸に間島の頭を抱いて仰向けになり、逆さになった顔を窓に、外に、太陽に向けていた。剥ぎ取られた衣類が、大きな心の染みのように散らばっていた。

音が戻ってきた。女の緩んだ顎のあたりからのんびり木を挽くような呼吸音が聞こえてきた。柔らかくゆったりと響いた。だがやがてそれがだんだん高く大きくなり、速く、激しく、鋭くなっ

た。間島の手が辷り、女の腰にただ一枚残っている紫色の布の下に入った。紫色の三角形が崩れ、醜くもり上がり蠢いた。

ぼくの怒りは色を失った。青いフィルターを通したよう蒼ざめ、熱い息が途絶えた。寒気が全身を走り、皮膚が罅割れしそうにピリピリした。

ぼくは吐き気を感じて後ろを向いた。まるで心の底の底に大きな穴があいたように空しくなった。どこからともなく悔しさと悲しさが湧き出し、鼻を打った。涙が溢れてきた。ぼくは首を振り、椅子に躓きながら出口に突進した。ぬかるみを行くように自由にならない足を前へ前へと動かした。そんなぼくを、臆面もない女の喘ぎ声が追い立てた。

冷たい闇の中にある死に比べれば、地上の生は太陽に照らされて輝いているはずなのに、彼らの営みは、あの部屋のように腐臭を帯びていた。かえって陽を浴びれば浴びるほど腐敗が進んでしまう路上の遺骸のように悲しみに満ちた存在だった。ぼくは、共犯者になるまいとして逃げだすだけで精一杯だった。

時が経ち、間島と紫色を腰に纏った女の影が薄らいだ。水槽の彼女がすぐ前に割って入り、浄化された水の美しさと豊かさを教え、ぼくの眼に残った地上の埃をすっかり洗い落としてくれた。何ひとつ身につけない彼女は、猥雑さも卑しさも無関係に横たわり、媚も駆け引きもない卒直さで裸身を惜しげもなくぼくの目に与えている。ぼくは落着いた素直な気持になり、彼女に感謝と親しみさえ感じている。もしもガラスと水が阻んでいなければ、彼女の冷たい肩に手をやるのも吝かではない。彼女は、投じたボールを同じ強さで返してくれる女性のひとりにちがいない。

ぼくはもう恐怖も孤独も感じず、ほぼ平常心に近い状態で彼女とならび、時の流れを測ることができる。

三十分刻みに水温を見、記録するという動作を繰り返しながら、ぼくは自分の「時間」やあらゆる人生の底辺にある死の意味について考えようとした。課せられたスケジュールを消化し、味わうだけで終ってきた片手落ちのぼくの生活について反省し、水のかわりに豊富な品物の詰まった水槽の中で足掻《あが》いてきた自分自身を救い出す方法について考えようとした。

けれど、記録の残らない白い壁は、考えを積み上げるには向いていないようだった。何も纏まらない内に、大学院生が現われた。

もうそんな時間になっていた。今夜は冷え込まないので、夜の更けるのを意識しなかった。自分の考えに熱中し、気もそぞろに時間を記していたようだった。

大学院生は、二人の内の背の高い方で、角張った顔に愛想笑いひとつ見せようとしなかった。出前の箱、ポット、リンゴ、ドーナッツは昨夜と同じだったが、運んできた雰囲気は大違いだった。戸口から忍び込む隙間風のように、煩わしさと厭わしさを感じさせた。どこか余裕をなくし緊張している陰気な男を見ると、場違いに思えた中本先生の活発な明るさが、むしろ好ましく思い出された。

男は、夜食だよ、と素っ気ない声で言って取り出すと、箱を入口脇の机に置いて小瓶や針の準備を始めた。瓶に番号をつけ忘れたらしく、机の抽出しを開けてマジックペンを捜した。ぼくがこちらの机の中から見つけた。

ようやく男は脚立を出し、逡巡するように女をみつめた。細い目がますます細められ、岩のように飛び出た頬骨の辺りがピクピクと痙攣している。手伝えと言われないので、ぼくは机にいて男の一挙手一投足を監視した。

男の表情や目配りが気に入らなかった。気弱な煮えきらない態度で愚図愚図していながら、恨むような眼差しを彼女に投げつけている。とんでもない話だった。それが許されるとすれば彼女の方だろう。男はすべてを隠して素直に全身を晒してくれている彼女を少しも理解しようとしない。自分のことしか見えていないのだ。

男は観念したように脚立に登った。そして自信なげに水槽の上に身を乗り出した。

銀色の竿が迷いながら彼女の尻の上を右に左に動いた。針先が無駄な傷をつけるのではないかと心配になり、ぼくは坐っていられず彼女に近寄った。男はどうにか右尻の真中に尖端を停めた。思い切り悪く動いた針が彼女に喰い込み、捻じられ、引き抜かれた。水面に滴る雫の音が舌打ちのように響いた。だがすぐに本物の舌打ちが聞こえた。恐れた通り失敗したらしい。

男の醜態は目も当てられなかった。幾度となく為損じ、刺し直しをした。もし冷汗を浮かべていなかったならば、巫山戯半分で針をふるっているのかと疑ってしまっただろう。プロならプロらしく、いかに冷酷に見える行為でもそれなりに全うさせてほしかった。たとえ善人だとしても、悪役を選んだのならばそれに徹底してほしかった。なまじ逡巡することは、苦痛を長びかせるだけなのだから。

男は、中本先生の十分の一の美しさも確信も凄味もなかった。いやむしろ醜かった。男はこの場の主人公とは言えず、核心を逸れ、どこか別のところを向いていた。中本先生と同じことをしながら、あまりに隔っていた。

ぼくは胸を荒立て、今度はぼくの方が彼女と男の間に割って入りたくなった。もう彼女を苛めるのはいい加減にしてほしい。早く彼女に安眠を与えたい。ぼくは同情し、苛立ち、拳を震わせた。

彼女はいつになったら解放され、彼女に相応しい恩讐、美醜を越えた黄泉の国に入って行けるのだろうか。いつになったらこの実験が終了するのだろうか。

ぼくは、やっとのことで仕事を終えた男に詰問するように訊いた。

「多分、浮上したら終わりになると思うよ」

男は自信なげなか細い声で答えた。

彼女が浮上する？　ここから浮き上がるの？　ぼくは信じ切れず、片方の耳だけで聞いた。

九

男を見送ってすぐに机に戻った。先程求めに応じてマジックペンを捜した時、抽出しの中に週刊誌らしいものをみつけていた。もしかしたら彼女と係わりのある記事が載っているのかもしれないと考え、男がいなくなるのを心待ちにしていた。以前ほど彼女の過去にこだわってはいないけれど、知りたい気持ちは今も残っていた。

ぼくは、下の抽出しから雑誌を取ってみて驚いた。週刊誌ではなくポルノ雑誌、それも発禁すれすれの際どいものだった。恐らく机と一緒に埃のように紛れ込んだのだろうが、決してこんなところで目にしたいものではなかった。

薄い下着姿や全裸の女たちが足を拡げたり、尻を突き出したりして煽情していた。食肉花が開いたようにどの頁にも彩り鮮やかな卑猥なポーズが咲き乱れ、刺戟臭を放っていた。

けれどぼくは、自分でも意外に思うほど無感動だった。いつもなら挑発されたにちがいないのに、本能は波立たず、性器も熱くならなかった。ぼくは、冷ややかな目で女たちを観察した。

女たちは、目の前にいる彼女よりも生気が乏しく存在感がなかった。艶のある肌色を纏い、唇のルージュで華やかなアクセントをつけ、顔や躰で淫らな表情を作っているが、誰一人生きていなかった。紙の上に刷り込まれるのに相応しい薄っぺらな存在だった。

紙面一杯に全身や局部が写し出され、スポットや焦点が当てられているにもかかわらず、彼女らは主人公に見えなかった。何故だろうか。ぼくは不思議に思い、暫く考えさせられた。

主人公は、この写真の背後に隠れている精神だ、とぼくは思いついた。できるだけ煽情的な本を作り、商品価値を高めようとする精神こそ主役なのだ。女たちは小道具、より刺戟的にするための小物と同じなのだ。品物のように自由に扱われ、容赦ないカメラの針で全身を刺されている。

ぼくは、水槽の女を眺め、頁の女たちを捲り、天井を見上げて間島の女を思い出す。彼女ら皆が何と似かよっていることか。主体を奪われ、辱められ、貶められている。彼女らこそ弱者の典型なのだ。

ベルの音に立ち上がり、水温を見に行く。傷つけられた彼女は、同じ姿勢で女たちの悲哀を凝縮させて動かない。いくら小さな傷だとて、もう覆い隠しようがないほど目立ち始めた。尻に腰に背に赤黒い跡がつき、すべすべした肌が失われ、醜くなって行く。できればこれ以上痛めつけられるのを見たくない。

水槽を離れ、机に向かう。すると、この動きがまるで頭の中の水を掻き混ぜたような効果を与え、塞き止められていた思考がぼくの脳裡を自由に流れ始めた。

彼女と他の女たちは確かに似ている。辱められ、正常な判断を奪われ、自由をかすめ取られている。自分のセックスシーンを人に見せ、裸の写真を撮らせてお金を貰うような自分を、子供の頃の彼女らは夢想だにしなかっただろうに、今はそんな境遇に陥っている。

しかし、女たちは、水底の彼女と決定的に違っているところがある。生きていること。そう、女たちは今も生きているのだ。

水の中の彼女は、どんなに手荒に扱われても死界に沈み滅びるのを待っているだけだ。けれど間島の女や本の中の女たちは、生きていながら生を無視され、死体と同じ扱いを受け、それでもなお生き続けなければならない。重石をつけられ、泳ぐことを強いられている。

死んだ彼女に時間はない。過去も未来も曖昧に溶けている。今、朽ちかけた現在という背鰭をぼくの前に僅かに覗かせているにすぎない。だが女たちは未来を持っている。豊富な時間に恵まれている。ひどい仕打ちを受けながら、それを数え切れないほど繰り返さなければならない未来を、平等に分け与えられている。たとえ死んだような現在でも、腐った傷口のように臭いを放つ現在でも、必ず太陽と一緒に蘇ってくるのだ。しかも四季のように自ずと移り変わったりせず、肉体が衰えるように朽ちながらますます惨めに繰り返される。未来は、今となっては女たちの拷問台にほかならない。限りない苦痛を与える生地獄そのものなのだ。

彼女たちにはもう、この非情な時間の責苦から逃れる方法はないのだろうか。ただ諦めてきっぱりと未来を断つこと、つまり死ぬ以外にこの罠から逃れることができないのだろうか。

ぼくは未来について考え直す。何気なく見過してきた未来という概念が、今無気味な色を帯びてぼくの前に広がり始めた。油断できない鋭さを持って、まるで人を脅す剣のように迫ってくる。

しかし女たちに救いがないはずがない。ぼくが自分の未来を考える時、暗さよりむしろ明るい期待を無条件に優先的に抱いてしまうように、未来はどこかに明るい要素を隠し持っているのではないだろうか。それを彼女らが見出し得たならば、彼女らの時間は新しい顔で甦ってくるのではないだろうか。

ふとぼくは思いつく。未来は両刃の剣にちがいない、と。

未来は、腐敗し停滞した今日を鋭い切っ先で痛めつけながら繰り返させると同時に、新しいものを産み出そうとし陣痛に苦しむ腹を切り開いてもくれる。再生と可能性の刃も持っているのだ。彼女らが生きているということは新しい自分、新しい生活をやり直す可能性に満ちているということではないか。

ぼくが、自由な春の陽光のもとで捜し求めていた自分自身の時間とは、この可能性に満ちた未来のことを指していたのにちがいない。

スケジュールという鉄線で縛られた現在でもなく、盛り沢山の欲望と快楽で目を眩まされた現在でもない時間とは、未来に向かって開かれた窓を持ち、創造性に溢れた「今日」のことを意味していたのだ。

どのように今日現在を生きるべきかという問いの答えを浮き上がらせるには、頭上から垂直に降りてくる今日の光だけでは明確にならない。未来の地平線からくる横なぐりの光を受けてこそ、今何をなすべきかが正確な立体像とし浮彫りになるのだろう。未来を切り捨て、瞬間の快楽だけに支配された今日は、決して生きていないし、砂漠に築かれた巨大な墓石のように完成したその時から朽ちる一方なのだ。

ぼくは、死の燐光を漂わせている女に感謝の気持ちで一杯だった。彼女こそぼくに多くのものを与え、濁った眼を清めてくれたのだ。傷つきながら、なお美しさを失わない彼女の裸身に、ぼくは憧れに近いものを感じる。

十

水槽に頰を寄せて彼女に近づこうとする。二十度に保たれた水はそれほど冷たくなく、火照った肌からほど良く熱を吸ってくれる。これが彼女の体温だと思い、暫く手の平で感触を味わった。今夜は昨日に比べれば、季節が違うぐらいに暖かだった。

柩に手をかけ、蓋をそっと持ち上げてみる。思ったよりも重い、彼女の形を残し、丸めた新聞紙が詰められている。貧しい褥だ。ぼくは涙ぐむ。

蓋を元に戻し振り向く。と、彼女の位置が変わっているように見えた。まさか、そんなはずが。震える膝を折って裸体の下を覗き込む。

確かに浮いている。水が下に入り、腕が支え棒のように底に着き、垂れ下がった乳房らしいものが蔭になって黒ぐろと見えている。

本当に浮き上がるのか。ぼくは躰を起こし、溜息をつく。急に冷汗が湧き出すのを感じる。だがすぐに、もう一度見たくなる。確かめざるを得ない気持になる。恐ごわ屈もうとして、連絡しなければならなかったことに気付いた。

非常用ボタンを押して一分も経たない内に、パジャマ姿の先程の大学院生がドアの蔭から上半身を覗かせた。

「何かあったの？」

「ええ、彼女が、いえ検体が少し浮いたようなんです」

ぼくは縺れる口で勢い込んで言った。

「そうか、今夜だったのか、ついてねえな」

男はぼやき声を上げ、眠そうに眼を擦りながら入って来て蹲った。

「本当だね、浮き始めたようだね」

口でぶつぶつ言い、すぐにドアの方へ向った。ぼくは一人で残されるのかと心配になった。彼女は得体の知れないもの、気味の悪い死体としてぼくを脅かし始めた。

「あの——これからも一人で見てなくちゃならないんですか」

「いや、中本先生に連絡して来てもらうよ、最後の詰めがあるからね」

ぼくは安堵して頷いた。

「きみ、ちゃんと変化を記録しておいてくれよ」

男は厳しく言ってぼくの視線を振り切り、外へ消えた。ぼくは時計を見る。午前一時十二分だ。十分頃に変化に気付いた。男から教えられたように腰骨の突起の部分で浮んだ距離を測る。十一センチ浮上している。

ノートに記録していると、昨日の緊張が蘇ってくる。単なる番人ではない、中本先生の助手として働いた自分を思い出す。機械的に時間を記し、自分の物思いにふけっていた過ごし方をやめようと思う。良き脇役に徹するのだ。

視線を鋭くし、死体のちょっとの変化も見逃すまいと待ち構える。同じ場所に坐っているのに、死体が少し近づいたように感じる。床を離れたせいか、それ自体が変化したのか。それともぼくの意識が緊張して澄み切っているからなのか。

五分経ち十分経ったが、停止状態のままだった。二十分経ってベルが鳴った。念のため水槽の目盛りを読んでみた。十五センチになっている。動かないように見えて少しずつ浮いているのだ。身を引き締め、観察に更に力を入れる。

三十分が過ぎ、水がもっと厚く死体の下に横たわった。重さで少し角度のついた腕も底を離れ、水中に突き出た櫂のように、魚の脇鰭のように漂っている。今にも死体が泳ぎ出しかねないと感じ怖くなった。水槽をよじ登りぼくに飛びついてくるのではないか。傷の痛みを訴え、恨みごとを言い、ぼくの血を欲しがるのではないか。

この時、大きな足音を響かせて中本先生が現われた。凍えた躰を溶かす春の風のようにぼくを温めた。

「やあ御苦労さん、間に合ったな」

彼は息を切らしながら大声で喋った。浮き始めて一時間以内なら大丈夫だから、と独り言を言い、素早く標本採取の準備を始めた。

ぼくは中本先生の姿を見た途端、力が抜けるような安堵を感じた。椅子に坐り直し、澱んだ息を肺の隅々から追い出した。

彼は活発に動き、大学院生の何倍もの速さで準備を完了し、脚立に上がった。何も言われない内にぼくは下で待機した。

針が裸体の上に停められ、鋭い声と共に腰の中に突き立てられた。漂っていた躰は、今度は厭々するように上下に揺れた。水面が騒ぎ、波立った。

「針の切れが悪いと、こういう不安定な状態の時は苦労するよ」

中本先生は弁解するように言い、それでも失敗なく女の肉片をぼくに渡した。

身悶えしながら肉を毟り取られる女を眼の当りにして、ぼくの同情心が息を吹き返した。浮上すれば終わりだと言われながら、その時を好機だとばかりに餌食にされている。脅えて遠ざけた自分の薄情を、ぼくは後悔した。

中本先生が早く終えたのがせめてもの慰めだった。一度の失敗もなく、プロらしく美しく残酷な仕事を済ませた。

大学院生が入ってきた。パジャマを脱ぎ、白衣に着替えている。外科医のような帽子を被り、首からマスクを掛けている。

中本先生にも帽子とマスク、それにゴム手袋を渡し、準備完了しました、と告げた。

中本先生は頷き、ぼくの方を向いて言った。

「ここは目を開けて良く見ておいた方がいいぞ。何度見ても変な感じのするところなんだ」

「何が起きるんですか?」

「これまで少しずつ浮いてきたのが、あるところまでくると、一気に浮上するんだ」

女はすでに五十センチ近く上に来ていた。ライトに近くなり、肌の明るさ傷の多さを目立たせ、蔭の部分が一層暗くなっている。俯せの姿勢は同じで、まるで見えない台の上に置かれているように固まっている。けれどよく観察すればとても不安定にも思われ、ちょっとした衝撃が、危い平衡を破綻させかねない予感に満ちていた。

突然、女が身振いした。驚いて立ち上がったぼくの前で、彼女を縛りつけていた重い枷が外れたように、ゆっくりと上昇を始めた。のんびりと少しずつ、しかしこの目ではっきりわかる速さで上へ上へと動いている。

ぼくは何かに惹かれ、誰かに呼ばれたような気持ちになり、脚立に登った。水面の上から彼女がやってくるのを迎えた。中本先生が何か言ったようだが、よく聞きとれなかった。

透明な水の中を、ぼくに向かって女が迫ってくる。ぼくを待ちかねたように速さを増し、水を押し上げ、背中と尻を空気に晒した。と、その瞬間、腕を空中に上げ、ぼくの鼻先を切り、躰を回転させて仰向けになった。

紫色だった。女は顔も胸も脚もすべてべっとりした紫色に変っていた。妊婦のように膨れた腹も青黒く濡れ、紫色に腐った顔の中で白い歯だけが宝石のように無垢に光っている。醜い。無惨だ。死、死そのものだ。

ぼくは一目見て目が眩み、落ちそうになって脚立にしがみついた。押し寄せる吐き気を辛うじて堪えた。だが、心は疾うに地べたに叩きつけられ、彼女への憧れは砕かれた。

ぼくは打ち拉がれ、のろのろと脚立から降りた。

「美しいもんじゃないだろう？　だからやめとけと言ったんだ。死斑で目も当てられなくなるんだ」

慰めるように中本先生が言った。ぼくは何か答えるべきかと頭の隅で考えていたが、躰も頭も遠くの方にあって自由にならなかった。

男が外から車輪のついたベッドのような台を押してきた。シーツ替りに緑色のゴムが敷いてある。それを水槽の近くに停めた。

「藤岡にも手伝ってもらうぞ」

ゴム手袋をぼくに押しつけて中本先生が言った。三台の脚立が水槽の前に並べられた。ぼくは命じられるままに右端の脚立に上がり、水面に漂っている女の足を持った。変色した股間に女の繁みが重ねた薄い布のように貼りつき、その下に黒い傷口が見えている。

頭の方を中本先生が持ち、腰の部分を一番体格のいい大学院生が受持った。弾みをつけ、水音高く水面から持ち上げ、夥しい水滴を落としながら脚立から下ろし、台の上に横たえた。足首の硬く細い感触、張ら脛《ふくはぎ》の筋肉の木のような感触だけがいつまでもぼくの手に残った。

男が、台の下から白布と花束を取り出した。その場違いな華やかな花束がぼくの窓を開け、涙を誘った。感情も感慨も思惑も何もなく、ただとめどなく流れる涙がぼくのすべてになった。

花束を受け取り、女の胸の上に横たえた。百合や菊、それにピンクや白のカーネーションが変色した女の胸や首を飾った。

涙が激しさを増した。拭くことを忘れ、流れるにまかせた。白布が彼女を雪のように覆った。

「解剖するんだが、見学して行くか？」

ぼくは顔を上げ、激しく横に振った。彼はぼくを見て目をそらした。

棺桶を台の下に押し込み、台車と彼女は出て行った。見送るぼくに、中本先生が何かを差し出した。

「どうも御苦労さん、お蔭で助かったよ。これが二晩分の日当だ」

ぼくは周章てて手を後に隠した。お金のことなどすっかり忘れていた。そんなものなど受け取れない。とてもそんな気持ちになれない。それ以上のものをぼくは得たのだ。

「いいから取りなさい」

中本先生は無理矢理ぼくのショルダーバッグに押し込み、階段の脇を通って奥へ消えた。

寝静まった夜の底をぼくは歩いている。暖かい春の風が、涙に洗い流された胸の中を吹き抜け、自分でも驚くほどの清々しい気分を与えてくれる。

二日前のぼくと少しも変わっていないはずなのに、どこかが削り取られたような身軽な気持ちになる。人々と共に時さえ疲れ果てて眠りについているのに、ぼくだけは、ぼくの時間だけは、力に溢れて夜を突き抜けている。

生きているからなのだ。今ほど生命を敬い、死を嫌ったことはない。観念と抽象の中にあった死が、肉体の形を借りて強くぼくの全身を打ったのだ。今も胸が鐘のように高鳴っている。

腐り切るしかない死は、醜悪で非情でそして悲しい。だが、生きているぼくたちには時間が残されている。生きながら死人のように扱われている女たちにも同じように可能性が残されている。

闇と一緒に沈丁花の香りが風に運ばれてくる。夜の静寂は、匂いの響きさえ好ましいものにするのだろうか。強烈に鼻を襲った死臭の名残りが、ようやくのことで薄らいで行く。

〈了〉

艫綱（ともづな）

一

窓から吹き込んできた白いものが、瀬崎望の視野をかすめて行った。カルテから目を離すと、灰色のリノリュウムの床に何枚かの薄いピンクの花びらが散っている。

花吹雪だった。風がコの字型の病棟に遮られて渦を巻き、その軌跡を辿るように花弁が舞っている。窓枠にとまっている一枚は、まるで小さな蝶が翅を休めるように息づいている。そばに寄ろうとすると、風に乗ってふたたび飛び立っていった。

右手の第一病棟の蔭にある染井吉野が散り始めたらしい。正面に見える裏山でも、中腹にある桜が満開になっている。重い緑の中で、そこだけが明るくかすんでいる。もうこんな季節だった。忙しいとぼやきながら病院と医師寮を往復している内に、季節の変わり目を見過ごすことが多くなった。

「先生、お願いします」

看護婦が呼んだ。瀬崎は頷いて窓を離れ、看護室とドア続きの重症個室に歩いた。朝から下顎呼吸になっていたが、いよいよ駄目らしい。患者の様子を見に行った看護婦がドアを開けて瀬崎を待っている。

八畳ほどの重症部屋は、ドアが二つあるほかは、壁のスポットライト、一間幅の窓、天井に埋め込まれた蛍光灯、と他の個室と同じ造りだった。だが応接セットがベッド脇になく、かわりに付き添い用の低い簡易ベッドが置かれている。それだけで部屋が雑然とし、どことなく胡散臭い雰囲気になった。

部屋の真中にある大きなベッドの上には、痩せた老人が押し潰されたような薄い躰を横たえ、無精髭の顎を辛うじて動かして息を継いでいた。見開かれた眼は糊を塗られたように濁り、胸廓は干からびて骨が剥き出しだった。光や音など、外界の刺戟に反応しなくなってからすでに半月経っていた。

ベッド脇のもう片方の床には、隙間一杯に茣蓙を広げた家族が四人、車座になってお茶を飲んでいた。誰が喫ったのか、煙草のけむりが肉の腐臭と混じって漂っている。簡易ベッドに腰を落とし、嗚咽するかのように老人の傍に顔を伏せていた四十近い娘が、黒い顔を上げて眠そうに目を瞬かせた。

「早く空けて下さい」

看護婦に言われて男達はのろのろと立ち上がり、茶碗とお盆をのせたまま茣蓙を二つに折ってベッドの下へ押し込んだ。瀬崎は部屋が片付くのをドアの脇で待った。

ジャンパー姿の四十過ぎの長男が、父親そっくりに張った顎を意味もなく動かしながら壁に寄りかかって外を向いている。入院早々、いつ頃いくのじゃ？　と無表情に声をかけてきた男だ。他の男達は、これまで一度も見たことがなかった。臨終間近だというので呼び集められた親戚かもしれなかった。

ゼンマイの弱くなった首振り人形のように、老人はゆっくりした動きで喘いでいた。両肩が僅かに引き上げられるたびに下顎が伸び、黴のような髭が小刻みに震えた。瀬崎が覗きこむと、老人は待ち兼ねたように息を停めた。十秒、十五秒、二十秒、と無呼吸が続く。瀬崎は、聴診器《ステト》を取り出して古い竹細工のような肋骨の上に当てて耳を澄ました。心音も呼吸音も聞こえてこない。これで終わりか、と思いステトを外した。と、その途端、老人は生き返ったように動き出し、ありもしない胸の重石を除こうとでもするように体を少しずつ持ち上げた。顎を突き出し、首から腰までを一本の棒のように固くしながらやっとのことで頭をシーツから離すと、一声呼ぶように口を開けて空気を噛み、途中で力尽きた。ベッドの上に、乾いた眼を無念そうに天へ向けた遺骸がひとつ、投げ出されるように落ちた。

「御臨終です」

小さく言って、瀬崎と看護婦は頭を垂れた。だが、泣き声ひとつ起こらなかった。フーッと溜息らしきものを漏らすと、一人が煙草に火を点けた。他の男達はせいせいしたような笑みを浮かべ、まるで草野球の見物が終わったように賑やかに荷物の整理を始めた。

「湯灌をしますから、そんなことはあとにして、外で待ってて下さい」

看護婦が尖った声で叫び、彼らを部屋から追い出した。瀬崎は死骸にもう一度目をやった。口に綿を詰められ、目蓋をおろそうとする看護婦の手に抗って虚空を睨み続ける姿は、老人の豊かでなかった生を写した陰画のように見えた。

最近はこんな臨終ばかりだ、と瀬崎は心の中で舌打ちをした。一人の生命が失われたという重みはどこにもない。ただ殺伐とした人の営みがあからさまにされただけだ。瀬崎は、自分の行為が単なる儀式の片棒担ぎのように思われ、やりきれなかった。

看護室へ戻ると、机の上に死亡診断書が用意されてあった。下が透けて見えるほどの粗末な紙だ。どんな死に方であろうと、どんな病気であろうと、この僅かな空白に数字と決まった文字を書き込んできた。

一体これまでどれほどの死者を送り出してきたのだろう？　瀬崎はふとそんな疑問に動かされ、机の抽出しを引いた。中に「死亡診断書」とゴチック活字の目立つB五判のコピー用紙が入っている。両手で積重なった順序を変えないように机の上に取り出し、日付を確認しながら古い順に重ねた。厚さで一センチ近くある。今日の分を加えると金部で七十九枚。この病院に来て二年間でこれだけとすると、十日に一人ずつ死者を看取ったということになる。瀬崎は吐息をつき、本のようになった死亡診断書の束を幾度も捲った。

ほとんど記憶が薄れている中で、一番下にある、生まれ初めて人の死を見た二年前の症例だけが鮮やかに甦ってきた。

九十近い老人は、何の苦しみも示さず、自然な速度で滴り落ちた生命を使い果たし、穏やかな嘆息を漏らして静かに永眠した。指導医の鈴宮に促され、「御臨終です」と頭を下げて時計を見ながら死亡時刻を告げると、集まっていた年老いた子から幼い曾孫までがあたり憚らず一斉に悲しみの声を上げた。小学生の女の子が老人の腕にすがって呼び戻そうと叫び、老人と変わらぬほど老けこんだ息子が、内臓の透けて見える薄い膜をさすりながら泣いていた。それを見下ろして立っていた瀬崎は、自分の目に涙が湧き出したのに気付いた。初めて目にする生から死への移り変わりが強く胸を打った。瀬崎は遺族をどんな言葉でなぐさめたらいいのかわからなかった。だがその時、傍に立っていた鈴宮が、「ご愁傷さまです」ともの慣れた調子で挨拶すると、瀬崎に合図して部屋を出た。あとを追いながら、瀬崎は自分の涙がいかにも新米ぶりを曝け出しているように感じられて恥ずかしくなった。

だがそんな戸惑いも長くは続かなかった。幾度も臨終に立ち合い、人の死を眺めている内に、いつの間にか死に慣れてきたようだった。家族の愁嘆場が遠いものに見え、知らず知らずに鈴宮と同じ物腰を身につけることができた。

これまでそんな自分をプロフェッショナルらしくなったと誇らしく思う気持ちもあったが、今はとてもそういう気にはなれない。むしろ大した感慨もなく七十九の死を送り出して平気だった自分が、疎ましいものに感じられてならない。

「先生、新入院が来たそうです」

電話を受けた看護婦に告げられ、瀬崎は死亡診断書を元の場所に仕舞い、新しい入院カルテを開いて待った。

色白の若い女性が外来看護婦の後ろから現われた。日勤と準夜勤の引き継ぎをしていた十人ほどの看護婦が驚いたように言葉を止め、視線をそちらに集中させた。

患者は白いブラウスに白の幾何学模様の入ったピンクのスカートを着け、迎えた上市看護主任に礼儀正しく挨拶している。均整のとれた体は、主任よりかなり上背があった。

「瀬崎先生、新入院の今泉響子さんです」

瀬崎の前に患者が案内されてきた。入ってきた時の、もの怖じしない、あたりを観察するような目配りが消え、丸味のある四角い顔が人なつっこい表情を浮かべている。瀬崎はその顔を好ましい思いで凝視めた。腰を上げ、彼女の笑顔に丁寧に応えながら、さっきからのもやもやした気持ちに暖かい陽が差し込んできたように感じた。

今泉響子の部屋は、海に向いた東側の四人部屋だった、診察に向かう瀬崎の前に左右の病室から突き出した番号札が、ガラス張りの欄間の明かりで白く光っている。右の大部屋に比べ左側の個室の札がドミノのコマのように重なりながら続いている。

患者は、しばらく空いていた廊下寄りのベッドの上に、ピンクのパジャマを着て心細そうに坐っていた。同室のバセドウ病の踊りの師匠と糖尿病の主婦は早い夕食を済ませどこかに出かけていた。隣りのベッドの肺炎が治りかけた七十過ぎの老婆が小肥りの顔をニコニコさせて瀬崎と主任を迎えた。陽気でからっとした性格が好かれ、看護婦たちから「お福さん」と呼ばれていた。

「オラのことは、もう用はないんだね。こげんな年寄りを日に二度もみるよっか、ベッピンさんをみた方が、瀬崎先生もなんぼか愉しいだべから、ハッハッハッ」

難聴者特有の大声を上げ、用足しに出て行った。

響子は、看護室で見た時よりも子供っぽくなり、パジャマと一緒に病人の雰囲気まで身にまとったようだった。蛍光灯を浴びて、どことなく沈んで弱々しく見える。

仰向けにした響子の下目蓋にそっと指を置き、「天井を見て」と言って診察を始めた。

軽い肝炎で入院した患者がそうであるように、まったくと言っていいほど重症感がない。白目にわずかに黄色味があるかという程度で黄疸もひどくなかった。瀬崎がステトを取り出すと、響子は少し顔を赧らめ、ためらいがちにパジャマの胸を開いた。白い豊かな胸が半分だけ覗いた。介助についていた主任が手を貸してパジャマのリボンを外し、すっかり胸をあらわにした。自らの重味に押されながらなお白く盛り上がった乳房が、頂きに薄紅色の乳首を見せてかすかに心臓の鼓動を伝えている。瀬崎は咳払いをして、ステトを左乳房の下に押し当て、心尖拍動を聴いた。規則正しい、やや速めの鼓動が耳を打つ。

「膝を立てて」

腹壁の緊張を取って、腹部の触診に移った。主任がパジャマのズボンを下げ、幽かな起伏を示す腹を恥骨のあたりまで見せた。瀬崎はその上に手の平を静かにのせて力を入れた。温かい腹壁が柔らかに受けとめ、控え目に反発してくる。

「押されて痛い処がありますか?」

「ちょっとそこが苦しい気がします」

臍のやや上に手をやった時、響子が首をかしげて言い、「いいえ、やっぱり何でもありませんわ」と乾いた声で打ち消した。丁寧に触診してみたが、指には何の異常も感じられなかった。

「お腹《なか》を脹らましたり凹ましたりしてみて」

手を横にずらして肝臓を探った。横隔膜が上下するたびに、腫大気味の肝臓が指先に触れる。

「どう?　苦しい?」

「ええ、少し……」

「ちょっとだけ肝臓が脹れているけど、他は大したことないようですね」

安静にしていれば大事にならないでしょう、と言い、瀬崎は病室を出た。看護主任が後に残り、入院規則について説明を始めた。

響子の兄が肝炎の劇症型で亡くなったと聞いたので注意して診察したが、思ったより軽症のようだった。院長が慎重を期して入院させたのだろうが、たまにはこういう魅力的な若い患者もなくては、と瀬崎は心の中でニヤリとした。

医局の談話室を覗くと、大学から外科の手伝いに来ている島田が、テレビの前でウイスキーを飲んでいた。かなり酔っているらしく、短く刈った頭まで赤くなっている。

「おお、当直か、ごくろうさん」

テレビを消して瀬崎を迎えた。

「泊まるんですか、今夜は」

「ああ、大手術だったからな。終わったら車を運転するのが厭になったんだ。どうだ、飲むか?」

ほとんど空になった瓶を取り上げた。

「いえ、当直の時は禁じられていますから」

「ビール位ならいいだろう。つき合えよ」

強く勧められ、瀬崎は冷蔵庫から一本取り出した。

「この病院もあと一年だね。大分いい研修をしたらしいじゃないか」

「そうでしょうか、忙しいだけは忙しかったですけどね」

「それが一番だよ。まず多くの症例を経験して体で覚えなくちゃあな」

「でも死人ばかり多いのもちょっとね。この二年間で書いた死亡診断書が七十九枚ですよ」

「へえ、そんなになるのか？　外科をやって十年になるけど、俺の方がまだ少ないぞ」

島田は大声で笑い、慰めるように言った。

「まあこの病院の宿命みたいなもんだな。開業医は自分のところで死なせたくないし、家族は、この地方の最高の病院で最後を看取ったという評判が欲しいいし、いよいよ駄目だとなると救急車で運び込むんだからな」

「そういやあ、ひどい家族もいますよ。この間なんか、臨終近くなったんで連絡したら、『こんな夜中になんだ、死んでからでいい、ちゃんと引き取りに行くんだから』と逆に怒鳴られてしまって」

「色んなやつがいるからなあ」

島田はそう言いながら、ウイスキーの瓶を逆さにして雫がとまるのを待っている。

「まあ、下手をやってこっちの弱味を握られたりしないように注意して、適当に気分転換をしたらいいさ、死ぬのは死ぬし、助かるのは助かるんだから」

島田は空になった瓶を机の上に転がした。黒い瓶は二度、三度と回転し、机の真中で死体のように腹を見せて停まった。

瀬崎は、島田の去ったあと、スポーツニュースを見ようとテレビをつけた。チャンネルを切り換えた時、ふと見知った顔に出会ったように思い手を停めた。今泉響子と似ていた。椅子に坐った彼女が、白髪の婦人と喋っている。それを確かめる間もなく画面が変わり、「ようこそみちのくへ」というローカル番組のタイトルが流れた。

仕事を尋ねた時に、会社勤めです、と答えたので、秘書でもしているのかと思っていたが、テレビ局のアナウンサーだったのだろうか。もう一度見たくなり、他の局にも出ていないかとチャンネルを廻した。


回診で響子の病室に入った瀬崎は、彼女が昨夜のテレビの女性に違いないと思った。花模様のパジャマ姿で横たわり、テレビで見せたよりもやさしい顔で瀬崎を迎えた。

「どうですか?」

「ええ、もうすっかり治ったみたいです。入院前はやっぱり疲れ易かったんですね」

「この間の検査結果も大分いいですよ」

「そうですか、よかったわ」

響子は嬉しそうに手を合わせた。

「ひとつ、これを貰ってけらい」

隣りのおばあさんが銀紙に包まれた饅頭のようなものを二個、瀬崎の前に差し出した。同じものを上市看護主任にも渡している。

「どうしたの?」

瀬崎は仕方なしにポケットに入れて礼を言ってから、大声でばあさんの耳へ訊いた。

「今日、先生みてえな色男が、この菓子箱持ってオラのとこさ来たんだ。ウチの隣りでビル建ててたの終わったんで、うるさくしたからそのお詫びだと。耳つんぼで何も聞こえねかっただに、貰ってていいだべかね?」

「さっきから気にして皆さんに配っているんですよ」

起き上がった響子が笑いながら愉しそうに注釈した。

「会社の人は、工事のために病気になったんじゃないかって心配して来たんですの。両方で大きな声で遠慮し合って大変でしたわ」

その情景をまた思い出したらしく、他の患者と一緒になって、胸を抱くようにして笑った。陽気な笑声に満たされ病室の中で遅れて笑い出したお福ばあさんの声が一際大きく響いた。この部屋の患者は、きっと早く良くなるにちがいない、誘われて愉しい気分になりながら瀬崎は思った。

病棟の回診を終えて響子の部屋の前を通り過ぎた時、瀬崎は追いかけてきた彼女に呼び停められた。パジャマの上から薄いブルーのガウンを着て、申し訳なさそうに言った。

「あの、退院はいつごろになるのでしょうか？」

「えっ、もう退院の話？　まだ一週間にもならないのに気が早すぎるねえ」

「でも……」

瀬崎は主任を先にやり、丁度空いていた面会室に響子を招き入れた。他の患者に気兼ねしないで話せるいい機会だった。中庭に向いた二坪ほどの部屋は、家族に病状を説明する時などに用いられてきた。ベンチに腰を下ろし、向かい合った席に彼女を坐らせた。窓から来る光線が彼女の表情を鋭く浮き上がらせ、昨夜の姿を思い出させた。

「昨夜、テレビで会いましたよ」

「まあ、何かしら？」

顔を少し赧らめた。

「番組の予告みたいでしたね」

「ああ、スポットですね。スポンサーに空きができた時なんかに入れるんです。実は、あの番組のためにどうしても退院しなければならなくなって……」

響子は、自分の企画が採用になったので入院しているわけにいかない、とできるだけ早い退院を希望した。

「しかし、すぐというのはねえ」

主治医としては入院して日の浅い患者の退院をそう簡単には認めるわけにいかなかった。確かに最初から響子の肝障害はそれほどでなく、入院後の検査でも順調に改善していた。この調子ならば、一週毎の採血検査を二度行えばほぼ正常になるはずだった。無理に中途退院すると、ふたたび悪化して長びくか、問題なくそのまま治癒するかのどちらかだった。瀬崎としては、なんとかあと二週間を辛抱してもらいたかった。

「躰の調子だってずっとよくなっていますし、この仕事はぜひ自分でやりたいんです。お願いします」

もともと入院するほどのこともなかったと言われれば、その通りかもしれなかった。外来に通っている患者の中には、彼女よりもっと悪い肝機能を示しながら、十数年間平常に生活している者も何人かいた。

結局、響子の仕事にかける熱意がまさった。必ず瀬崎の外来を受診して肝機能をチェックするという約束で、次の「大安」に退院することに決まった。

週一度の外来担当日が来るたびに、瀬崎は響子が現われるのを心待ちにしては失望させられた。あれほど顔を出すようにと言ったのに、仕事に戻ると、病院が別世界に見えるのだろうか。もっと厳しい話をしておけばよかった、と瀬崎は後悔した。テレビのスポットで何度か響子の顔を見かけたがどうすることもできなかった。

三度目の外来も空振りに終わった日の夕方、テレビ局にいる響子から電話があった。瀬崎はつい大きな声を出した。

「どうしたんです？　待ってたんですよ」

「ごめんなさい、先生。忙しくてずっとそちらに帰れなかったんです」

響子は済まなそうに詫びたが、体調はいい、と病気についてはすっかり安心している口振りだった。

「いつ、これるんですか」

「まだ、ちょっと……」

「弱りましたねぇ」

瀬崎は、慢性化すると厄介だ、と強い言葉で脅した。

「そうですねぇ」

心配になったらしく、響子はできるだけ都合をつけてうかがいます、と約束して電話を切った。

瀬崎がS市で開かれた学会を中途で抜け出し、市内の小さな山の頂きにあるテレビ局に着いたのは五時過ぎだった。二階建に見えた建物が、近づくと斜面を下にさらに三階あり、その脇に無人のプールとテニスコートが並んでいた。右手の赤松林の山と建物の間から、ビルの多いS市の中心部が明るく見渡せた。

ロビーの受付の女の子に、今泉響子の名前を言い、連絡してくれるように頼んだ。帰ろうとしていたところだったのか、腰を上げていた受付の娘は、アナウンサーの今泉さんですね、と念を押し、お約束でもあるのですか、と警戒するように瀬崎をみつめた。

ガラス張りのロビーから緑の斜面を眺めながら、瀬崎は場違いな所に立っている自分に気付いた。さっきの受付の娘の無遠慮な視線が、押しつけがましくやってきた自分を鋭く刺したように感じられた。学会場から電話した時も、響子は驚いたような声を出していた。

何も映していない大きなテレビの前に、黒いレザー張りの簡素な応接セットが置いてある。そこに腰を下ろす気にもなれず、階段下に作られた池の周囲を歩き廻っていると、上の方から慌しい靴音が響いてきた。瀬崎は足を停め、自分の鼓動を聞くような思いでその音が降りて来るのを待った。

白い靴とスカートが見え、続いて淡いピンクとブルーのパステルカラーのニットシャツを着た響子の全身が現われた。肩までの髪を乱しながら、急ぎ足でロビーに下り立った。

「ごめんなさい、お待たせして」

瀬崎をみつけ、彼女は丁寧に挨拶した。

「いえ、こちらこそ突然押しかけたりして。お邪魔でなかったですか?」

「今日はもういいんです。取材の打ち合わせだけでしたから」

愛想良い響子の声に救われたように感じ、瀬崎は促されるままにソファに腰を落とした。

響子は、体調が良く、自分の企画した仕事も順調に進んで、あと一週間ほどでヤマを過ぎる、と生き生きした表情で報告した。顔色もよく、病室の彼女とはまったく別の人のようだった。

瀬崎は話の中で響子から「先生」と呼ばれるたびに居心地の悪かった気持ちが少しずつ落ち着くのを感じていた。

「今泉さん、もう鍵を掛ける時間なんですが」

グレーの制服姿の守衛が、入口の自動扉の前に立っている。

「あら、そうね。ごめんなさい」

二人は周章てて立ち上がった。出口に向いながら響子が、お食事をいかがでしょうか、と誘った。

「いいんですか」

瀬崎は訊き返した。

「先生には、ご心配ばかりおかけしたんですもの……」

響子は重ねて言った。

瀬崎は助手席に響子を乗せ、市内へと向かった。すっかり暮れた坂道を、遊園地前に開けたベッドタウンへ戻る車だろうか、対向車線をライトをつけて次々と登ってくる。急カーブを廻るたびに二人に光を浴びせてすれ違って行く。

「あの同室の方がたはどうしておられます?」

彼らは、彼女のあとを追うように退院して、病室の顔ぶれはすっかり変わっていた。

「あのおばあさん、とても楽しい方でしたわ」

お福ばあさんを思い出して響子は言った。

「あれだけ長生きしたんですもの、色んな辛いことがあったでしょうに、いつも愉しい話を聞かせてくれて。できればわたしもあんなお年寄りになりたいわ」

一人の患者のために病室が明るくも暗くもなるが、お福ばあさんとそのあとに入った胃潰瘍の患者とでは、その差が際立っていた。今はすっかり陰気な部屋になっていた。

「入院するってとてもいい体験でしたわ」

S字カーブを抜けて植物園の外灯のない裏道に入ると、ふたたび彼女が言った。暗闇の中にライトに照らされた道がいつも同じ距離で現われた。

「たった十日間ほどでしたけれど、色んな方がいらして、生活とか人生とか考えさせられましたわ。医学のお仕事っていいですわね」

「いや、医者になってみると、それほどでもないんですよ。忙しすぎるせいか、肉体の傷んだ箇所を治療するだけで手一杯になってしまって。例外的とすれば人の死に際ですかね。好むと好まざるにかかわらず、色んなものを見せられたり、感じさせられたりしますからね」

たとえば、と言い出しかけて瀬崎は口を噤んだ。これから食事へ行くという時に、相応しい話題とは思えなかった。もっと愉しいことを喋らなければと思い巡らしながら、ふたたび急な坂道へ入った。


「先生、何かいいことあるんですか」

上市主任が機嫌のいい声で瀬崎に話しかけた。無駄口の少ない主任にしては珍しいことだった。ここ数日瀬崎が毎朝早く病棟に顔を出しているからかもしれなかった。

「別に何もないけどね」

「最近また張り切り出したように見えますよ」

「そうかな？　でも朝早く起きるのは気分がいいもんだね」

瀬崎は、主任にまともに答えるつもりはなかったが、その分彼女に阿《おもね》るように言った。

「そうでしょ、この調子でお願いしますわ。慣れてくると、先生方は秋口のお天道さんみたいに出てくる時間が遅くなって困りますからね」

いつものように後味の悪い科白で締め括って主任が離れた。瀬崎は肩を竦めると、苦いお茶を一口啜って外来棟へ向かった。

十日前の約束を響子が忘れていなければ、今日の瀬崎の外来へ、今度こそ間違いなく現われるはずだった。

たった半日過ごしただけだったが、瀬崎は彼女に会いに行って良かった、と思った。病室で顔を合わせ、ベッドの傍で言葉を交わすだけという、これまでの医者と患者という関係とは違った心のつながりができたようだった。

響子の外来カルテが、思いがけず早い順番に置かれてあった。

呼ばれて入ってきた彼女は薄いブルーの服を着て、「この間は」と、親しげに微笑んだ。そのすぐ後ろに和服姿の中年の女性が見えた。

「母です」と紹介され、瀬崎は周章てて立ち上がり、丁寧に返礼した。彼女よりずっと小柄だったが、色が白く、目が大きいところはそっくりだった。

「具合いはどうですか」

母親へ挨拶を済ませ、響子に体調を訊いた。心持ち痩せたか、というほどで格別な変化はないようだった。

「ええ、別に大したことありませんわ。仕事がきのうの遅くまで掛ったものですからちょっと疲れ気味です」

じゃあ診察しましょうか、と瀬崎が言うと、介助の外来看護婦が母親に席を外すように促した。

「誠に勝手ばかりもうす娘でございますが、どうかくれぐれも宜しくお願い致します」

母親は、そう言葉を残して出て行った。

「凄く心配しているんです。兄が亡くなっているから仕方ないんでしょうけれど」

響子が、ベッドに横になりながら言った。

診察しても退院時と別に変わったところはなかった。黄疸や肝臓の腫れもはっきりしなかった。

「念のために採血して、肝機能をみておきましょう」

普通は二、三日後に結果を訊きに来てもらっていたが、心配症の母親を納得させるには早い方がよかった。瀬崎としても、できるだけ早く、彼女を患者という立場から自由にしてやりたかった。

しばらく待合室で待ってもらうことにして、瀬崎は彼女の血液を持って検査室へ走った。顔馴染みの検査技師を掴まえ、緊急用のアナライザーを動かすように頼んだ。

三十分ほどして検査室からの電話を受けた瀬崎は、信じられずに「えっ、ほんとなの？」と大きな声を出した。念を押しても返事は同じだった。入院時のデータに逆戻りしている。もう一度測定し直してくれるように頼んでから、渋い顔で二人を中へ呼び入れた。

響子はショックを受けたようだった。笑顔を消し、考え込むように首をかしげた。母親は、「まあ」と言って青ざめ、入院をお願いします、と頭を下げた。瀬崎は黙って響子をみつめた。

「仕方ないですね。またお世話になります。今度はおとなしくしていますから」

響子は、やや硬い笑顔で言った。「今日からお願いします」と言う母親の言葉に押されて病棟に連絡しようとした瀬崎は、個室を希望されて驚いた。差額料金のいらない四人部屋がいくつか空いていた。だが母親は、個室がいいと主張を変えなかった。

「まあその方が安静にはいいですね」

瀬崎は承諾しながら、響子と話す機会が多くなると思い、母親の希望通りの部屋を捜した。

二

今日も医局会議室に定刻通り来たのは瀬崎と同級の久慈だけだった。母校の病理学教授の息子である久滋は、瀬崎が入って行くと父親そっくりの広い額を上げて会釈し、ふたたび読みかけの医学雑誌に目を落とした。誰からも声を掛けられるのを拒むように、気難しげな皺を眉間に浮かべた。

瀬崎は持ってきた今泉響子の入院カルテとX線写真や心電図の入った紙袋を机の上に置き、カルテを開いて病歴を読み直した。

痛みも苦しみもない響子は、仕事の参考にするからと、運び入れたテレビを終日見ていたが、三日目から首が痛くなったと悲鳴を上げた。それでも週間予定表に印をつけ興味のある番組を見逃さないように注意していた。

瀬崎は回診以外にも空き時間を作り、彼女の病室に頻繁に顔を出した。時折母親や見舞い客と鉢合わせになったが、素早く医者の顔に戻り、遅れた回診に来たポーズを作って「じゃあ、あとで」とか、脈に触って「大丈夫ですね」と挨拶して出直した。

最近は、いつもと違う瀬崎の振舞いに看護婦たちが気付いてきたらしかった。今日の午後も、検温に来た看護婦が、「あら先生、またここなの。誰かが捜してたみたいですよ」と厭味を言った。しかし瀬崎は、聞き流した。なるべく検温時間を避けようと思ったが、夕方や就寝前の訪問をやめるつもりにはならなかった。今度の彼女の入院は、最初の出会いとは違って、見ず知らずの病人ではなく、親しい友人か肉親が助けを求めて自分のところへやってきたのだ。そういう大切な人を、できるかぎり面倒みるのは当たり前ではないか。瀬崎はそう思い、自分を納得させていた。

響子と話すことは、瀬崎にとって何よりの気晴らしだった。女が取りがちな思わせぶりや変な隠し立てを彼女がしないせいなのか、瀬崎自身も彼女の前に立つと今迄になく率直な気分になり、医者と患者という立場を忘れて話すことができた。彼女に問われるままに生い立ちや医学生時代を語り、来春に大学で始める予定の研究生活の夢を描いてみせた。

「院長と鈴宮先生が出張だから、これで全員だね」

内科医が七人になったところで、泉科長が開会を宣し、早く来た順に久滋の症例から始まった。

久滋は、先週の会議以来、新しく入院した二人の患者について報告した。

瀬崎の番になり、前に出て響子の胸部写真をX線写真観察器《シャーカステン》に貼り、心電図を広げて右端にいる後輩の伊山に渡した。

「今泉響子、二十四歳の未婚の女性で、放送局に勤務しています。家族歴は、父方の祖父が胃癌だったようですが、母方は不明です。兄は二年前に肝臓病にて二十六歳で死亡。弟は十八歳で健康です。既往歴は特にありません。現病歴を言いますと、一ヶ月前より疲れ易くなり、風邪気味だと思っていたそうです。軽い吐き気があって外来を訪れたところ、院長に軽度の黄疸を指摘され、入院を勧められました」

瀬崎は、初回入院時と退院前の検査データを読み上げ、改善してきたところで仕事の都合で中途退院になり、一ヶ月後に再入院となった、とほぼ同じレベルに戻ってしまった最新の検査結果を報告した。

「血沈はどのくらい？」

指導医の柴田が訊いた。

「一時間値で五十六ミリとやや亢進しています」

「以前に風邪薬を服用したことは？」

「特に肝臓に来るようなものはないようです」

さらに質問が二、三あり、ありふれた病気として議論にもならずに一段落した。瀬崎はもう終えていいかというつもりで泉科長の方を見た。小肥りの泉は黙って心電図に目をやっている。

「軽い肝炎だと思います。愚図つくタイプかもしれませんが、今度は安静を良く守らせて、完全にしてから退院させたいと思います」

そう結論づけて終えようとすると、泉が口を開いた。

「黄疸のない割にアルカリフォスファターゼが高いね。家族歴で兄が肝疾患で死亡しているのも厭だな。兄の死因ははっきりしているのかね？」

「クランケはよく知らないんですが、経過を聞くと劇症肝炎らしく、入院して間もなく死亡しているようです。詳しいことは、家族が見えたら訊いてみます。で、検査結果についてはどういうことでしょうか」

「……」

「悪性の可能性もあるってことですかね」

柴田が、黙っている泉のかわりに口を挟んだ。

「そう、一応注意しておいた方がいいね」

「はい」

瀬崎は返事をしたが、患者を診察もせずに勝手な憶測をする科長に、心の中で反発した。泉の疑いは、響子を見ていないからに違いなかった。確かに検査データからは悪性のものを完全には除外し得ていないが、彼女のあの良く発育した体格を知ったならば、そんな疑いを持つはずがなかった。

瀬崎は不快な気分になり、それを忘れようと次の症例に移った内科診断会議に注意を集中させた。


再入院して十日ほど経った土曜日の午後、響子が力を入れた番組が放映された。「市電の五十年」と題された特集番組は、S市に走り始めて五十年になる市電の歴史をスチール写真やフィルムで振り返り、朝夕のラッシュ時に立往生している最近の状況を写し出していた。

廃止反対をキャンペーンしたいと意気込んでいた響子の思惑とは違い、全編これと言って主張のない、亡びゆく市電を懐しむという退屈な番組にすぎなかった。

「仕方ありませんわ、最後まで責任を取れなかったんですもの」

響子は、言ったあと、口惜しさを堪え切れないように唇を咬んだ。

そこへ荷物を沢山抱えた母親が現われた。瀬崎は周章てて立ち上がり、用が済んだふりをしてすぐに部屋を出た。あとを追ってきた母親が、経過はどうでしょうか、と娘の病状を心配そうに尋ねた。

面会室に案内して、看護室から響子のカルテを持って戻ると、母親が幽かに躰を震わせ、身構えるようにして瀬崎を迎えた。

響子は、一度こじらせたにしては悪化もせず、比較的順調に改善していた。再入院後の採血検査では、前のように目覚ましくとまではいかなかったが、十パーセントほど数値が下がっていた。母親の喜びようは、かえってこちらが戸惑うほどのものだった。響子の仕草とそっくりに嬉しそうに胸の前で手を合わせ、これまでの心配気な様子とはうってかわった明るい顔を見せた。その極端な変化が可笑しく、瀬崎は愉しい気分になった。

第一病棟で照り返った夕陽が、面会室にもふんわりした温もりを与えている。赤味を帯びた壁を背に、母親の顔が若やいで見えた。

「瀬崎先生がお優しい方なんで、娘も喜んでおりますわ」

面と向かって言われた母親の言葉に瀬崎は曖昧に笑って目を落とした。机の上にカルテが広げてある。それが自然に捲れて、内科診断会議の頁になっていた。そこに『兄の病気の件』と大きく書いてある。

「あの――、思い出したんでひとつお訊きしておきたいんですが、息子さんが肝臓病で亡くなられたと伺ったのですが、正式な病名はおわかりですか？　入院してすぐというお話だったので、劇症肝炎かと思っていたんですが」

部屋の中が不意に凍ったようだった。母親は蒼ざめ、全身を強張らせた。そして決心したように口を切り、低い声で囁くように言った。

「実は娘にも教えていないんでございますが、大学病院で解剖の結果……肝臓の癌だったとわかりました」

話している内に二年前の悲しみを思い出したのか目の縁を濡らした。

瀬崎は、思いがけない返答に、冷気を吹きかけられたように皮膚が痺れるのを感じた。忘れていた泉科長の警告が甦った。総回診の時に響子を診察した泉科長は、自分の言葉をすっかり失念しているような顔をしていた。いつもなら検査をすすめていないと厳しく注意するのに、彼女についてはは何も言わなかった。やはり泉科長も響子を目の当たりにして考えを改めざるを得なかったのだろう、と瀬崎は内心得意になっていた。

しかし、兄が肝臓癌だったとわかった今、彼女に同じ危険性がないのか、と問いつめられれば、否、としか言いようがなかった。検査で彼女を苦しめるよりも、安静を守って慢性化を防ぐほうが彼女のためになると思い、これまで採血以外には何もしないできたのだから。

このわずかな不安の種子を自分一人の胸の中に仕舞っておくべきだろうか。それとも、先程の楽観的な見通しを幾らかでも訂正しておくべきだろうか。泉科長は、人間の躰は好悪どちらの転帰を取るか推し量れない場合が多いから、患者の家族には最悪の事態もありうることを匂わせておかなければならない、と常々言っていた。今度の場合もそれに従うべきなのだろうか。迷いながら、瀬崎は口を開いた。

「検査結果の方から敢えて付け加えますと、息子さんのことを伺ったので念のため申し上げるのですが、まだ完全に疑いがないとは……」

瀬崎は言いかけて口一杯に苦味が湧き出してきたのを感じて言葉を呑み込んだ。響子に、そして自分や母親にも唾を吐きかけているような不快な気持ちになった。

「やっぱりそうでございますか」

顔を上げた母親が、目を大きく見開いて叫ぶように言った。

「やっぱり悪いものが疑われるんでございますね?」

色白の顔が一枚の紙のように薄くなり、小刻みに震えている。

「いえ、まだそれを完全には否定できてはいない、ということなんです。御心配なさらないでください」

瀬崎は周章てて手を振り、声を高めた。口にしなければよかったと後悔しつつ、もう一度最初から言い直した。

「厳密に見れば百パーセント安全とは言い切れないという意味で、心配いりません。今まで検査もしないで安静第一にやってきたこと自体が、響子さんの病状がどんなに軽いか表わしているんですから」

しかし何を言っても彼女の顔色は元に戻らなかった。肩を落とし、テーブルの隅に視線を漂わせている。そのままの姿勢で彼女は喋った。

「息子のことがありましたものですから、娘が肝臓が悪いと言われました時にはとてもショックでございまして、お会いしてお話を伺うのが怖おうございましてね。早く伺わねば、と思いながら一日延ばしにしている内に一人で勝手に退院しまして……」

沈んだ口調にひきずられて瀬崎も重い気分になった。いつの間にか不用意に撒いた不安の種子が部屋一杯に根を広げているようだった。

息子に先立たれた親の恐怖心は、他人には理解できないものかもしれない。ちょっとした影にも不安を感じてしまうのだろう。そこまで心配りができなかった。しかし、兄が二十六歳で癌になったことはやはり無視できない。安静を命じて幾日にもならない内に検査に駆り立てるのは気が進まないが、念のために必要な検査は手際良く済ましてしまおう。

小柄な躰を更に小さく屈めて出て行く母親を見送りながら、瀬崎はそう決心した。

どこの病院も天井が低い。学生時代の瀬崎は、病院見学に出かけるたびに頭のつかえそうな天井を煩しく思ったものだった。こんなに圧迫された空間で、病人たちは息苦しさを感じないものか、と不思議だった。

今も目の前に平べったい廊下がトンネルのように続いている。常夜灯で薄暗く照らされ、深夜かと錯覚するほど静まって人影がない。患者たちは、回診の知らせに病室へ戻り、ベッドの上で横になって待っているのだろう。上市主任のしつけがここまで行き届いている。

しかし患者たちにとって、この天井は決して低いものではない。一日の大半を横になって過ごす病人は、この適度の厚さの空間に慰められ、落着いた気持を与えられるのだろう。もし体育館のような吹き抜けの底に寝ていたならば、胸の上に積まれた空気の重さに耐えられないかもしれない。同じ場所で過ごし、同じ物を目にしながら医者と患者の感じ方に大きな隔たりがあるのは仕方のないことなのだろう。こんな当たり前のことを、瀬崎は響子の母親と会った日からふたたび強く意識するようになった。

ひとまず医者の立場に戻り、彼女にかけられた嫌疑を晴らす必要があった。安静が唯一の治療だと言ってきた前言を知らぬ顔で翻し、彼女を検査へ追い立て、訝しげな顔を向ける彼女の疑問をそらさなければならなかった。それを考えると彼女に会うのが億劫になり、なかなか彼女の部屋へ足を向けられなかった。

病室に入った途端、こちらに向けられた響子の目が強く光ったように感じられた。瀬崎は、笑顔でそれを押し戻すような気持ちでことさら元気に挨拶し、主任を従えてベッドに近づいた。

「やあ、どう？　昨日は割とにぎやかだったじゃない」

「ええ、不思議にお客さんが重なったんですわ」

いつもの微笑みを浮かべて響子が答えた。

「じゃあ、疲れたかな」

「ええ、少しですけれど」

瀬崎は、普段より丁寧に診察した。黄疸もなく、リンパ腺も触れず、呼吸音もきれいだった。肝臓も触れるか触れない程度のわずかな腫脹があるだけで大したことがなかった。ただ鳩尾のあたりに手をやった時、響子はちょっと額に皺を作った。

「苦しいの？」

「ええ」

入院の時と同じだった。日によって訴える時とそうでない時があったが、検査のことを切り出すには、丁度いいタイミングだった。

「土曜日にお母さんにちょっと話したんですけど……」

響子が、何かしら？　というように首を傾げた。

「大分肝機能の方は落ち着いて来ていますね。それで、今のお腹も含めて、ひと通り内科的な検査をしてみようと思っているんです。そうだな、明日は胃のレントゲン写真をとろうかな。主任さん、予定しておいてください」

瀬崎は、響子の真直ぐな視線に押され、途中で主任の方に目を転じた。予定はすでに昨日から組んであったが、上市主任はすぐに呼吸を合わせ、「はい、わかりました」と返事をし、明日の朝食は食べないで、と彼女に検査前の心得を伝えた。


鉛ガラスの向うに、クリーム色に塗られた鉄製のX線透視台が、折紙細工の舟に似た形を見せて唸っている。

血液検査の結果から、響子が兄と同じ肝臓癌だという可能性はほとんどなかった。あとは日本人に頻度の高い胃癌と、黄疸との関連で胆道系の異常を否定すれば、彼女の潔白が証明されるはずだった。あまり負担のかからない検査をして、出来るだけ早くそこへ辿りつきたかった。

更衣室から、甚平のような女性用の淡いピンク色の検査衣に着換えた響子が現われた。短目に裁断された検査衣は、上背のある響子が着ると一層短く、膝小僧までも届かなかった。しかし彼女は気後れしたふうもなく立ち、ガラス越しにこちらに会釈して透視台に上がった。

「格好いい女ですねえ」

いつも剽軽な若いレントゲン技師が、瀬崎の気を惹くように言った。瀬崎は取り合わずに、介助の看護婦がバリウムの入ったコップを響子に持たせて出てくるのを待った。

響子は長い髪を巻き上げて滑らかな項を見せ、良く伸びた肢体を台にもたせかけて立っている。

説明を終えた看護婦が重い扉を閉じて出て来た。その金属性の反響音が、頭上のスピーカーから増幅されて聞こえる。

左のペダルを踏んで中へ通じるマイクの回路を入れ、「コップのバリウムを半口ほど呑み込んでください」と検査を開始した。右のペダルを踏むと、目の前のブラウン管に緑色がかった映像が現われ、背骨や肋骨、鼓動する心臓などが濃緑色に映った。呑み下されたバリウムが食道の壁を伝うのもはっきり見える。可動台を倒して水平にし、その上で響子を俯せにしたり仰向けにしたりして胃壁の内面にバリウムを塗って写真を撮った。テレビで透視している限りでは、胃癌や潰瘍を疑わせる異常陰影はない。うねって見える胃粘膜の髪の走行にも乱れはない。「やっぱり大丈夫じゃないか」思わず瀬崎はそう声に出した。

最後にもう一度台を直立にし、胃に十分バリウムを溜めて胃の全体像を写真にした。ちょっと形が歪《いびつ》かな、と思ったが、現像してからチェックすることにして素早く終えた。できるだけ浴びせる放射線の量は少なくしたかった。

響子が、バリウムで白く汚れた口を洗って透視室から出てきた。終ってほっとしたのか、目に優しさをたたえて微笑んでいる。

「どう、おいしかった?」

良い結果に軽口が出た。

「とんでもありませんわ。もう沢山」

響子は、首をすくめて笑った。そして看護婦と一緒に病室へ戻った。

自動現像機から運んできた写真を、シャーカステンに並べて貼った。今テレビで見たと同じ胃が、もっと鮮明に写し出されている。食道も胃の襞も十二指腸も異常はない。だが、最後に気にかかった胃の変形が、やはり無視できないように思われた。他の写真と注意深く比較して見ると、右側に湾曲している胃の大彎のところが、何かに押されているのか、あるいは脹らんだ何物かがあるのか、バリウムが入って行けずに凹んでいるように考えられる。どの写真もそこだけは同じ形になっている。瀬崎はしばらく写真から目を離せなかった。

「どこが悪いんですか、今の女の人は?」

戻ってきた技師が尋ねた。

「えっ?　ああ、ちょっと肝臓がね」

瀬崎はぶっきら棒に答え、素早く写真を剝がした。

梅雨入り間近を思わせる重い雲が裏山を包んでいる。午後になって風が湿気を増し、空のどこが破れようと不思議ないほど辺りは水の気配に満ちていた。

瀬崎は、窓を開け放した看護室に腰を下ろし、水の匂いを嗅ぎながら響子の両親が現われるのを待った。机の上にはこの二週間で行った響子の検査のすべて――胃と胆嚢のレントゲン写真、内臓のエコーグラフィー、簡易幻灯機に装着した胃ファイバースコープのカラーフィルム――を準備していた。

たとえどんなに苦痛を伴う検査であろうと、それによって病因が究明され、治癒に向けて少しでも前進するのならば、医者の行為は赦されるかもしれない。患者の信頼も一層得ることができるのかもしれない。しかし癌のような悲劇的な病を疑われると、患者は注意深く真実から遠ざけられ、目に見えない防音壁で囲われてしまう。響子も少しずつそういう境遇に追いやられて行った。今日、両親が検査結果を聞きに来ることも、彼女は知らされていない。

このように医者は忍び足で歩かなければならないことも多い、と赴任早々納得したはずだったが、今度ばかりはすっかり勝手が違った。最良のパートナーの顔をして彼女の前に立ち、信頼と親しみに溢れた彼女の眼差しに応えながら、母親と会う時には不安と疲労をあからさまにした表情を互いの上に認め合った。どちらの顔も自分のものだったが、これほどの違いを意識させられたのは初めてだった。

母親の姿が見えた。こちらに会釈して、夫らしい長身の男を先に立てて中に入ってきた。

初めて会う父親は、響子のように体格が良く、眉毛や目許も似ていた。銀行の役員という話通り、隙のない服装をしてこちらが戸惑うほど礼儀正しく挨拶した。似た者夫婦というのか、並んで坐った小柄な母親と顔の感じがそっくりだった。その二人を前に瀬崎は早速用意したレントゲン写真を説明した。

「どの写真でも同じなんですが、ここのところで胃が狭くなっているように見えます。大腸などに触れてこうなる場合もありますし、何かがこの外部にあったり、あるいは胃に何かができたりしてもこうなることがありますし、それで胃を中の方から見るために胃ファイバースコープで覗いてみました。その前に胆嚢の写真もとってみましたが異常はありませんでした」

瀬崎は、簡易幻灯機のスイッチを入れ、小さなテープ状のカラーフィルムを順送りして二十コマほどの胃粘膜写真を見せた。

「どこにも胃癌や潰瘍を思わせる所見はありません。ただここを見て下さい」

一度見終わったものを戻して、大きな肉色の壁がうねっている写真を出した。

「これは、胃の胴体部にあたるところですが、胃が湾曲する大彎部分の壁が写っています。ここの広がりが悪く、壁が大きく盛り上がっているようにも見えますね。そうだとすると、胃の外部から押されていることになります」

「すると、悪いものが胃の外にあるということでしょうか？」

緊張した顔で小さなスクリーンを覗き込んでいた父親が、前屈みの躰を起こして乾いた声で言った。瀬崎は驚いて父親を見た。

どうしてすぐに「悪いもの」に結びつけてしまうのだろうか。彼らの過敏すぎるペシミズムが訝しい。最初に不用意に漏らした言葉が、母親で増幅されて彼に伝わったのだろうか。

「いえ、そんなことはまだわかりません。これは超音波で内臓の様子を調べたものなんですが、疑わしい場所がはっきりしないんです。このあたりには、胃の他に膵臓、肝臓の左葉、それに脾臓や大腸があるんで、今の器械の性能では不十分なんですね。決着をつけるとすれば、もっと進んだ精密検査が必要ですね」

二人は何も言わずに、ふたたびシャーカステンと幻灯機を交互に見ている。悲しそうな、何とも言えぬほど暗い目だった。瀬崎は、重苦しい沈黙に耐えられず、周囲を慌しく動いている看護婦たちに目を移した。面会室には器具がないので看護室を選んだが、かえってそれが良かったようだ。狭い面会室でこの二人を前にしたら、自分まで絶望的な気分にならざるを得なかったかもしれない。

「まず何でも疑ってかかるのが私たちの仕事なんです。検査をして、ひとつひとつ疑いを晴らして病名を絞るんです。今はまだその途中ですから……」

瀬崎は、そう言って励ましながら、視線を二人に戻した。濃紺のダブルの背広の父親、同じ色の和服姿の母親、二人の感じがあまりに似ている。そう思った瞬間、ふとした疑念が頭を掠めた。

「あの――一応聞いておきたいんですが、別に血族結婚などはありませんね？」

母親が困惑した顔で夫の方を窺った。

「いえ、実は………」

父親は顔を歪め、少し間を置いてから答えた。

「コレとは、いとこ同士なのです。わたしの父と家内の母が兄妹でした」

「……」

言葉もなく、瀬崎は二人を眺めた。

そうだったのか。血族結婚なのか。彼らの脅え、息子の癌、祖父の胃癌、血族結婚による負因の重なり、そして響子の病気。すべてが不吉な黒い糸でつながれているように思われる。

目を避けて挨拶し、背を屈め、顔を落として二人は出て行く。その後姿を見送りながら、瀬崎はしばらく躰を動かせなかった。

血族結婚が医学上の悲劇のもととなるのは、それほど珍しいことではなかった。ある種の酵素欠損症、奇型、染色体異常などが、血族結婚による劣性遺伝子の重なりによって現われることが知られている。

癌の発症メカニズムはまだ十分に解明されていないが、体質という曖昧だが無視できない遺伝要素が関連しているのは確かだろう。その体質が血族結婚によって二倍にも三倍にもなった時、理不尽な不幸が子孫たちを襲ったとしても不思議がない。

瀬崎の心に根強く残っていた楽観は裏返され、彼女の周囲にたちこめる不吉な影ばかりが予感されるようになった。

「そろそろ回診をお願いします」

催促する主任の声が冷く聞こえる。まだ肝腎なことを済ましていなかったのだ。瀬崎は軋る躰をやっと持ち上げた。

外は雨になり、低く垂れたもやに山の輪郭が溶けている。降りしきる雨音が高くなり、看護婦たちが周章てて窓を閉めた。

響子の病室の前に来ても瀬崎はどういう顔で彼女に向かい、何を喋るのかを決めることができなかった。いかなる場面に臨もうと、医者と患者という立場と距離を保てる自信があるつもりだったが、今日はそんな切れ端さえみつけられなかった。弱気と不安だけが、心の底で大きくなっていた。

心を決めて扉を開け、素早く響子に目を走らせた。彼女は、生気に溢れた親しげな眼差しを向けている。瀬崎はほっとして自然に笑いが零れ、いつもの調子で容態を聞くことができた。だが響子は眉を顰《しか》めた。

「今日は少し吐き気が強いんですの。どうしたんでしょう？　別に変なものを食べたわけじゃないんですけど」

瀬崎は緊張し、消えかけた笑いを辛うじて保った。彼女を診察しながら、頭の中で話の筋道を懸命に考えた。

「吐き気は仲々治まりにくいのかな？　と言うのは、検査の結果からみると、吐き気は肝臓のためじゃなく、むしろ胃からくるみたいなんですね。胃に変形があって食べ物の通りもちょっとだけど悪いようだし、胃潰瘍やひどい胃炎、それに胃癌なんかでもそうなるんで、胃のファイバーをしたわけなんだけど、その結果……」

瀬崎は、説明の間に忘れていた作り笑いをふたたび浮かべた。

「胃癌はもちろんのこと、胃潰瘍なんかもなかったんだけど……」

これに嘘はない。心の中で自分自身を励まして言葉を続けた。

「ちょっとした胃炎がないことはないけど、むしろ胃の外壁に癒着を起こしている可能性が強いんです。もしそうだとすると、剝離しなければ症状が取れないかもしれないし、そのあたりを確かめるために、もう少し検査が必要なんですねぇ……」

最後の嘆息は正直な気持だった。吐息で嘘の後味の悪さを吹き払いながら、瀬崎は響子のわずかな表情の動きも見逃すまいと注視した。もし少しでも不信や不安の影が浮かぶようなら、もっと多くの言葉を彼女に浴せなければならない。今の自分にできることは、言葉の壁で彼女の動揺を塗り込めるしかないのだから。

「やはり肝炎になるぐらいに躰が弱っていると、全身の炎症が起き易くなるんですね。風邪を引くと、いつもは何でもない虫歯が痛んだりするでしょう？　あれと同じで、あなたの場合ももしかしたら腹壁の局所に炎症が起きたのかもしれないですね」

響子は何も言わずに、次はどういう検査なの？　という顔で瀬崎を見た。

「今度は腹腔鏡検査をします」

瀬崎は、きっぱり言った。

「ちょっと苦しいかもしれないけど、簡単にお腹《なか》の中が見えて癒着の有無が調べられるからね」

「苦しいんですか？」

初めて不満気な声を出した。

「いや、でも胃ファイバーよりは楽ですよ」

瀬崎が検査方法を説明し、「長びいた肝炎の人は全員やることになっているから」と言うと、彼女はまた、聞き分けの良い患者に戻った。

光に満ちた部屋の中で響子が眠っている。昨日の検査の疲労が出たのだろう、午前中に回診した時にも胸が苦しくて眠れなかったと、少し腫れぼったい眼で無理に微笑んでいた。

半ば引かれたカーテンの間から青空が覗き、真夏のような丸い雲が頼りないほど軽々と山の上を漂って行く。

躊躇いがちにノックしたことがかえって幸いしたのかもしれない。彼女はまだ気付かずに寝息を立てている。出て行くのなら今の内だ。瀬崎はそう思いながらも、響子から目を離せなかった。

昨日の腹腔鏡検査は、瀬崎の希望的な予測をバッサリと断ち切るものだった。臍の脇に一センチほどの切り口をつけ、空気を一リットル以上腹の中へ送り込んで膨らませ、ファイバースコープで腹の中を覗いてみると、胃を圧迫している問題の異物の正体はつきとめられなかったが、もっと絶望的なもの——腹腔内に散らばった白い二ミリほどの転移癌の粒と癌性炎症の腹水があった。健康そうに見える肉体の内部で病勢が進行し、真夏に放置された氷塊のように思わぬ速度で彼女の生命が溶解していた。それが重篤な症状として表面に現われるのも時間の問題だった。

何も知らぬ響子だけが、穏やかな横顔を見せて眠っている。

窓から吹き込んだ風がカーテンを煽り、彼女の腕に強く触れたようだった。彼女が身動きした。瀬崎は周章ててドアの内側をノックした。急に辺りの明るさが目に滲みた。

「はーい」

思いがけなく大きな返事をして、響子がこちらを向いた。瞬いた目が恥ずかしそうに、だが嬉しさも滲ませながら細められた。

「起こして悪かったかな？」

「もうこんな時間なんですね。お昼を頂いたら眠くなってしまって。たっぷり休みましたわ」

瀬崎は彼女のそばへ寄り、胸や腹を打診して検査の影響が柔らいでいるのを確かめた。

「今度の検査はいつですの？」

「そうね、レントゲン室の都合があるんでまだわからないけど、一週間以内にはやってしまいたいですね」

回診の時に、胃の周囲がよく見えなかったのでもうひとつ検査が必要だと告げてあった。ここまで来たからには、たとえ手遅れであっても、血管造影をして原因の腫瘍らしきものの存在を確認しなければならなかった。

「いい風ですね」

窓辺から外を見て瀬崎は話題を変えた。風のそよぐたびに山腹の広葉樹が葉裏を見せ、淡い緑が銀色に光った。検査を進めるに連れて、彼女と二人っきりの時にも病気の話がだんだん多くなった。仕方がないにしても、できるだけそれを避けたかった。

背を向けている瀬崎の耳に、呟くような響子の声が聞こえた。訊き返した瀬崎に、響子が恥ずかしそうな笑いを浮かべて言った。

「お忙しいのでしょ？　あまりいらっしゃらないから……」

「田植えが終わったものだから」

「えっ？」

「農閑期になって病院が混み出したんですよ。毎年そうなんです、田植えどきと稲刈りの時は空いて、それが済むと入院もふえるんです」

「まあ、そうでしたの」

響子は笑ったままの顔を伏せて早口で言った。

「何かお気にさわるようなことを言ってしまったのかしらって、心配してましたの」

「そんなことありませんよ……」

ドアがノックされ、返事も待たずに看護婦が顔を出した。検温の時間だった。窓の方へ退いた瀬崎に軽い会釈をして、響子の脈を取って数えている。響子が癌らしいとわかってからは、看護婦たちの冷やかな反応は消えていた。

「死ぬってどういうことでしょうね？」

看護婦が去ると、響子が寂しい声を出した。ぎくりとした瀬崎は、身構えながら静かに椅子に戻った。彼女の顔が蔭を濃くしている。

「兄が亡くなったでしょう。それから死というものが凄く近いものになったんですね。最初の内は信じられず、休みの時なんかに『やあ』なんて言って帰ってくるんじゃないかと思ってましたけれど、二年ぐらい経つといないことが習慣になり、ああこうして消えて行くのかなあってわかっちゃうんですね。こんなこと言うと叱られるでしょうけれど入院して仕事から離れていると、このまま私も消えてしまうのかしらって、不安になるんです」

最も避けたい話だった。恐れていたように、彼女の本能は、少しずつ死の気配を感じだしている。どう応じたらいいのだろうか。これまでも疑わしげに問い続けて死んでいった患者がないわけではないが、彼らの目を避けてのらりくらりと逃げている内に、諦めたのか悟ったのか、あるいは終焉の苦痛に耐えるのに精一杯になったのか、何も問わなくなった。このように真正面から問いかけられたのは初めてのことだった。

医者にとって死とは、二度と目の前に現われることのない退院患者のようなものかもしれなかった。ベッドが空き、次の日別な新しい患者がまたそこに知らぬ顔で横たわっている。退院であろうと死亡であろうと、自分の受持ベッドから消えていくのは同じことだった。誰の足許にも死の海が拡がっていると繰り返し見せられたが、そのためかえって死が即物的に感じられ、かつてあれこれ思い悩んだ想像の中の死とは違って見えた。今語るとすれば、響子に最も相応しくない剥き出しの言葉しか浮かんでこない。

「ぼくは職業がら他の人より沢山の死を見ているけれど、自分が同じように死ぬなんてことはちっとも思わないんですね。そういうことがありうるとは頭でわかっていても実感とならないで、自分だけは不死身のような気になっているんです。ベッドの上に横になった経験があれば違うのかもしれないけれど。でも専門家として言えることは、人間ってしぶといもので、そう簡単には朽ちないものだっていうことですよ。そのために僕たちの仕事もあるわけだし……。まあ、お兄さんのことは不運でお気の毒でしたが、何万分の一の確率のひどい肝炎ですからね。あなたとはまったく違いますよ」

瀬崎は口を閉じ、嘘の通った荒れた喉の癒えるのを待った。だが黙っていると尚更重苦しい気分になった。

「でも本当に、くじけないでよくがんばりましたね。おかげで検査がやりやすかったですよ」

喋ることがすべて嘘ならばかえって気が楽かもしれなかった。だがそうもしきれず、自分の真情をモザイクのようにちりばめて何とか言葉に力を与えようとしている。苦い壁がいつまでも喉の奥を刺した。

「変な話をしてしまいましたわ、御免なさい」

響子が瀬崎の顔を窺うようにして謝った。

「そうだわ」

急に明るい声を出した。

「検査が終わったら、一度海に連れてっていただけません？　子供の頃遊んだ浜辺に行って、思い切り潮の香りを吸ってみたいわ」

「いいですよ」

瀬崎は反射的に返事をし、そのまま言い切った。

「すぐには無理だけど、退院するまでには連れて行ってあげますよ」

言い終わった途端、舌に電流が走ったような痛みを感じた。喋れば喋るほど嘘が出てくる。

「そろそろ会議の時間なので」

また嘘を言って瀬崎は重い心を持ち上げた。響子は満足気に頷いて礼を言い、いつもの眼差しで瀬崎を送り出した。

その夜遅く、潮崎は呼吸困難の治まらない患者を診察に病棟に顔を出した。寝静まった中で、苦しがる患者の病室だけが落ち着かなかった。注射をして酸素吸入をさせると、二十分ほどで治まった。他の患者に変わりがないことを確かめて看護室を出た。

非常灯のついた廊下は暗く、先程まで夜の海辺のような動揺が残っていた病室もひっそりとしている。瀬崎は自分の足音が高すぎるように思い、音を立てないように歩いた。

向こうの廊下の隅を、誰かが手摺りに掴まってユラユラと進んで行く。躄《いざ》るような遅い歩みだった。追いついてみると、手洗いから戻るところなのだろう、腹の傷を庇って歩く響子だった。

「大丈夫かな？」

声を掛けた途端、びくっとして腕を縮ませた響子が支えを失ってよろめいた。瀬崎は周章てて抱きとめた。

「ごめんなさい先生、突然でびっくりしたものですから」

響子が瀬崎の胸から躰を離し、ほつれた髪を振るようにして見上げて言った。大きな目が黒ぐろと光っている。

「驚かして悪かったね。大丈夫？」

「ええ」

大きく肩で息をついて答えた。瀬崎は看護室の方をちらりと振り向いた。薄暗い廊下には誰もいない。

「ひとりじゃ大変だから連れてってあげよう」

口早に言い、拒む間も与えずに響子の肩を抱え、右手で彼女の手を取った。

「すみません、先生」

素直に身をまかせた響子が、前屈みにした瀬崎の耳に囁いた。そこから全身に電流が走り、瀬崎は一瞬自由を奪われた。二度、三度と深呼吸を繰り返し、そっと響子の肩を押すようにして歩き出した。鼓動が彼女の背中で跳ね、握った手が汗ばんできた。

明るく照らされた階段までやってきたが、瀬崎は部屋まで送るつもりでそのまま通り過ぎた。二人の影が目の前に移り、波間に漂う舟のように揺れた。

どれくらいの時間が経ったのだろうか。大した距離でもないのに、随分遠くまで来たように感じられた。

とうとう部屋に辿り着き、足を停めた。瀬崎は部屋の中まで行くつもりでいたが、響子はドアを開けずに手摺りを離してこちらを向いた。二人の胸が重なり、はっとしてどちらからともなく退った。右手だけが一本の綱のように繋がって残った。

暗い静寂の中で、深い色で光る眸が瀬崎を凝視めた。瀬崎は黙って見返した。

「どうもありがとうございました」

掠れた声が聞こえ、握った手に力が籠められた。


水平になった透視台の上で、響子の右足の付け根から腹部大動脈に細いチューブを入れ、腹腔動脈や上腸間膜動脈の造影写真を撮った。局所麻酔をされただけの響子は、目隠しされて台の上に横たわり、息を潜めるようにして聴覚に神経を集中させていた。瀬崎は無駄口を避け、後輩の伊山と一緒に手順よく検査を進めた。

レントゲン技師が、現像されたばかりのフィルムを明かりの前にかざして見せた。目をやった瀬崎は、顔をしかめながら、「いい写真だね、これで終わろう」と無理に明るい声を出した。テニスボールくらいの腫瘍が、その周囲の血管を乱しながら膵臓の部位にはっきりと写っていた。

夕食後、瀬崎は白衣を脱ぎ、病院の通用門から裏山に続く市道へ出た。道は、踏み切りを過ぎるとゆるやかな登りになり、粘土質の地肌をえぐって蛇行した。両側にこちらを見下ろして人家が並び、それが松や灌木に変わると、舗装道路が途絶えて砂利道になった。冷んやりとした風が吹き、松脂や緑の匂いを運んできて海の方へ散った。だんだん険しくなり、鼓動が速くなった。

病院は足許で一際明るい。手術をしているのだろうか、五階の手術場にまだ白色光が灯っている。

響子をどうしようか、と瀬崎は歩きながら迷った。腹腔鏡検査以後、響子の容態は目に見えて悪化してきた。吐き気が少しずつ強く長く続くようになった。食欲が落ち、消耗の影を目の縁に現わすことが多くなった。瀬崎を迎えて微笑もうとする顔に、不安気な訴えるような眼差しがかすめては周章てて隠された。それでも三回に一度は疑問が出され、その度に瀬崎は、この次の検査を見なければわからない、と言い逃れし、彼女を励ます言葉を捜した。だがそれが今日済んでしまったからには、明日の診断会議で検討した結果を回診の時に伝えなければならない。どう言ったらいいのだろうか。正直に語るわけにもいかず、かと言って「胃の外側の炎症だ」という嘘を押し通せる自信もない。たとえそれが一時的に効力を持ったにしても、このまま悪化して行けばいずれ彼女が真相を悟るのは明らかだった。その時彼女の目には、自分をだまし続けた無能な医者の姿が映るだろう。それを非難されたとしても、生き残る者、力の及ばなかった者としてその責めを負うのは仕方がない。だが問題なのは、決定的な時に至るまでの長い月日のことだ。改善もなく強まる一方の苦痛に脅えて不安気に答えを求める彼女にその間言い続けなければならない嘘のことだ。それを耐えられるだろうか。あの眸の力を押し戻せるだろうか。上手く偽膜を張りおおせるだろうか。

息苦しくなり、瀬崎は外灯の手前で足を停めた。夥しい虫が、電球の周りに集まり、飛び回っている。まるで光塵の煌めく小宇宙だ。この終焉を悟らない群舞は、力尽きる朝まで執拗に繰り返されるにちがいない。

こんな時、すべてをありのままに伝えられたら医者はどれほど気楽だろう。「あなたは手遅れの癌です。長くて一年、そうでなければ数ヶ月の命です。残された時間を好きなように生きて下さい」こう言って内科医は顔をそむけ、『癌宣告による反応性うつ病』という紹介状を持たせて精神科へ送り出してしまえば悩みは小さくなるだろう。だがそうはできず、様々な手練手管で嘘をついたり急ごしらえの仮面の蔭に隠れて時を稼いでいるのだ。しかし間違っても、患者の胸に自分の裸の胸を押しあて、奈落へ向かう患者の添い寝をするような失敗は決して犯さないものなのだ。たとえ癌であろうと、早期癌や治療可能な癌であったら、まだ救われるにちがいない。治療があり、延命があり、感謝があり、誇りがある。偽りのない未来を患者に与えられるかもしれないという希望は、どんなに医者を勇気づけ、励ましてくれるだろうか。

瀬崎は振り向いて病院を捜した。厚く重なった木立に隠れて見えない。五階のあの部屋に送り込めばこんなに苦しまなくて済むのだが、と考えて、周章てて強く頭を振った。そんなことを期待してはいけない。手術は腹膜や肝臓に転移がある以上は無駄だ。かえって寿命を縮めてしまう恐れが大きい。彼女に傷を増やすだけなのだ。

瀬崎は、黒い考えを置き去りにするように、今来た道を目指して駈け戻った。

瀬崎は医局会議室の報告者席に腰を落とし、血管造影で写し出された響子の腫瘍のレントゲン写真に目をやったまま黙っていた。鳩尾のやや左下に当る辺りに腫瘍がぼんやりと浮かび、それに圧迫されて乱れた血管が、黒いフィルムの中に白い筋になって走っている。血管の一部は腫瘍を包むように細かく枝分かれし、不吉な癌腫に自ら栄養補給していることを示している。響子の胃を狭めて吐き気を催させ、腹腔一杯にその悪しき種子を撒きちらして命を溶かしているのはこの腫瘍なのだ。

「瀬崎くん、クランケの最近の状態はどうなのかね？」

持病の糖尿病のために、総回診を泉科長に任せてしまった院長が、白い髭に触りながら訊いた。

新患外来で響子を入院させたことを思い出したらしかった。

「胃狭窄が進んだみたいで、吐き気がだんだん強くなっています」

泉科長が続けて意見を述べた。

「手術をするなら、今がぎりぎりの時期だろうね。腹水や肝転移もあって、根治手術は無理だが、胃への圧迫を除いてやるのはそれなりの効果があるだろうし」

泉の意見で手術を支持する者が大半になった。だが瀬崎は手術を避けたいと述べた前言を撤回する決心がつかなかった。口では反対のことを言ったが、何より外科へ回して自分の手から離れてくれることを望んでいるのはこの自分なのだ。そんな思いがうしろ暗く、皆の意見に従いかねた。

「本当に膵臓癌なのかい？」

近寄って写真を検討していた鈴宮が言った。

久滋が席を立った。

「どうしてですか」

「右胃大網動脈の圧迫像ははっきりしているけども膵臓に行く動脈の走行は、あまり変形が強くないからな。これが、下から来る血管だね」

再び皆が写真の前に集まって議論を蒸し返した。久滋が血管造影図譜と解剖学書を持ち出して来て写真と比較し始めた。

瀬崎は、席についたままそれを眺めていた。自分も少し前までは、あのように患部に焦点を合わせ、真実を優先させなすべきことをなせばいい、と考えて行動してきたはずだった。それが遠のいて見える。どこで逸れてしまったのだろうか。

「手術してこの腫瘍が取れなかったにしても、腹を開けてみればどんなものか診断が確定するんだから、手術する意味はありですよ」

久滋が席に戻りながら言っている。彼はいつも大胆に検査を行い、人に勧めることが多かった。他の医師も結論の出ないまま席についた。潮崎は、最終決定をする役割にありながら、自分自身が判決を下されるような思いになって緊張した。皆が自分にとって好都合な方へと手を差し伸べてくれていたが、どうしても踏ん切りがつかなかった。

「さあ、大分時間を取ったから結論にしよう。瀬崎くん、どうするね」

泉が催促した。瀬崎は顔を上げ、ひやりとするものを感じながらも口を開いた。

「やっぱり手術にします」

舌が縺れた。だが他の内科医は当然というように頷き、あっさりと承認された。

「じゃあ、その方針で本人と家族を説得して下さい」

響子についての議論は終わり、次の症例に移った。瀬崎はそれに加わらず、どういう言葉で響子に手術を納得させるのかという新しい難問を抱え、ひとり考えに沈んだ。


響子の不安気な目の色に、瀬崎は病室の入口で足を止められた。いつもの響子と違っている。だが後ろをついてきた回診車が背中を押した。瀬崎は、近づきながら微笑みかけた。

「どう？　吐き気はまだある？」

「ええ、我慢してお昼を食べたらすぐに戻してしまったんです。どうしたのでしょう？」

響子の顔が青ざめている。

「やっぱりそうですか」

瀬崎は笑顔を消して、黙って確かめるように念入りに腹部を押した。レントゲン写真に現われていた腫瘍を思わせるものははっきりしない。しかし奥の方で何かが反発しているのは間違いなかった。響子は苦しそうに口を噤んで耐えた。瀬崎は躰を起こし、静かに息を吸って彼女に向った。

「動脈造影で精密検査が終わったんで、昨日内科の方で総まとめをしてみたんですが、その結果肝臓と吐き気の方とは直接的には関係がなく、前にちょっと説明したように、胃の外壁に癒着があって食べ物の通りを悪くしているんだと結論されました。それを剝がしてしまわないとこの症状は取れないし、体力を消耗して肝臓の方の回復も遅れるんですね」

瀬崎はもっと軽い口調で言って、手術がこれまでの検査の延長上にあるちょっとしたことだというように励ましたいと考えていたが、口が自由にならなかった。しかしもうやり直しは効かない。用意した最後の科白に進む以外になかった。

「で、内科としては手術した方がいい、ということになったんです」

一呼吸置いてから、ちょっと引いた。

「御両親にも説明しましょう。そのあとで良く相談して決めて下さい」

両親と相談しようと言って最終決定を保留しておけば、響子のショックは幾分弱められるだろうというのが、瀬崎と母親のせめてもの配慮だった。

響子は言葉もなく、さらに蒼ざめ、呆然とした眼をこちらに向けている。その視線は焦点をなくし、何かを追い求めるように瀬崎の上を右に左に動いた。そして諦めたように顔を窓の方へ廻して瞬きした。睫毛の間から大粒の涙が溢れ出た。

この眸の奥にどれほど多くの疑問が潜んでいるのだろう。瀬崎は、どんな言葉が飛び出してこようと仕方がない、と覚悟して身構えた。だが、響子は何も尋ねようとしなかった。少しの泣きごとも言おうとしなかった。ただ無言で梅雨入りの空を眺め続けた。瀬崎は無気味な威圧を感じ、響子の視線が自分に戻らない内に部屋を出てしまいたくなった。

「じゃあ、よく相談して」

短く言い、足早に歩いて部屋をあとにした。

この五日間鬱陶しく降り続いた雨は、手術の日も止まなかった。響子は、手術を決心して以来、嘔吐で悩まされて衰弱する一方だった躰に新しい力が甦ったようだった。

「体力をつけようと思って、少しずつ時間をかけて食べてますの」

健気に語る響子に、瀬崎は返す言葉を失った。

手術という目標を持ったことは、毎日の回診を切り抜け易くしてくれた。外科へ移ることだけに目を向け、手術さえすれば良くなる、という夢を一緒に見るのが仕事になった。彼女は励まされて食事量を増やし、手術のための検査を追加されながらもかえって太ったようだった。体力を盛り返した彼女を見て、瀬崎は手術に追いやることを決心した自分のうしろ暗さが許されるように思った。

更衣室で手術衣に着換えて入ると、手術室勤務の看護婦たちが怪訝そうな目を向けた。響子は裸のまま二十畳ほどの広さの手術室の真中に横たえられ、小川に麻酔をかけられていた。

「早いじゃないか」

「残念、もう麻酔をかけたのか」

一言元気づけて別れたいと思ったが間に合わなかった。すでに口からチューブを挿入され、レスピレーターで呼吸をコントロールされている。やがて腹だけ出して、水色の厚巾で覆われてしまった。

木製のサンダルを床のタイルで響かせながら、大柄な島田と細っそりした野口外科科長が現われた。瀬崎は手術室の隅から挨拶した。今日の術者に科長より実力があると評判の高い島田が入っているのを聞いて勇気づけられた。必ず腫瘍をきれいに取り除いてくれるに違いない。吐き気がとれ、響子は体力を取り戻して手術した効果があったと喜ぶだろう。たとえそれが一時的であっても、彼女は自分の決心を誇らしく思うだろう。

手術台の響子を挟んで右側に島田と器械出しの看護婦、左側に野口科長と小川が立った。もう一人の看護婦が麻酔を見ている。

「じゃあ、始めます」

島田がマスク越しに大きな声で言い、「お願いします」と頭を下げた。他の外科医や看護婦も同じように挨拶した。

消毒された響子の滑らかな腹部が、無影灯の強い光を受けて光っている。これまで幾度となく触れてみたものが、まるで馴染みのない肉体のように近寄り難く見える。だが臍の脇の腹腔鏡検査の傷跡が彼女に間違いないことを示している。

島田がメスを取り、柄の方で響子の肌の上に筋を引く。その上に持ち替えた鋭い刃を当て、鳩尾から臍までスーッと腕を辷らせた。皮膚が割れ、血が溢れ、黄色い皮下脂肪が露出した。息を止めてみつめていた瀬崎は、この瞬間自分のどこかが切り落とされたように思った。

目を背け、壁に沿ってタイルの上を静かにゆっくりと動いた。響子の血管を焼く電気メスの音が、マッチの燃えさしを水に入れた時のように、ジュッ、ジュッと聞こえてくる。島田の声、小川の返事、看護婦の動く音、そして自分の足音。一歩数えるたびに、一呼吸するたびに、自分から去った響子の実感が積み重なって行く。

白いタイル張りの壁で行く手を阻まれ向きを変えた。眩しく光る手術台が、遙かに遠い別世界のように見える。その中へ誰かが入ってきた。泉科長だ。瀬崎は周章てて足を早めて近づいた。科長が野口の後ろに置いてある足台に乗った。瀬崎は手術台の頭の方から覗いた。

響子の腹はすっかり割かれ、切り口の肉を水色の布が覆っている。

「そこじゃあ膵臓《パンクレアス》は見辛いよ。俺の背中の方に立って覗いたらいい」

看護婦が、島田の言った位置に足台を運んできた。島田のがっしりした肩越しに腹の中が良く見える。

「肝《レバー》はどうですか。腹腔鏡《ラパロスコピー》では転移像がはっきりしなかったんですが」

「二ケ所にあるね。腹膜がこうだもの、あって当然だね」

白い粒状の転移癌の腹膜を指で示しながら野口科長が答えた。島田は、鉤を引いて腹部を拡げている小川の手を直し、奥を探っている。

「おっ、これだ」

島田は濡れてヌルヌルした胃を持ち上げ、その下から米粒状のバターを握って作ったような黄色い塊を引き出した。

「やはりパンクレアスですか」

泉科長が野口の後ろから訊いた。

「いや、やっぱりパンクレアスは無傷《インタクト》ですよ。何だい、これは？」

野口が言った。

「胃《マーゲン》と癒着しているが、マーゲンのものではないな」

「この黄色いのが特徴ですよ。これは恐らく卵巣《オバリウム》の腫瘍から転移してきたやつでしょう。前にも見たことがあります」

島田はそう断言し、瀬崎の方を振り向いて尋ねた。

「オパリウムは？」

「全然考えていませんでした。月経《メンス》は正常だったように思いますが……」

「これの八割は片側だけと言われているから、メンスがあってもおかしくないだろうな。とにかく標本を取って大学の病理学教室で見てもらおう」

血と腹水で汚れた島田のゴム手袋が、静かにブヨブヨした柔らかい塊を掴んだ。黄色い握り飯のような表面に細かい血管が無数に走っている。

「これは嚢《チステ》になっているな。出るかな?」と言って、メスで小さな切れ目を入れた。とその途端、氷嚢が割れたように激しい勢いでどす黒い血が吹き出した。

「こりゃいかん、吸引だ」

野口の手に渡された吸引器の筒が、ズーッズーッと大きな音を立てて腹腔に溜まった血を吸い取った。だが腫瘍の傷口から新しい血が止めどなく流れてくる。

「輸血だ」

待機していた看護婦が素早く動いて輸血を開始した。

「これは取れませんね」

島田は野口と泉に承諾を求め、手早く傷口から標本用の小指大の塊を切り取り、その跡を縫い始めた。半月型の外科針が黄色い痘痕面《あばたづら》を刺すたびに、赤い血の雫が滲み出た。血を吐き出した腫瘍は空気を抜かれたゴム毬のようになり、島田の手の中で生き物のようにヌルヌルと逃げ、糸のかけられたところで脆く崩れた。

ようやく縫い終り、出血がどうにか弱まった時、島田は汗に濡れた顔で瀬崎を見上げた。

「手術不能《インオペ》だね、これは」

「そうですね、仕方ありませんね」

瀬崎は力無く頷いた。何から何まで最悪としか言いようがなかった。診断は的外れ、切り取ることもできず、腫瘍からは大量出血、それもうまく止まるかどうかまだ不安が残っている。響子は何のためにこの台の上に横たわり、腹を割かれたのか。なんの益もありはしなかった。ただ事実を知りたがる医者の目の前に、転移した手の打ちようのない卵巣癌という痩せ衰えた真実が突きつけられただけなのだ。

足台から降り、瀬崎はのろのろと響子の周りを動いた。腹を閉じ始めた外科医たちは、糸を結びながら術後の止血剤や抗生物質の指示を出している。

仕方のないことだ。そう思って瀬崎は眠ったままの響子を眺め、心の中で別れを告げた。もう二度と会うことはないだろう。こういう状態で外科に移っていつの間にか死んだ多くの患者たちと同じように、短い苦しみのあとに永遠の平穏へと漂って行くに違いない。この世に繋ぎとめている綱は切れているのだ。さようなら。

瀬崎は入口で、深々と頭を下げ、外科医とスタッフに礼をし、響子と別れた。

数日経ったある日、瀬崎は一階のエレベーターの前で、響子の母親が歩いてくるのを見かけた。目の前を母親が、肩を落としながら通り過ぎて行く。白髪が増え、めっきり老けている。だがその瞬間、瀬崎は、階段の下り口に隠れるようにして窺っている自分の姿に気付き慄然となった。

三

冷房機の音が耳鳴りのように聞こえて来る。また眠っていたらしい。

瀬崎はソファの上でゆっくり向きを変え、医局の時計を見上げた。もう三時になるところだ。何度か目覚めたはずだったが、いつの間にか寝入り二時間も経っている。毎日、毎日、不思議なほどよく眠れる。

病室へ顔を出さなければならないが、あの暑い渡り廊下を抜けなければならないと思うと億劫だった。時期外れのこんなに暑い日ぐらい、回診を休んでも大目に見てもらいたいものだ。変わりばえのしない患者だけなのだから。

ぶつぶつ口の中で呟いたあと瀬崎はやっと躰を起こし、白衣に腕を通して医局を出た。

プレハブ作りの渡り廊下は一日中太陽を浴び、サウナのトンネルのようだった。冷房に馴れた肌に、人の吐息のような生暖かい空気が纏わりついて気持ちが悪い。自然に早足になり、一層躰が熱くなった。

向こうから外科の小川がやってくる。白衣が汗で濡れている。

「暑いなあ」

「本当、これで九月かよ」

慌しく擦れ違って、すぐに呼び止められた。

「おい、瀬崎、丁度良かった」

「何だい、こんなところで」

「ほら、お宅からウチへ廻された今泉響子さ、覚えているだろう？　そろそろ引き取ってくれないか？」

ギョッとして瀬崎は息を停めた。何を聞かされたのか、自分の耳が信じられない。小川はまったく無頓着に話を続けている。

「今じゃ、特別に外科でやることなんかないんだよ。傷はすっかり治っているし、腹水に混じってきた出血も大分前に止まったからな。苦しいと訴えのある時に腹水を抜いてやるだけなんだ」

瀬崎の顔を見て急に申し訳なさそうに口調を変えた。

「外科としても、あんな患者でベッドを塞いで置くのは困るんだなあ。最初からウチの患者なら仕方がないけど、もともとそっちのもんだからな。迷惑だろうけど返すよ。最後の面倒をみてやってくれよ」

　瀬崎は、頭の芯が痺れたように感じて前後に振りながら言葉を捜した。

　二度と顔を合わせたくない。何とかして逃れたい。だがこちらから頼んだ患者である以上、無下には拒めない。せめて時間稼ぎをしなくては。少しでもいいから先に延ばそう。そう考えをまとめ、やっと返事をした。

「急に言われてもなあ。重症部屋に入れなければならないんだろう？　困るなあ、今塞がっているんだ。無理だよ」

「いや、だからすぐとは言わないから、空いたら連絡してくれよ、なっ」

　小川はそう押しつけると、医局の方へ歩きだした。肉のついた大きな背がこちらを拒否するように聳え、遠ざかった。

　忘れていた二ケ月前のことが、昨日のことのように鮮かに甦ってきた。あれから今日までの一日一日を響子のことが頭に浮かぶたびに、気を逸らし、過ぎ去ったことだと考えようとしてきた。毎日忙しいのが救いだった。このまま来春になればこの病院からも離れられ、すべてが忘れられるはずだった。

　瀬崎はじっとしていられず、足を引き摺って歩き始めた。辺りの暑さが少しも感じられないのに汗だけが流れている。

「どういうことなのだろう?」

あれほど絶望的な状態で外科に送った患者が、今頃になって戻ってきたことは一度もない。もう顔を合わせることはないと思っていたのにどうしたことだ。だが、重症ベッドが塞がっていたのはせめてもの幸運だった。もう少し生きのびて部屋をふさいでおいてほしい……。

「その間にけりがつけば……」

そう思った刹那、瀬崎は胸板が割れるような痛みに喉が詰まった。悪寒がし、足が竦んだ。後ろから来た看護学生がぶつかりそうになって、声を上げて振り返り、驚いたように笑いを消して走り去った。

自分は今、響子の死を願った。医者として生命を救うべき患者の死を願ったのだ。

瀬崎は壁に手を当て躰を支え、喉に湧き上がってくる汚汁を懸命にとらえた。


夜になって冷え込みが急に強くなったせいだろうか。裏山の落葉樹が頂上あたりで少しずつ色づき始めた。色合いは賑やかだが、それぞれの木立はむしろ孤独な翳りを帯びて寂しそうに見える。

小川に通告されてから二週間、看護室とドア続きの重症部屋にいた患者を助けるために、瀬崎は全力を傾けた。心不全と腎不全を合併した五十六歳の男が危篤に陥るたびに病院に泊まり込み、幾度か危機を脱した。

だがこうした濁った献身も、昨夜で終わりになった。疲れ切った家族の中で、男は脳出血を起こして逝き、とうとう響子が戻ってくることが決まった。臨終を告げた瀬崎は、妻の謝辞や看護婦のねぎらいの声も聞こえず、ただ響子の訪れが確定したことだけを思っていた。

この日に備え、響子と顔を合わせた時の表情や科白を幾度となく練習したはずだったが、何も残っていなかった。かわりに、忘れていたはずの彼女の俤《おもかげ》だけが次々と浮かんでくる。挑むようにこちらを凝視めながら語った顔、髪に手をやる仕草、腕の中の躰の感触、心を和ませる微笑、はきはきした響きのいい声。それらが移り変りの早い空模様のように光ったり翳ったりする。翳りの中で彼女は険しい顔付きに変わり、全身から怒りを送らせ、蔑んだ眼差しを隠さない。

隣りの重症部屋に人の動きがある。いよいよ移ってきたのか。瀬崎は煙草に火をつけた。

「先生、今泉さんが転入しました」

「……」

幽かな震えが背筋を伝った。瀬崎は黙って頷き、そのまま窓辺に立っていた。ここまで飛ばされてきた欅の葉が、硬化した血管のような葉脈を見せている。

ふと指先に痛みを感じた。右手の煙草が短くなっている。周章ててアルミの灰皿に捨て、火傷した指を水道の蛇口で濡らした。そして燻っている吸いがらに手をかざして水滴を落とした。幽かに水の弾ける音がして白い水蒸気が上がる。繰り返す内に灰皿に水が溜まり、溺れた煙草が割れた。

主任に催促され、瀬崎は重い足を動かした。部屋に辿りつき震える手でドアを開けた。

カーテンで窓を覆われた薄暗い部屋に横たわっているのは、青白く痩せ衰えた年齢不詳の患者だった。細い手足の肉が削ぎ落され、薄皮を残して骨が透けている。

瀬崎は入口で足を停め、白いタオル地の寝間着を脱がされて自分を待っている患者を凝視めた。まるで餓死寸前の人間だった。腹だけが妊婦のように膨れ、手足は置き捨てられた棒のように細い。黒髪が豊かなのが借り物のようで異様だった。

静かに足を踏み入れると、左手で影が動いた。一層小さくなった響子の母親が立っている。はっとして身構えた瀬崎に、彼女は、「またお世話になります……」と囁くように言い、顔を歪めてお辞儀をした。瀬崎は周章てて無言のまま、深々と頭を下げた。

やはりこれがあの響子なのか。瀬崎はベッドの脇で声もなく患者の上に視線を走らせた。髪を被った髑髏そっくりの顔。手首は鉄のように冷たい。傷跡の生々しい盛り上がった腹は、バレーボールのように硬い。乳房は老婆のもののように萎び、窪んだ眼窩の底には、蜜柑の房そっくりに腫れた目蓋がある。あれほど細く見えた脚も、手で押すと跡が残るほどの浮腫がある。

「瀬崎先生の回診ですよ」

上市主任が耳許で呼んだ。と、患者の薄い頬に痙攣したような素早い動きが走り、ぶ厚い目蓋が持ち上げられ、すぐに閉じた。そして何か言うように口が開かれたが声はなく、吐息だけが思いがけないほど大きく「ハーッ」と鳴った。

その時、この形の良い口唇は彼女のものだ、と瀬崎ははっきりと思い出した。血の色は薄いが間違いない。そう思って捜すと、髪の蔭にある耳朶や手の指先、痩せた脚の膝頭などに、昔の面影とぴったり重なる部分があった。

「どこか痛いところがありますか？」

そっと尋ねた。

「いいえ」

しばらく間を置いて、響子は低い掠れ声で答えた。何の感情も窺えない短い言葉だった。

「どう？　苦しいですか」

手で腹を触わりながらもう一度訊いた。響子は声を出さず、骨だけの顔に厭々するような皺を作った。その嫌悪の表情に弾かれたように瀬崎は手を引っ込めた。

「今日が四日目なので、腹水をとってもらいたい、と外科からの引き継ぎがありました」

落着いた主任の声に、瀬崎は幾分ほっとして頷いた。そうか腹が苦しいのか。初日の今日、腹水を抜いて腹の張りを取ってやるという仕事があるのは幸運だった。

「すぐに楽にしてあげますからね」

瀬崎は、響子と母親のどちらに聞かせるともなく言い、診察をそこそこに部屋を出た。

手を消毒液に入れようとして、瀬崎は壁に掛けられた鏡に引き寄せられた。青黒い不健康な顔が映っている。目の縁に、驚きのためだろうか、緊張と亢奮の跡が残っているように見える。これまでの数ヶ月間、響子はどれほど苦しんできたことだろうか。あの粘り強さで歯を喰いしばって耐えてきたにちがいない。だがその間、一度も見舞いに行かなかった自分をどんな思いで見ていたのだろうか。確かに医者として大きな過ちは犯さなかった。しかし人間として、彼女の好意と信頼を裏切ったのは明らかなのだ。

瀬崎は、自分の眼を咎めるように凝視め、息を吐いた。するとそれが響子の大きな溜息のように胸に響いた。その途端、「外科でけりがついてくれたら」という黒い願望が甦った。魔が差した一瞬の妄言にすぎないと思い込もうとしていたが、彼女の前ではどんな弁解も無効だ。この醜悪さは自分そのものが映っているのだ。

瀬崎は鏡から顔を背け、新しい消毒液に手を浸して洗った。生温かいねっとりした液が指の間を流れ落ちる。まるで血を掬っているような不快な感触だった。

洗い終わった手を滅菌ガーゼで丹念に拭き、ふたたび病室に入った。

響子は、醜さをそのままに石室のような空間に漂っている。灰色のベッドが床に溶け、白いシーツと青白い肉体だけが宙に浮いている。突然、彼女が起き上がり、飛んできて、自分を押し潰そうとするような恐怖に駆られ、瀬崎は思わず足を竦ませた。

看護婦がヨードチンキを浸した濃褐色の綿球を渡す。ピンセットの先で抓んで彼女の大きな腹の左下に当て、だんだん円を拡げながら消毒する。褐色のヨードの皮膜が腹壁の四分の一を円形に覆い、そこだけ生き返ったように見える。次に渡されたアルコールの綿球を使い、同じように円を描いてヨードを拭き取って行く。暖色になっていた皮膚が、今度はむしろ青々と病的な光を強める。その中に外科でつけられた針の跡が、葡萄色に濡れて散らばっている。それを避けて注射針を刺し、プロカインを注入して腹膜の局所麻酔をする。次いで鉄製のストローのような穿刺針を腹に突き立て、針先を腹の中で静かに動かして腹水の出易い位置を捜す。腹水が針の吸口に着けたゴム管を通して流れ出し、床に置いたガラス瓶に溜まり始める。二リットルは十分入る瓶に、古いリンゴジュースを思わせる半透明な黄色い液体が水位を上げて行く。

瀬崎は、かつてこうして響子の躰を痛めつけたことを思い出した。あの時と同じように彼女はじっと耐えている。だが、この生気を失いかけた皮膚が以前の水々しい彼女の肌と似ても似つかぬように、同じことを行う自分の心もまったく違っていると思わざるを得ない。あの時は、不憫な響子を傷つけるたびに、嘘で繕いながら検査を強行するうしろめたさを感じたが、彼女を思う自分の心には自信があった。ところが今は、アリバイ工作をする犯人のような隠微な思惑だけが自分を駆り立てているのだ。もし彼女が目を開け、あの挑むような眼差しを真直ぐに向けてきたら、それを受けとめられるだけの力はない。追い詰められた犯罪人のように、這いつくばって逃げ出すしかないだろう。

響子から目を逸らし、瀬崎は瓶に溜まる液体を眺め続けた。細い管の先から澱みなく流れる液体の周囲に透明な泡が生じ、液面を漂いながらガラス壁に付着して行く。それが少しずつ増えて繋がり、環を作っている。


風が強くなっている。医局の窓から欅の梢を眺めると、水銀灯の明りの中でほとんど裸になった枝先が、釣竿のように撓んで揺れている。瀬崎は、ウイスキーグラスを手にしたまま、引き絞られながらしぶとく耐えている枝の動きをぼんやりと追った。

響子は日一日と衰弱を強めていた。口から摂取できないカロリーを水溶液にして血管に流し込んできたが、もう彼女が朽ちるのを押しとどめるすべはなかった。低い蛋白濃度が水分を血管の外に弾き出し、皮下浮腫を強めた。響子の背部の皮膚は、水にふやかした白象の皮のように厚くなった。腫れた目蓋の薄い皮膜を透して水滴が滲み、涙のように目尻を濡らして流れ落ちた。

すでに彼女の躰で昔をとどめるものは何もなくなってしまった。口唇は薄くなり、色も青黒く変った。抗癌剤で頭髪も抜け落ち、砂地に辛うじて萌えた雑草のように疎らになった。彼女が触れて気付くのを恐れたからだろうか、花模様のタオルがそれを隠すようになった。

彼女が何を考えているのかわからなかった。誰にもほとんど口を利こうとせず、終日孤独な時を過ごしていた。回診に訪れたり腹水を取ったりしても、無気味な沈黙を守り、時折こらえ切れぬ思いを噴出させるように、「ハーッ」と大きな吐息を漏らすだけだった。その度に瀬崎の心は縮み上がり、自分の裏切りを反芻させられた。

季節が荒れるように響子の肉体は荒み、瀬崎の気持も陰鬱になる一方だった。病室のドアは、冷凍室の扉のように重く開け難いものになった。

「おっ、一人でやってるのか、俺も貰うかな」

島田だった。もうどこかで飲んできたらしく、顔が赤かった。大きな躰を椅子に落とした。

「今日みたいな日はあとになって疲れが出るんだなあ」

「何の手術《オペ》だったんですか」

「お宅の方から来た胆囊癌のおばあちゃんさ」

「ああ、黄疸の凄い人ね、久滋が主治医だった」

「小川と二人でやったんだが、死亡《ステルベン》さ」

「えっ、何故です？　確か管《ドレーン》を入れて胆汁を外に出す予定でしたよね」

「うん、まあね」

島田は、渋い顔をして坊主頭を二、三度なぜた。

「最初はそのつもりだったんだが、開けてみたら結構取れそうでね。根治手術に挑戦したんだよ。

ドレーンを入れて一時的に黄疸をとったところで退院できるわけじゃなし、駄目なもんは駄目だから、一か八かやってみるのもいいと思ってね」

瀬崎は胸苦しさを感じて訊いた。

「家族はどうでしたか」

「オペ前によく説明《ムンテラ》しておいたから別に問題がなかったよ。歳だし、あんなになったんじゃあ仕方がないと思ってたのかな、かえって苦しまなくてよかったと言ってた。まあ、すべてが丸く収まったと言えるんだがね」

島田は空になったグラスに一人でウイスキーを注いだ。

「もし、最初の予定通りにドレーンを入れたとしても、やっかいだからなあ」

「確かにそうですよね。でも、もしそんな一時凌ぎにドレーンを入れたような場合、先生はどう話すんですか?」

「うーん」

島田は気の進まぬ顔でしばらく考えていたが、ウイスキーを呷ると口を開いた。

「ドレーンを入れただけにしたら、こう言うよ。『この管から出る黄色い水がだんだん薄くなって、黄疸がなくなったら抜いてあげよう、そうしたら退院だ』とね」

「でもドレーンを抜く時というのは死ぬ時ですよね」

「その通り。しかしそうなるまでは、一時的にしろ黄疸が取れ、食欲も出てきて元気になるんだな。まあ半年位は寿命が延びるかな？」

言ったあとで島田は、顔を顰め、ぞんざいな口調に変った。

「これもひとつの方法だと言うことさ。看病する家族の希望や経済力なんかで、そうはできない場合も多いからな。どこまでやるべきかは単純な問題ではない。医者にとって一番消耗させられるタイプの患者だよ」

「本当に難しいですね……。先生は今泉響子を覚えていらっしゃいますか。以前、手術していただいた患者なんですけど」

「何のクランケだったかな？」

「膵臓癌と思ったら、先生が卵巣癌の転移だと指摘された患者ですよ」

「ああ、あの若くて腹水のひどい症例ね。そう言えば最近見ないな」

「今、内科の方に戻ってきているんですけど、もう駄目なんですよね。何もしてやれないし、ただ死ぬのを待つみたいで……。こういう末期の患者をどうすればいいんでしょうか。抗癌剤漬けにして内科でみるのか、手術で一か八かをするのか、それとも負担をかけるようなことは何もしないで最後の生命を好きなように過ごさせるのか。それを判断する基準がわからないし……」

「そんなものあるわけないさ。色んな状況があるからな。ケースバイケースだよ」

「でも、結局医者の都合で選んでしまうことが多いんじゃないですか」

「都合？　うん、まあそうかな。いや、正確に言えば、医者の考えが決定権を持っているということだろうな、当然のことだが……」

島田は不機嫌な顔をして立ち上がり、話を打ち切るようにテレビをつけた。お笑い番組が二人の間を壁のように隔てた。島田はぐいぐいとウイスキーを飲んでいる。

テレビの中の観客が笑い声を上げげた。島田も愉しそうに、脚をゆすり、大きな声で笑った。


朝から降り出した雨が霙混りになった。裏山の灌木がすっかり丸裸になり、冷たい氷雨に打たれている。まだ十一月だというのに、冬が例年にない早さで近づいていた。

響子はカーテンを引いたままの重症部屋に岩蔭の小さな残雪のように横たわり、ひっそりと最後の時を刻んでいる。激しさを増した痛みを抑えるためにモルヒネを使うようになってから、彼女の衰弱は進み、終焉に向う加速が一層強まっていた。一日中眠り続け、瀬崎が訪れても何の反応も示さなくなった。

瀬崎は、時間の許す限り響子のそばへ寄り、脈に触わり、張りを失った腹壁を撫でてきた。寿命を縮めるモルヒネを、そうとわかりながら与えざるを得ない自分にできるのは、このぐらいのことしかなかった。顔を背けたくなる気持ちをふるい立たせ、朽ちて行く彼女を凝視め続けた。

もし彼女が逃げ出した男への蟠《わだかま》りを胸の奥に沈めているのならば、そしてそれをあからさまにして心を晴らすことができるのならば、ひと思いにぶっつけて欲しい。溜息ではなく言葉で、無言の拒否ではなく怨みの言葉で面罵し、いくらかでも心を軽くして逝って欲しい。今度だけは逃げずに彼女を受けとめるつもりなのだから。瀬崎はそう思い、響子の脇で彼女が目覚めるのを待った。

瀬崎は、響子の脇に蹲るように腰を落とし、娘の思い出話をポツリポツリと語る母親の相手をしながら、自分がこれほど熱心に人の崩壊に立ち合ったことがなかったと思った。このように生を惜しみつつ滅んで行く人を、どんなになおざりにしてきたことだろうか。助からない、死が見透かされる、と結論を急ぎ、個室のドアをまるで棺桶の蓋のように厭わしく感じ、素早く閉じようとばかりしてきた。患者は、真実の死より早く死を宣告され、放っておかれたのだ。

早い夜が落ち、どこからともなく冷たい冬の気配が忍び寄って来る。それに包まれ、脈の弱まった響子が静かに眠っている。ここ数日、何が起きてもおかしくない状態だった。瀬崎はもう一度心音と血圧を確かめ、またのちほど、と母親に挨拶して部屋を出た。

看護室の窓から見ると、いつの間にか中庭が真白になっている。初雪だった。降り続く白い破片が夜空を満たし、裏山をすっかり隠している。

スチームが故障していた医局にも久しぶりに暖房が入っていた。瀬崎は落着かない気持ちのままシャーカステンの前で行われるレントゲン写真の検討会に参加した。泉科長を中心に内科医が五人、それに外科の小川も加わっている。

「これは、十二指腸潰瘍だ」

「胃角部に欠損あり、ファイバースコープの精査が必要」

と皆が結論するのを、瀬崎は複写用紙に書き込み、写しを外来カルテに挟んで行った。半分ほど片付いた時、突然院内放送のチャイムが鳴った。

「内科の瀬崎先生、至急病棟においで下さい」

事務員の声が繰り返し呼んでいる。

「誰かな?」

立ち上がった瀬崎に泉が訊いた。

「今泉響子だと思います。大分弱っていましたから。このあと宜しく……」

瀬崎は医局を飛び出した。長い渡り廊下を全力で駆け抜け、階段を二段置きに上がった。走りながら瀬崎は何も考えなかった。ただひたすら響子の最後に間に合いたいとだけ思った。

「先生、三〇一です」

待ち受けていた準夜勤務の看護婦が言った。瀬崎は頷いて病室に飛び込んだ。

ベッドを家族が取り囲んでいる。付き添っていた看護婦が、潮崎を見て交代した。

「先生、さっきから響子が、瀬崎先生に一目会いたいと言うものですから……」

父親が眼を赤くして咳込むように言い、響子の耳許に口を寄せて大声で呼んだ。

「響子、響子、瀬崎先生がおいでになったよ、せざきせんせいだよ……」

響子の顔色は土色に染まり、死の影が漂っていた。乾いた口唇の間から喰いしばった歯が覗いている。だが虚脱したように感情が伴っていない。

響子は、父親の声に甦ったように目蓋を動かし、細い右腕を探るようにゆっくり持ち上げた。力尽きて落ちそうになりながら、ユラユラと瀬崎の方に延びてくる。瀬崎は、それがまるで尖った刃のように見えて恐ろしかった。だが逃げることもできず、震える手で受け取った。金属のように冷たい指だった。

「せ　ん　せ　い……」

薄目のまま顔をこちらに向け、響子は何かに憑かれたように口を開けた。間を置いた掠れ声が、絶え絶えに歯の間から零れた。

フーッと息をついて、指に力を籠めた。指先が瀬崎の手に鋭く喰い込んだ。口唇が形を変え、幽かな声が弱い息の底で鳴った。だが、瀬崎の耳には切れ切れにしか聞こえてこない。部屋のすべての動きが停まり、瀬崎だけが引き寄せられるように彼女の方へ躰をのり出し、顔を覗き込んだ。その時、目蓋がゆっくりと持ち上げられ、見覚えのある彼女の大きな眼が現われた。底のない深い色をたたえ、吸い込むように瀬崎を捉えている。それが瀬崎の心の奥を見通すように強い光を放ち、波立ち、揺れ動いた。だが、ふと静まり、言葉が生まれた。

「あ　り　が　と　う……」

響子の声が瀬崎の胸を抉った。瀬崎は、ぼやけていく響子の顔を凝視めながら、自分が彼女に包み込まれるのを感じていた。

「響子、響子……」

父親の絶叫に、瀬崎は我に返った。言葉を失った響子が口を僅かに開いたまま、静かに首を枕に沈めている。目は瀬崎を離れて上を向き、ふたたび閉じられようとしている。

泣き声が高まり、突風のようにすべてのものを打った。

瀬崎は無言のまま顔を伏せて響子の臨終を表わした。そして自分の右手に喰い込んだ彼女の指を一本一本ゆっくりと剝がしていった。


〈了〉

芒 野 （すすきの）

一

藤村和朗は、混み合った一階のエレベーターホールで、入院患者の付き添いらしい中年の女に声を掛けられ、治療の見通しを訊かれた。こんな場所でぶしつけな、と不快に感じながら思い出そうとしたが、相手が誰なのか、尋ねられた検査が何なのか少しも心当たりがなかった。

「そんなにばっちゃんは悪いんすか」

顔を窺って心配そうに言われ、ようやく四、五日前に入院したばかりの老婆の身内だと気付いた。軽い肺炎があるだけで、大した病状ではない。だが和朗がそう答える前に、娘は、きのうの先生にも覚悟しておけと言われたもんで、と付け加え、開いたエレベーターに和朗と並んで足を踏み入れた。続いて乗り込んだ人々に押されて隅に寄せられた娘は、陰気な表情を見せ口を噤んだ。

昨日は、四日ぶりに指導医の津島が回診してくれたのだが、その際に何かを匂わしたらしい。軽い肺炎のデータしか揃っていないのに、どうして「覚悟しろ」などと絶望的な話ができるだろうか。娘の聞き間違いにちがいない。

五階の内科病棟についてからそれを糺すと、娘は、いや回診後、廊下で顔を合わせた時にはっきり言われた、と反論し、和朗を不審気な横目遣いで睨んだ。和朗は感情を抑え、もう少し検査結果を見なければ判断を下せない、と短く言って娘を振り切った。

患者は、咳や痰が続いていたところに微熱が出たと来院して、右肺に陰影を発見された六十八歳の老婆だった。血沈がやや亢進している以外に血液検査に異常がなく、残された痰の細胞検査で癌でないと確かめられれば、順調に退院できるはずだった。微熱も入院した翌日から下がっていた。

しかし、昨日初めて患者を見たにすぎない津島が、家族を不安に陥れるような言葉をあえて言ったのだとすれば、胸のレントゲン写真を深読みしたからにちがいない。和朗は、看護室で患者の写真を取り出し、もう一度吟味した。

疑いの目で見ると、八分二分で肺炎と判定した写真が逆転して見えてくる。娘の前で津島の勇み足をあからさまに非難しないで良かったという思いになる。いつの場合にも黒い疑いの方を選んでおけば失敗が少ないというのが、医者になって身につけた常識だった。患者のカルテには、一目で津島とわかる達筆で、「頭痛あり、頭の精査必要」と記入され、至急の検査が予定されている。今日中に脳のＣＴ撮影まで行われる気の早さだった。

臨床家としての津島の能力がどれほど素晴らしいかは、この一年間で十分理解させられてきた。彼の助言は、ほとんど外れたことがない。勤務したての頃は、病み上がりで休みがちな指導医に不安を感じたが、一ケ月ほど辛抱して研修医として基本的な技術を覚えてからは、津島の控え目で適確な助言は、和朗の研修ペースにぴったりと合った。彼の仕事の肩がわりをしたり、一人で急変患者に対応した、と、研修医としては破格のハードワークになったが、それだけ自分の身につき、三年間という期限を考えれば我慢できなくはなかった。

これまでの経験から、今回も彼の判断に誤りはないのだろうが、気に病んでいる神経質そうな家族を見ると、大胆な推測が外れた時の彼らの反応が怖くなる。

「藤村先生、植田先生からお電話です」

看護婦に呼ばれ、和朗はレントゲン写真を袋に仕舞った。内科部長の用件が何かは明らかだった。

「それについて、午後にお部屋に伺うつもりでした」

他人の耳を意識して「見合い」という言葉をぼかして表現し、昼食後に返事をすると植田に約束した。

三日前、和朗は植田部長に研修態度を褒められ、五月中旬の内分泌学会へ出張扱いで特別に参加していいと許可された。だが、ついでに東京にいる友人の娘とお見合いをしてみないかと勧められ、そういう条件付きでは、と躊躇して返事を保留した。次期院長候補と評判の高い植田らしいやり口だった。

学会に行きたいが、お見合いは結構というのが本心だった。学生時代から付き合っている志麻とはっきり結婚の約束をしているわけではないが、彼女が司法試験に合格するかあるいは見切りをつけた時にそれが問題となるはずだった。その時期が来るまではある程度ストイックに生活するのも仕方がないと考えていた。

昼食後、和朗が医局棟三階の部長室を訪ね、志麻のことを仄めかして見合いの件を断わると、植田は拍子抜けするほどあっさりと諦め、初めから当てにしていなかったという素振りを見せて写真のようなものを書類の下に隠した。今どきそういう娘の一人、二人いないのが珍しい、もし具体的な問題が起きて必要があるならいつでも相談に乗るよ、と上機嫌を装って言った。

「ところで、きみの学会行きの件を、津島くんに伝えておかなければいかんが、今日は出て来ているかね?」

「ええ、多分。昨日は回診してくれましたし……」

津島は、病院にいても、居所不明のことが多かった。図書室、標本室、研究個室、と人のいない場所を好んだ。

「最近は、あまり休まないようだね?」

「以前ほどではないと思いますが……」

休む日数はだんだん少なくなっている。だが前触れなく、突然出勤できなくなるのは同じだった。しばしば人手の必要な時に、彼の妻から電話が入り、腹痛、吐き気、下痢、脱力のためと欠勤理由を告げられた。

「そうかね、胃を切ってから、大分になるんだがねえ……」

和朗の指導医と決まった時に、津島がかなりひどい胃潰瘍を患ったと聞かされていた。三年前に説得されて手術に踏み切ったが、本人は癌ではないかと疑っているらしいという噂があった。

「手術した標本を見せなかったんですか」

「それは見たはずなんだがね。疑えば切りがないし……藤村くんには大分迷惑をかけたね」

植田は、あまり触れたくないように津島の話を打ち切ると、学会は気楽に物見遊山で出かけたらいいと、丁度志麻の司法試験と重なって好都合だと考えている和朗の心を見透すように言った。

部長室を出て病棟に向って医局棟を三階から降りながら、和朗は一年前にもこうしてエレベーターを使わずに歩いたと思い出した。あの頃の不安な足取りと比べれば今は格段に違っていると感慨深かった。

初めて病院に勤務した日、真新しい白衣を着て他の内科研修医と一緒に病院内をひと巡りしたあと、部長室へ行き、指導医を決める籤をひいた。「津島」という名を引を当てた和朗は、「生憎、今日は休んでいるんですよ」と植田部長から申し訳なさそうに告げられ、午後はゆっくり研究室で本でも読んで下さいと慰められた。

他の三名の研修医はそれぞれの指導医に連れられて勇んで病棟に出掛けたのに、和朗だけが入学早々自習を命じられた小学一年生のように、ひとり寂しく机に向かうしかなかった。右手の窓から十坪ほどの裏庭が眺められ、若葉の細枝を伸ばし始めた木蓮が強い風に揺れていた。時折砂埃りが渦を巻き、石塀で阻まれて消えている。その単調な繰り返しに和朗は居たたまれない気になり、もう一度病院の中を見ておこうと思い立ち、廊下へ出た。

階段を下り、渡り廊下を過ぎ、行き当りばったりにぐるぐると病院中を歩いた。途中、幾人かの職員に挨拶され、誰ともわからぬままに頭を下げた。忙しそうに追い越したり、擦れ違ったりする人に比べれば、自分の歩みは遅く、生気の乏しいものだとつくづく感じた。行き先がなく、目的がなく、ただ時間潰しに足踏みしているようなものなのだ。自分の所在なさにうんざりし、こんな気持は一日だけで沢山だと思った。

ところがその夜、「津島先生ってよく休むらしいぜ」というニュースを同期の一人が仕入れてくれ、相手を当てにした待ちの姿勢では大変なことになると気付かせてくれた。そして恐れた通り、津島はそれからさらに三日間も休んだ。

だが三日後、初めて病棟で津島と会った時、和朗は、自分の指導医が、新進画家として有名だったあの「津島」だと知り、四日間も無断欠勤した指導医に抱いていた様々な悪感情をすっかり忘れるほど驚いた。かっての堂々とした長身は、もう痩せようがないほど細くなり、猫背になった分だけ小さく見えた。肌も青黒くなり、いかにも病み上がらしく光の反射が弱かった。外見はすっかり別人だったが、こちらの腹の奥まで見通すような油断のない大きな目と上品な顔立ちは昔のままで、他ならぬそれが、古い記憶の底をかき回し、彼だと気付かせてくれた。

大学に入って間もない頃、地方紙に将来を嘱望される若手画家として紹介されていた医学部の先輩の記事をみつけ、和朗はまだ地理に不慣れだったのも厭わず個展に出かけてみた。絵に満更自信がなくもなかったので、医学生時代から美術展にたびたび入選していたという彼の作品がどれほどのものか見定めてやろうという気持ちだった。

捜し当てたビルの二階の小さな画廊を覗いた時、自分とは比較にならない才能豊かな作品に衝撃を受け、ここは大した都会なんだと妙な感心の仕方をした。変な気を起こさずに医学部を受けて本当に良かったと思った。

三十枚近く展示された作品は、雪に埋もれかかった流木、水底に沈む枯葉、古煉瓦の倉庫、木製の窓の中に広がる象徴化された丘の風景、人形と船と旗、山積みされた種々雑多な電器製品の刻明な描写、と統一のない主題に古風なリアリズムの技法だったが、不思議な奥行きとモダンさが表わされ、それぞれが興味深く眺められた。

全般的に寂寥の美というものが印象づけられ、子供の頃夕暮れの道を独り影を引いて家路に向かう時に陥った感情がこんなものだったのではないかと思い出された。しかし一番新しい製作月日になっている「ふたり」と名付けられたとうもろこしの絵だけは他と異なり、作者の明るい面が開花したように感じられる作品だった。

それは、陽光を浴びた白の塗り壁に、皮を剝かれたとうもろこしが二本ぶら下がっている、畳半分ほどのテンペラ画だった。どこかの土蔵の壁なのだろう、荒っぽい素っ気ない背景に、天日に焙られて黄褐色に輝くとうもろこしの実の一粒一粒が生き生きと描かれ、実を結んだばかりの喜びが、太陽の匂いのように漂い出ていた。プロフェッショナルの手と目とはこういうものか、と感銘を受け、静けさの中に明るさと温もりのあるこの絵が好きになった。恐らく誰かへのプロポーズではないかと想像した。

描き手の津島は、新聞のほっそりと写った顔写真からは考えられないほどの大男で、花束を脇に会場の片隅の椅子で数人の客と喋っていたが、猫背もなく堂々としていた。帰る客に挨拶しようと立ち上がった時の動きも俊敏で、いかにも主役に相応しい生きのいいリズムがあった。

それから六年後の思わぬ再会だったが、会うはずのない場所でという驚きが消えず、自己紹介もそこそこにして、かって見た個展を話題にのせ、ずっと描いておられたのでしょう、と質問した。だが彼は水飛沫でも避けるように顔を背け、ずっと描いていません、と冷たく言い、無断欠勤を心良く思っていないのを隠そうともしない婦長に向かって、休み中の患者の変化を訊いた。

歩いて医局棟を降り、廊下を渡って中央病棟のエレベーターホールに入ると、外来のない午後は人影が少なかった。見舞い客らしい女性が二人、果物の籠を下げて立っている。そう言えば、あの老婆の検査結果が出ているはずだと思い出した。あらかじめそれを知ってから午後の回診にいかなければまたあの娘に喰い下がられ、津島との意見の違いが暴露されて余計な混乱を与えるかもしれない。

看護室へ行くと、珍しく津島が二日連続で病棟回診をしてくれていると看護婦に告げられた。「へえ、雪でも降るんじゃないか」と言って窓の外を眺めたが、春めいたいい天気だった。津島の現われる病棟は不思議に穏やかで、急変患者が出て周章てたりした記憶がなかった。彼の存在がまるで太陽の日差しのように患者たちを元気づけているかのようだった。彼の出勤は、和朗にとって気分的にも時間的にも二重、三重の喜びを与えてくれた。とくにこのように回診してくれる日は、就寝前の夜回診だけすれば良く、一ケ月に幾度もない和朗の大安吉日だった。

肺炎の老婆の頭部X線写真が届いていた。予想した通り異常はない。だが至急の場合はすぐに返事をくれるはずのCT検査の結果が遅れている。電話を掛けて直接尋ねた。

意外にも、「脳深部の腫瘍」という診断だった。かなり急激に大きくなっているのではないかと言う。麻痺症状が出るより先に、呼吸中枢の方が侵される危険があると注意された。和朗は受話器を置きながら黙っていられず、近くにいた看護婦に、「脳腫瘍があるんだって」と漏らした。肺炎ではなく肺癌だとすれば、その転移が脳に起きたと考えられて理解しやすい、まあ、何が原因にしても絶望的ですが、と脳外科医は言った。

和朗は、津島の洞察力、臨床家としての勘に改めて敬服させられた。日常では、不定期に、予告もなく休み、和朗に気を抜く余裕を与えなかったが、それ以上のものを彼から受けていると感じさせられるのがこういう場合だった。ひとつの症状から幾つもの病名が疑われ、診断に辿りつくまでに膨大な検査をこなしていかなければならないと悩んでいる時にも、彼は無駄な線のないデッサンを描くように、僅かな検査項目を選んで計画を立て、見事に正しい診断に導いた。十数年のキャリアのせいだとばかりは言えない、彼独特のセンスが医学に生かされているのは確かだと思われた。

回診車の軋り音を引き摺って、婦長と一緒に津島が戻ってきた。小柄の婦長よりずっと上にある彼の細長い尖った顔が、和朗をみつけて会釈する。疲れて不調なのか、いつもより青味が強かった。癇の強そうな黒い目が、抉るように鋭い視線を放つ。

脳腫瘍が発見された、と意気込む和朗の報告を聞いた津島は、そうですか、と平静に受けとめ、自分の的を射た検査を誇る素振りなど見せなかった。

「肺癌なんでしょうか」

もしそうだとすれば脳転移が考えられると言われた話を告げると、津島は首を傾げ、どうでしょうかねえ、と心もとない反応を示した。必ずしも肺癌を考えたわけではなさそうだ。だとすると一体何を根拠にして娘に病状を悪く語ったのだろうか。

「そんなことを言いましたかねえ……」

津島は語尾を濁し、まるでアリバイを求めるかのように婦長の方に目をやった。婦長は手にした回診簿を覗いて、看護婦に指示を伝えていたが、何か疑問があるらしく津島を呼んだ。津島は、和朗の質問を曖昧にしたまま婦長のそばに行って打ち合わせを始めた。

回診台を片付けている看護婦が、立ち話をしている津島に、どいて下さい、とぶっきら棒に言って脇を抜けて行く。見ている和朗がひやりとするほど無愛想な態度だった。だが津島は気にも留めぬふうに悪意を受け流して行く。

あの細やかな絵を表現できる鋭い感受性を持っているはずにもかかわらず、津島はこういう他人の反発に無関心を装い、自分の生活ペースを変更しようとしなかった。彼にとって自分の内面だけが問題で、他の事柄はすべて遠景にすぎないのかもしれなかった。それが天才肌の人間らしいと言えば言えたし、医者の傲慢さの現われだと非難することもできた。

唯一の例外は和朗に向かった時で、思いがけない心遣いを示して食事に誘って話を聞かせてくれた。病院では厭がった絵についても彼の方から触れ、本当は画家になりたかったが父親に反対されて踏み切れなかった、医者になると決めたからには中途半端な気持ちで趣味的に描くのが我慢できず、きっぱりと筆を折った、しかし手術をしてから迷いが出ている、と率直に明かした。父親に従って絵を諦めたものの、大学で研究しろという勧めには逆らい、臨床家になろうとすぐに大学の内科医局を出てこの病院に勤務した。それ以来父親とはうまくいかず、津島が胃の手術をするまでほとんど顔を合わせない状態が続いたらしかった。

老婆の件を除けば変化のない病棟の患者たちについて二人で手分けしてカルテに記載し終えた時、津島が、今夜食事をどうですか、と和朗を誘った。

「いいんですか」

和朗は疲れているのではないかと心配して訊き返した。

「ちょっと頼みたいこともあるんですよ」

津島は視線を外して考え込みながら言い、いつものところで、と耳打ちして出て行った。

二

待ち合わせ場所の喫茶店の前で和朗と津島はタクシーを停め、繁華街の外れにある料亭へ行った。水を打った玉石を踏み、寒くもないのに背を丸めている津島の後ろを歩いた。案内された八畳の離れは、長い廊下を右に左に曲がった奥にあり、密談か秘め事に相応しい雰囲気があった。海老茶の塗り壁に飴色に近い畳。暗い床間にピンクの侘助が一輪咲いている。それに背を向けて津島が坐り、いつものように初めての店の特徴や謂《いわ》れを説明してくれる。

酌婦はいらないと断り、二人だけで食事をした。酒を控えている津島に付き合い、空腹だった和朗は、あまり飲まずに食べる方に熱心になった。最初のうち口数の多かった津島は、だんだん無口になり、食事もそれほど進まなかった。

「もしかしたら、病院をやめざるを得ないかもしれないんですよ」

和朗が五月の学会の話をした時、津島がぽつりと言った。普段と変らない声だがどことなく緊張感がある。予想もしないニュースなのに、心の隅でやっぱりと頷いている自分に気付く。彼の父親と親友だという院長が庇ってきたが、とうとう不可能になったのだろうか。医局の中でも、早く親父の跡を継げばいいのにという蔭口が強くなっていた。

津島は口を閉じ、右手を酒杯にやったまま自分の考えに浸っている。

「どうしてですか。何か言われたんですか」

和朗は抗議の気持ちを表わしながら尋ねた。津島の勤務態度に改善の余地があるにしても、体調不十分を理由に馘首するのはひどい。少なくとも自分の指導医としては満足しているのだから。だが、津島は何も答えない。和朗の質問を聞き漏らしたはずがないのに、酒杯をテーブルに置き、立てた両膝を抱えて黙っている。しばらくその姿勢を続けてから、大きく息を吐いて顔を上げ、じっと和朗の眼を捉えて囁くように言った。

「この間、半年ぶりに親父のところへ出かけたんですが、もう駄目なんですねぇ」

医者同士ならぴんとくる、臨終患者の判定を下す時のような、極めて絶望的な調子を津島は響かせた。聞かされた和朗がふと涙ぐみたくなるほどもの悲しい震えが言葉にあった。

「そうとわかったら、喧嘩していても詰まらないと思いましてね。跡を継ごうか、と言ってやったんですよ」

研究者にならないのならば、病院を一緒にやって少しは楽にさせてほしいと言うのが父親の希望だった。従わない息子を諦めたのか、医師会の中枢にいる父親は病室を閉め、外来だけにしていた。背丈こそ津島の肩ぐらいしかなかったが、エネルギッシュで、医師会ではかなりの影響力を持っているという噂だった。和朗が最後に見かけた三ケ月前は、随分元気そうに勉強会の司会を務めていた。急病になったのだろうか。

「そんなに悪いんですか」

津島が口を結んだまま頷いた。

「どこが悪いんです？　血圧でも高かったんですか」

白髪だったが、ずんぐりした躰に顔色はいつも赤味がかっていた。

「いえ、まだわからないんです」

「と言うと、悪性のもの？　どこかの転移《メタ》ですか」

「そんなんじゃないですよ」

膝を抱いて前に突き出した顔を小刻みに振りながら津島は、和朗の顔から目を離さずに言った。

その極端な上目遣いが和朗を落ち着かない気分にさせる。今まで見たことのないほど暗い色をしている。

「ただもう駄目なのが見えるだけでしてねえ……それを誰にも内密に突きとめてもらいたいんですよ、先生に」

ええ、ぼくのできることは協力します、と反射的に答えたものの、話が漠然としすぎると思い、和朗は訊き返した。駄目なのが見えるとはどういう意味なのか。そして何を突きとめるのか。

津島の目の力が弱まり、逡巡するように下に落ちた。と、急に何かに驚いて左を向き、身構えた。

「失礼致します」

無地の手漉和紙の張られた脇の襖が開き、先程の仲居が料理の追加を運んできた。和朗と津島は同じ姿勢のまま古い皿が片付けられ、揚げ物や蒸し物がならべられるのを黙って見守った。愛想のいい丸顔の仲居は、テーブルの上を整えると、沈黙に動ずるふうもなく銚子を取り上げ、おひとつどうぞ、と二人に酌をしてからにこやかに襖の向うに消えた。

「どういうことなんですか」

和朗は、女が退がっても口を開かない津島に問い直した。父親が絶望という根拠はどんなところにあるのだろう。まして医者になって一年にしかならない自分に、著名な医学者の知り合いが多い父親を頼むというのも解せない。今夜の津島は歯切れが悪い。

「実は……」

津島の上体が起きた。背筋を伸ばし、盗み聴きでも恐れるように左右に目をやってから、前屈みになって和朗に近づいた。

「わたしは、しばらく前から人の死が見抜けるんです」

和朗は、津島につられて前に乗り出していた躰を周章て後ろに引き、彼を凝視した。動きのない目がこちらの反応を探って光を強くした。

「冗談で言っているんじゃないですよ。本当なんです」

和朗の言葉を先取りして言い、津島は首を伸ばして大きな溜息を吐いた。だが目だけは、獲物を見張っている獣のように和朗を見据えたままだった。和朗はその見えない針が苦痛になり、視線をそらし、辛うじて口の強張りを取って言った。

「死相のことを言っておられるんですね。それならぼくにもわかる時があります。癌末期や重症感染症の患者など、死期が近づいてあと二、三日になると、みんな似た顔になりますからね」

和朗は、津島を理解しようとして言った。何としても彼との一致点を見出したい気持がした。だが津島は、幽かな笑みのような影を青黒い顔に浮かべ、首を振った。

「いいえ、わたしは、一年以上も前からそれがわかるんです。出会うと、あっ、この人はもう駄目だなって見えてしまうんですね」

秘密を明かしたという安堵感からだろうか、だんだんいつもの津島を取り戻している。暗い色調さえなければ、ほとんど普段の彼の語り口だった。

「じゃあ、今日脳腫瘍のみつかった患者もそうだとおっしゃるんですか」

津島はゆっくり大きく頷き、症例報告でもするように、穏やかな声で二年前に初めて気付いた時のエピソードを語った。

胃の手術をして三ケ月経った五月のある日、津島は久しぶりに出た外来で、自分に似て大柄な五十歳近い男を診察した。半年ばかりで八十五キロから十五キロも体重が減ったので、自覚症状はないが精密検査をしてほしい、というのが男の来院理由だった。

男はすでに何度か通院していて、尿や血液検査、胃や腸のレントゲン撮影など、こういう場合に必要とされる検査はすべて終了していた。尿や血液に異常は見られず、レントゲンや腹部エコーでも変った所見はないと消化器科から報告が届いて、前回受診したときに説明が済んでいた。津島は、念のためにと追加された糖負荷試験の成績を男に示せばよかった。これも正常範囲の数値だった。

「検査では何もひっかかりませんね」

「そのようですね。それなら結構なことですから」

営業畑らしい男は明るい口調で嬉しそうに言い、思った通りだ、と一人で頷いている。

「でも、どうしてこんなに目方が減ったのですかねえ」

「ええ、あまり減量が順調にいったもので、周りが煩さかったんですが、これですっきりしました」

「痩せようと努力していたんですか」

「まあ、それなりには」

「じゃあ、うまくいったのでしょう。その調子でやればいいんじゃないですか」

津島は、一応締め括りの診察をしましょう、と言って男をベッドに横たえ、胸と腹を触診して血圧を測った。やはり問題はなかった。

男が服を着ようとして後ろの脱衣籠に向いた時、津島は思いがけず奇妙な気分に襲われた。男を見ていたはずなのに、その顔が少しも記憶に残っていない。居眠り半分で眺めていたように漠然としている。だが目の前の男の広い背中は、焦点がぴったり合って確実に存在している。どうしたのだろう？　自信のあった自分の観察眼が失われたのだろうか。手術による三ヶ月間のブランクが、目の感覚をおかしくしたのだろうかと心配になった。

Yシャツのボタンを留めながら向き直った男に、津島は目を凝らした。色の浅黒い、少し皺の目立つ顔が、厭な疑いと病院通いから解放されたとばかりに明るく緩んでいる。だがその奥に、二重映しになった写真のような、とても暗い気分にさせる素顔がぼんやりと揺らめいて見えた。

男が挨拶して消えてしまうと、津島はほっとして目を閉じ、その上に手を当てた。焦点の甘い映画を見続けたような疲労感だった。今度は男の顔の残像が手の下にはっきりと浮んでいる。それが徐々に溶けて黒い重い液体のようなものに変わり、喉を通ってぬるりと胸の中に流れ落ちた。続いて別な患者が入ってくれば気が紛れ、胸の蟠りも大して気に留めずに忘れられたかもしれなかった。だがその日の外来は静かで、男のあとには誰も現われない。いつまでも気にかかり、落ち着かなかった。とうとう看護婦を待合室へ走らせて男を引きとめた。そしてレントゲン写真や検査データーなどをすべて用意させ、自分の目でひとつひとつ再点検した。

男の写真を見た瞬間、胸の中の不吉な液体が火花を発したようだった。天蓋《ダッハ》と呼んでいる胃の最上部にかなり進行した胃癌らしいものが写っている。撮影条件が良くなかったので見落とされたのか。それともたった一枚しか撮られなかったその部位の写真が、運悪く他のものの間に紛れて見逃されたのだろうか。明らかに悪性所見だった。

どういう言葉で渋る男を説得したのか津島は覚えていない。とにかく胃の精密検査が必要になったことを中心にくどくどと喋り、それを承知せざるを得ない雰囲気に男を追い込んだ。検査を約束させられて帰る際の男の表情は蒼ざめ、隠されていた二重映しの素顔が顕《あらわ》になったように見えた。

津島は語り始めるとだんだん能弁になり、反応を探るように和朗の目を覗き込みながら、二例目三例目を立て続けに喋った。溢れ出しそうになっていた心の秘密をようやく別な場所に移せるという喜び――あるいはよく出来た怪談で人を欺すという隠微な興奮――とどちらとも取れる熱心さで、時折和朗に念を押して相槌を引き出しながら、話を破綻なく繰り広げた。

思いがけない渦にまき込まれた和朗は、知らず知らずに催眠術をかけられたように彼の描く世界に心身を浸していた。じゃあ最近の例を、と津島が昼間の老婆との出会いを描写した時には、半ば以上彼の不思議な力を信じさせられていた。

久しぶりの酒に酔ったのか、それとも秘密を分け合った者同士の親密さを感じるのか、津島の態度が変わってきた。慇懃すぎるとも思われかねない丁寧な喋り方が緩み、時折彼には珍しいざっくばらんな言葉が混った。「こんな話は先生以外にはできないな」と言ったり、「他に漏れたら変だと思われちゃうから」とニヤリとして自分の頭を指で叩いたりした。その信頼は嬉しいが、無理やり得体の知れないものを注ぎ込まれた気がして、和朗は少しも喜べなかった。

今夜は水を杯で飲んでいるようだった。それほど強い方ではないのに、呑み干す酒がどこか別な場所に吸収されている。酔わないことが、彼の話の信憑性を追究するのにどうしても必要だと全身が思い込んでいるように、冷静で乱れなかった。むしろ津島の方が黒ずんだ目の縁に赤味を混えている。

女が現われ、電話で注文したお銚子を運んできた。それを目にした途端、酒も彼の話ももう沢山だという気になった。津島と離れて一人になり、自分だけで聞かされた話を吟味し直したかった。そう感じると尻がむずむずしてきてトイレに行きたくなった。案内するという仲居を断り、和朗は席を立った。

長い廊下を戻ってくるうちに、躰の具合いがおかしくなった。足が重くなり、周囲が遠のいたり近づいたりした。歩くのが億劫になり、廊下に渡された竹の欄干にしばらく腕を預け、石の中庭を眺めた。廊下の明りを受けて、ルリ色のつつじがぽつりぽつりと花を開いている。大男が蹲ったような石と古い石灯籠の間で、僅かな光を集めて目に刺ってくる。そこまで届けと幾度も深呼吸を繰り返し、胸の中の風通しを良くしようとした。

「これをどうぞ」

脇に現われた女が、おしぼりを差し出した。こちらです、と先に立った彼女に連れ戻され、ふたたび津島の前に腰を落とした。

「それで、親父のことですが……」

最初の時の陰気な表情を蘇らせ、津島は父親の顔にも同じものを見た、という話を繰り返した。わたしとしてはもう覚悟がついているが、どこに原因があるかだけは調べたい、忙しくしていて、五年前に人間ドックに入って以来、何も検査をしていない、説得して二日間入院させるので協力してほしい。

津島の頼みを今更拒否できるはずがなかった。津島が父親の代理で外来診療をする間、彼の立てた二日間のスケジュールを遂行する役割を和朗は引き受けさせられた。

三

和朗は、下着一枚の裸になり、津島の父親の名札を着けたレントゲンフィルムの上に横になった。上からX線を照射され、腰椎と骨盤の写真を撮らなければならない。秘密を守るためには、比較的背の低い和朗が身代わりになる以外になかった。

腰椎二枚、骨盤二枚を撮影して患者の役割を終え、服と白衣を着て医者に戻った。現像室から固い表情をしたレントゲン技師が、写真を持ってきた。いつもは軽口の多い男なのに、どういう顔をすればいいのか迷っているのだろう。黙ってX線写真観察器《シャーカステン》のスイッチを入れ、手にしたものを貼った。

「さあ、ツシマさんの腰と骨盤ですよ」

首を竦めて捨て科白のように言い、共犯者と見なされるのは厭だとばかりに早々に奥へ消えた。

和朗は声にならない笑いで応え、フィルムの隅に映し出された日付と名前を確認した。一昨日の月日が算用数字、津島の父親の氏名がカタカナで入っている。

腰椎も骨盤も異常所見はない。二十六歳という和朗の年齢に相応しいきめの細かい骨質が見える。丈夫すぎて老人特有の骨軟化の陰影がないのが心配だが、説明は津島に任せたので、彼が上手にやってくれるのを祈るほかない。

レントゲン写真とカルテを抱えて外来へ向かった。すでに津島父子は先に行き、和朗を待っているはずだった。だがとても駆け出す気にはならない。レントゲン室の扉を静かに閉じ、流れに抗うようにゆっくりと薬局の前を通り過ぎた。

十日前の夜に言われた津島の言葉は、酔いの醒めた翌日の和朗には信じられないものになった。だが病棟で彼と顔を合わせるや否や、戯れや冗談で口にしたのではないと思い知らされた。こちらに向けられた上目遣いの鋭い視線がたった一瞬だったが、闇夜を探るサーチライトのように和朗の皮膚を焼きながら細かに動くのがわかった。和朗だけでなく、彼の前に現われたすべての顔が同じ透視光線に晒されているのが見てとれた。二重の目蓋に黒目が上半分ほど隠された蔭のある眼差しは誰をも容赦せずに捉え、そのあとで「おはよう」「変わりないですか」という挨拶が追加される。

人の顔を凝視める彼の視線が真剣であればあるほど、ただ単に彼がひとつの妄想に捉えられたにすぎないと考えることもできるはずだった。彼の神経に異常が生じ、他人の顔に自分の幻覚を覆せて人の死が見抜けたと錯覚しているのかもしれないのだ。むしろその方が、和朗にとって理解しやすく、いくらか楽な気分になれただろう。だが父親の検査を進めているうちに、彼の言葉が真実の凄味を帯びたものだと認めざるを得なくなった。

津島のスケジュールに沿って検査を始めたが、胸部写真を撮る際に、軽い腰痛もあるからついでに調べてほしいという父親の申し出で、腰椎写真を追加したところ、思いがけずに早ばやと診断がついた。前立腺癌が骨転移を起こした時に現われる独特な造骨型の陰影が腰椎の写真上にあった。骨盤のレントゲンでさらにはっきりした。癌腫の拡がったところで骨の増殖が盛んになり、その部位が白っぽい影で映っている。最早、他の検査など不必要になったが、和朗は父親に不審を抱かせないために、バリウムを使って胃の透視を行い、すべての検査を予定通り終わらせた。

すでに診療時間の過ぎた外来は、診察室も待合室も暗くなっていたが、第一診察室だけに明かりがついている。和朗は殊更に元気な足音を立てて、そこに入って行った。

ドアを開けると、こちらに背を向けた父親越しに津島がいつもの目で睨んだ。和朗はどうしてもそれに慣れることができず、心臓を把まれたように緊張して息を停めた。彼の話を信じるにつれて、和朗はできるだけ彼の前に出る機会を減らしたいと思うようになった。

後姿が小さく、いかにも患者らしい格好で坐っていた父親は、和朗が津島の脇にカルテと写真の袋を置くと、挨拶もせずに「どれ揃ったようだね」と低い患者用の丸椅子から立ち上がって、和朗と肩をならべた。小太りで血色が良く、津島よりずっと健康そうだった。この顔からどうして死が読み取れるのか解せなかった。下目蓋がやや黒ずみ、たるんでいるのも年齢相応の変化にしか見えない。

津島は、一応写真を見ますか、とくに問題はなかったんですけど、と気のない声を出し、小さなシャーカステンに二枚ずつ写真を貼っては新しいものと替えていった。胸部写真を出し、途中に異常のない和朗の腰と骨盤を挟んだ。気付かれないかと横目を使って父親の反応を窺ったが、頷きながら真剣に見ている。津島は同じペースで剝がし、最後に胃を説明して終えた。

「カメラを呑まなくていいのかね?」

父親は、胃の写真を自分でもう一度出して吟味している。胃癌を心配していたらしい。血液検査もすべて捏造してあった。異常に出た血沈や酸性フォスファターゼなどを正常値に作り変えてある。和朗の血液を提供して、父親の名前でコンピューター処理したものだった。人間ドックの結果、前立腺肥大がかなりひどいが、他は特に問題がないと津島が結論した。

「前立腺ぐらいは仕方がないか」

父親は、やや甲高い声で上機嫌に言い、津島と似た鋭い目を細めた。

「確かに尿《ハルン》の切れが悪かったからな」

腕組みをしてベッドに腰を下ろし、シャーカステンに残っている胃のレントゲン写真を顎で指して和朗に言った。「若いのに仲々をやるじゃないか、よく撮れているよ……もっとも、わしらの時に比べれば機械の性能も違っているからなあ」

和朗は笑い顔でごまかして何も言わず、写真を片付けた。一刻も早くこの場から立ち去りたかった。指紋を拭い、証拠物を残すまいとする犯罪人のように、カルテとレントゲン写真を袋に仕舞って胸に抱き、二人に挨拶して診察室を出た。

明かりが消え、非常灯だけの待合室は、無気味なほど暗く静かだった。人影のないベンチに死がひっそりと順番を待っているように思え、自然に足が早くなる。最近、考えが陰気くさいのも津島の影響にちがいなかった。目付きが彼に似てきたと看護婦にからかわれるのも和朗は愉しくなかった。

カルテの入った袋を医局の資料室へ戻しに行くと、植田内科部長から学会の抄録集を取りに来るようにという伝言が来ていた。あと三週間で東京行きだ。ここを離れ、遠方気晴らしに行けるのは今の和朗にとっては何よりも好ましい恵みだった。医者になり、取り敢えず内科専攻と決めたものの、それ以上は漠然としたままの自分の将来像を、これを機会にして内分泌学と決められるかもしれない。

部長室をすぐに辞するつもりでいたが、植田は強くソファを勧めた。白衣を脱ぎ、シャツの上にベージュのチョッキを着て寛いでいる。自分で緑茶の用意をしてテーブルに運び、これはうまい茶だよ、と言って湯ざましを作った。茶の出る間に学会の抄録集、新幹線の切符、ホテルのチケットの入った公用封筒を取り出して説明してくれた。思ったより早目に自分の手に入ったので、志麻と連絡を取ってホテルの調整がしやすくなった。

「ところで、医師会の津島先生が入院されたらしいが、どこか具合いが悪いのかね？」

秘密にしていたが、誰かが連絡したらしい。

「いえ、二日間の人間ドックでしたから、もう退院されたはずです」

データはすべて津島に渡したので、最終判断は彼がするはずだと逃げた。津島の許可を得ないで軽率なことは言えない

「何もなかったのかね」

追及してくる内科部長にあからさまな嘘はつけないと思い、疑わしいところもあったようですが、最後まで見なかったので、とぼかした。そして話題を変え、気になっていた疑問を植田にぶつけてみた。

「見立てがいいという言葉を聞いた記憶があるんですが、具体的にはどういうことなんでしょう？」

最近、津島がその範疇に入るのかどうかと考えさせられていた。

「見立て？　懐しい言葉だねえ。昔はそれで医者の善し悪しが評価されたものだが、今の若い人の

中でも使われているのかね？　どこで聞いたの？」

「いえ、子供の頃に耳にしたのを思い出しただけなんです。医者を褒めるのに使われたんだなって」

和朗は、頭の中から津島の姿を追い出して答えた。

「こういう検査万能の世の中になると、いい設備があるかどうかですべてが決められてしまうから、そういうものが問題にならなくなるんだね」

植田は、昔を懐しがり、恩師たちから聞かされた見立てのいい医者の話をした。

「そういう人は、病人の予後も厳しく見抜けたんでしょうね」

「少なくとも今よりは厳しかったね。あの先生に見離されたらもう助からないって、家族も諦めたね。その頃は治療法も限られていて、心臓《ヘルツ》が悪くて、足に浮腫《むくみ》が出たらそれだけでもう駄目だと誰でも思ったほどだ。死亡率も高かったしね」

近頃の研修医は、検査データばかり欲しがって患者をみない、と植田の十八番の説教が始まった。見立てのいい医者になろうとしなくては、と強調している。和朗は、相槌を打ちながら、津島が本当に名医のうちに入るのだろうか、と考えていた。

四

津島がいる時にはそれほど協力的でなかった内科医たちが、和朗の学会行きをこころよく応援してくれたので、彼らにベッドを頼み、和朗は予定通りに上京して学会とデートの両方を愉しむことができた。三日間学会場に通い、最後の一日を今回で三度目になる司法試験を終えたばかりの志麻と過して同じ列車で帰ってきた。

司法試験のために故意に留年している志麻は、五月のこの短答式の試験だけは昨年から合格していたので余裕があった。今年も大丈夫と自信を示し、問題は七月の論文試験だから、それが終わるまではもう会わない、と東京の一日を盛り沢山な計画で埋めていた。

夜遅く帰った和朗は、病院と同じ敷地内にある医師寮に荷物を置くと、すぐに病棟へ出かけて、患者たちの四日間の変化を辿った。幸い急変した患者はおらず、新入院が一人あっただけだった。準夜勤の看護婦が、津島の後任が決まったらしいと教えてくれた。今度は楽になるでしょうね、と津島への反感を滲ませて言った。

学会の二週間前に父親が急死し、その跡を継ぐために突然病院をやめた津島を、ほとんどの医師が冷淡に見送った。内科の医者たちも父親の葬儀には型通りに出かけたものの、津島の送別会をしようという声は起きなかった。むしろ医局には癌ノイローゼを利用して特別待遇を受けてきた持て余し者を厄介払いできたと安堵する空気が強くあった。医者だから津島のような勤務が許されるのではないか、と他の職員から非難されて困った、と医局の雑談で植田が漏らした。

父親は、前立腺肥大という名のもとで前立腺癌の治療を開始したところだったが、親友の病名を知った院長が、生温《ぬる》いやり方では駄目だ、と大学病院へ紹介して間もなく亡くなった。死因は心不全とされていたが、その詳しい内容は不明だった。

東京から帰った翌日、植田の部屋へ行って学会の報告をしたが、その時に六月から新しい指導医が赴任してくるので、それまでの二週間を頑張るように、と告げられた。

「これまでもきみ一人のようなものだったから大丈夫だろう、安心しているよ」

植田は、援助すると言いながら、具体的には何も約束しなかった。

「ところで、津島先生のところへはいつ行ってくれるかね、今さら送別会もおかしいので記念品を上げることにしたんだが」

津島とは父親の盛大な葬儀に参列した時に目礼しただけで会っていなかった。

「今度の日曜日に伺おうかと思います」

本来ならば、植田か医局長の消化器科医長が行くべきなのだろうと思ったが、和朗は何も言わずに引き受けた。しかし彼の冷酷な目を思い出すと、億劫な気持ちが強くなった。

モルタル造りの白い病院の左脇に、昔の武家屋敷そのままの古い門があった。硯石にでも使えそうな大きな黒っぽい敷石が太い柱の間に敷きつめられ、奥行きの深い屋敷内へと続いている。手入れのいい庭に朱色のキリシマつつじの花が軒まで届きそうなほど高く炎を上げている。腕ほどある幹が蛇行して花冠を支えているが、樹齢は優に百年を越えているだろう。その左手で名も知らない灌木が萼紫陽花のような白い花をつけてひっそりと風を受けている。松があり、緑鮮かな山もみじがある。ふと古い寺か神社の境内を歩いているような錯覚に陥る。

右手の病院の白い壁の反照が、高い木に囲まれた屋敷内に光を恵み、明るくしている。津島から連想される重苦しい雰囲気は見当らず、穏やかな春が満ちている。土の匂いさえ、木々の香りや太陽光線と混合して和朗の気持を元気づけてくれるようだった。病院の壁が途切れるところで、母屋が曲がり屋のように接して作られている。

二間近くある広い玄関から長い廊下を通って座敷へ案内されたが、床の部厚い板が、踏むたびに鶯張りのような音を立てた。開け放った縁側から奥の庭が眺められ、苔のある岩に囲まれた小さな池が目に入った。噂通りに大した広さだと和朗は感心した。八畳一間と四畳の台所の医師寮や、無駄なスペースのまったくなかった自分の家を思い、こんなところで生活したら内と外の区別がなくのびのびと過せるものなのか、それとも自分の存在が、自由に吹き抜ける風のように希薄になってしまうのかなどと考えた。それにしても記念品が東欧製のカットガラスの花瓶とはどうだったろうか。この純和風の屋敷には不似合いのようだ。父親と別居していた頃のマンションならぴったりだが、ここではどこにも飾るところがない。

　案内に出た女性のかわりに、津島の妻がお茶を持ってきた。地味な柄の蓬色の和服を着ている。洋装姿しか目にしたことがなかったが、和服の方がこの家と庭にぴったりして、三十そこそこにしか見えない。

「広すぎてお掃除だけでも大変。夏は冷房もいらないくらいに涼しいけど、冬は廊下に零《こぼ》した水が凍るって話だから思いやられるわ。本当は建て替えたいんですけどね」

　喋り方は洋服の時と変わらない。早口で語尾まではっきりと発音した。廊下の鳴る音を聞くと、お喋りをやめて立ち上がった。

　笑顔を見せて津島が現われた。勤務していた時よりも随分元気そうだった。身のこなしも速い。腰を落とす瞬間、彼の笑いが凍り、例の眼差しがこちらに向けて光った。覚悟してきたものの、胃が痛くなるような不快な緊張感は避けられなかった。彼の顔の強張りが解けるとともに、和朗も彼と一緒に溜息を吐いた。

　学会や病院の話が交わされている間、津島の応対ぶりがこれまでと違っているのを和朗は感じた。こちらの話に相槌や感想を述べていながらどことなく上の空だった。今では別世界の話題になってしまったからかと考えたが、そうではなく、軽い酩酊状態か熱でもある時のような亢奮が彼を捉えている。和朗と喋っていても、他に気を惹かれる種があるらしく、彼の目の焦点もどこにあるのか不明瞭だった。

「絵を描いておられるんですか」

「えっ?」

津島が不意打ちをくらったように和朗を見た。焦点がはっきりしている。

「……絵ね、描いていますよ。また始めたんですよ、愉しくてしようがない」

メロンを運んできた妻が冗談めかして口を挿んだ。

「モデルをさせられる娘が厭がりましてね」

「入院患者を一切置かないことにして、病室に手を入れてアトリエにしたんですよ」

津島は、午前中だけ外来診療をし、午後から夜までキャンバスに向かう生活に変えたらしかった。六年近いブランクがあるので昔のようには行かないが、徐々に思い出している、と嬉しそうに描く愉しさを語った。そんな津島に、体調もずっと良くなったようで元気ですわ、と妻がやさしい目を向けた。

和朗は津島の新しい作品が見たくなった。どんな作風になっているのだろうか。怖くもあったが、好奇心の方がずっと強かった。

「いいですよ、先生なら構いませんよ」

津島はそう応えて、気早やに席を立った。アトリエに行けるのが嬉しくて仕方がないという様子だった。

中庭を左に見ながら廊下を行くと病院の階段に突き当り、そこを昇ったところがアトリエだった。揮発性の匂いが充満している。大部屋の仕切りを取り払ってふたつ続けた部屋とそれよりやや小さめの部屋がアトリエで、他に作品を飾ったり、画材を入れたりしている元の病室があった。二階の病棟がすべて絵のために使われている。大したスペースだと和朗は感嘆の声を漏らしたが、津島は、天井が低いのが難点なので、いずれ手を入れるつもりだと言った。

展示室にあった小品を見た時に感じた印象が、アトリエの壁に立てかけてある大作の前に立った時に一層はっきりした。何という明るさだろうか。新しく描いたという一号から四号ほどの小品が六枚、五十号ほどの作品が二枚あったが、どれも驚くほど光に満ちた明度の高いものだった。色彩の使い方なのか、強いコントラストの取り方なのか。庭石の苔の燐光と池の照り返り、咲きかけの花の力、和服姿の女性、Tシャツの少女。絵の奥底に光源があり、そこから発する生気がオブジェに生命力を与え、見る人にまでそれを伝えてきた。こういう絵なら、人が競って手に入れたがるに違いない。壁に小さな光窓を開けたような効果を発揮するだろう。

和朗は裏切られた気持がして、津島の顔を盗み見して絵と比べた。重苦しい暗い世界を想像したのに、ひたむきに描いていた若い頃の作品よりもずっと生き生きしている。あの不吉な力を身につけたあとの作品世界とは、とても信じられない。もしかしたら父親の死後、憑き物が落ちたように心が晴れ、変な眼差しも忘れてしまったのだろうか。ふたたび絵筆を持てるようになった好ましい境遇の中で、あらゆる葛藤が昇華させられたのだろうか。

「若い頃は、花鳥風月などを描くのが嫌いで、人が見落としがちなものの中に美を発見しようと力んでいたものだけれど、今はすべてのものが意味ありげに見えるのね。この花瓶の……」

津島はそう言って和朗が持参したカットのきれいなクリスタルガラスの花瓶をアトリエの古いテーブルの上に置いた。

「……透明で無機質な光の反射は描くのが難しいけれど、これに負けないだけの花をうまくアレンジできれば面白い絵になるかもしれない」

上機嫌な津島は、そばに和朗がいるのも忘れたように、花瓶を前にして考え込んだ。和朗は長居しては邪魔になると感じて帰ろうとした。津島は引きとめようともせずに、また来て下さい、と言い、アトリエの明りはそのままに、玄関まで見送りに出た。その時、津島がふと思い出したように何気ない口調で患者の依頼をした。

「紹介状を持たせましたから、この次の外来に行くと思います。アレが見えたんですね」

さらに門までという津島の申し出を辞退して、和朗は玄関を出て、闇に支配されかけた薄暗い前庭を早足で歩いた。あたりの花は色を消し、闇に紛れてどこに咲いているのかわからなくなった。左手の建物の二階の窓から明りが漏れ、そこまで伸びた松の枝を照らしている。アトリエにちがいない。津島はまたキャンバスに向かっているのだろうか。

屋敷の門灯のところまで辿りつき、後ろを振り向いた。暗く見えた庭が、玄関口や窓からの僅かな明りを映して、身を潜めていた庭木の輪郭を染め出している。その周囲に闇が闇のまま、さらに深味を増して底なしに沈み込んでいる。この闇を「死」、光を「生」とするならば、死を鋭く見抜ける彼の目は、高感度のフィルムのように生の持つ明るさにも敏感に反応できるというのだろうか。そうでもなければ、彼の絵の明るさの理由《わけ》が理解できない。

いや、明度の高い絵と彼の冷酷な目が共存するのは特別に珍しいこととは言えないかもしれない。和朗はそう考え直し、人の死を見抜くのが彼一人の専売特許ではないという気になった。考えてみれば、医学そのもの、医者自身が、それを普通の営みにしていると言っていいだろう。本人に知らせずに、これではあと何日しか持つまいと患者の生命の値ぶみをするのは日常的なことだ。津島ほど鋭い目と勘を持っていなくとも、検査という補助手段を用いて彼と似た能力を身に付けている。そして明日とも知れぬ患者を抱えながら、一方で愉しく酒を飲み、音楽に耳を和ませ、メンデルスゾーンを弾く。明るい絵を描く津島と少しも変わるところがない。

そもそも医者という職業とはそういうものではないか。敏感であっても鈍くならなければとても続けられない仕事なのだ。人は知らずにそれに馴染んで気付かない。きっと医者などになるべきでないという人もいるにちがいない。

門を抜け、歩道のゆったりと取られた道路を南に向いながら、和朗は、自分が医者という仕事にペシミックな感慨を抱いているのを初めて自覚した。

五

梅雨らしからぬ青空の続いていた天候が急に崩れ、本格的な雨模様になった。冷え込みが強く、七月だというのに夜になると電気ストーブが必要になるほどだった。古い医師寮のコンクリート壁が水っぽくなり、黒いカビの染みが大きくなっていた。風邪ウイルスが流行り、肺炎になる患者が多かった。

病棟が久しぶりに満床になったが、指導医が新任の岩渕に変わったために和朗の方はむしろ暇になり、論文試験を終えたばかりの志麻と会う機会が増えた。だが志麻は、昨年よりは良い成績と思うけれど、十月の発表を見るまではわからない、と緊張し、和朗と会っても滅多に寛げなかった。今年度で大学を卒業しなければ退学になるために、三月には卒業して大学院研究生になる予定でいたが、もし研究生の身分で司法試験を諦めて就職するとなると不利は免がれないと心配し、一方であと何年挑戦するのかも決めなければならず、精神的には益々追つめられているようだった。肌が乾き、顔色が悪くなった。会うたびに心配して眺めると、厭な目で見ないで、と和朗の目を手で覆った。

七月の二週目、和朗は岩渕に呼ばれ、一ヶ月間二人で診ていた病棟を分担しようと提案された。「藤村先生はもう一人前にやれるし、主治医が二人というのも患者にとって何かと不都合が多いだろうから」と岩渕は言い、大変な時には手助けすると約束して、南側に並んだ個室と二人部屋を自分が受持ち、北側の大部屋と看護室脇の重症個室ふたつを和朗に与えた。

外来や検査当番が岩渕の参加で半減していたところに病室まで半分になり、和朗はこの機会とばかりに図書室や標本室に出入りして不十分だった基礎的勉強に力を注ぐようにした。

手術患者の標本を調べていたある日、和朗はふと津島の手術標本があるだろうかと思いつき、標本棚を探った。勤務していた医師のものだけに、どこか別の場所に保管してあるかもしれないと考え、期待せずに捜したが、簡単に津島の手術標本が見つかった。薄片にされた胃の一部がスライドガラスに貼りつけられ、番号順に十枚ほど並んでいる。

それを光学顕微鏡で一枚一枚丹念に覗いた。明らかに胃潰瘍の標本だった。傷が筋層にまで達している深い潰瘍があった。良性のものだったのか、と和朗はほっとしたが、同時に津島が癌ノイローゼだと医局で揶揄されていた通りだと知り、がっかりする気持ちにもなった。胃潰瘍を癌だと誤解して気に病み、体調を崩して勤務を放棄するのを、自分が懸命に補ってきたというわけなのか。自分自身のためになると考えて尽したことだから後悔はしないが、割り切れない思いも残った。

標本を仕舞いかけ、和朗は手を停めた。人の死を見抜くほどの人間が、自分のこととはいえ、潰瘍を癌と思い込んでノイローゼなどになるだろうか。それこそ疑わしい。和朗は標本ノートを捲って番号を調べ、津島の胃の病理標本の診断書の控えを捜した。番号順に綴じられたファイルを出し、彼の病理診断書のコピーを読んだ。

『胃潰瘍。但し潰瘍周辺部の再生上皮に異型性が目立つ。癌とは言えないが、問題が残り、今後の経過観察が必要』

和朗は、これだったのか、と納得しかけたが、一体ここにある標本のどこに異型性の再生上皮があっただろうかと、新たな疑問が湧いた。むしろ典型的な胃潰瘍としか言えないはずのものだった。和朗はもう一度標本を取り出し、顕微鏡にのせて検討した。時間をかけ、痛くなった目をだましだましながらじっくり観察したがここに書かれた所見はまったく見当らなかった。確信を持ってそう断言できた。標本が別人のものか、診断書が捏造されたものと考えれば、この不可解さが説明できる。そう思い、何気なく診断書の前後の頁を眺めていて、津島の診断書の番号だけが手書きになっているのを発見した。他は活字になっている診断書番号が、彼のものだけ手で書かれている。単なる書き損じとは思えない。他を見ると、書き間違いは訂正印を押され、活字の番号で一貫している。と言うことは津島の場合だけ特別に扱われ、本当の診断書が隠されているという推測も成り立つ。胃癌があり、その標本として別人の胃潰瘍を持ってきたが、経過観察や抗癌剤の治療の可能性を残すために診断上は「異型性が強い」という作文をしたと考えられないこともない。

医者という病気の真実に最も近づける職業にいながら、ひとたび病人の位置に身を置いたならば特別仕立ての巧妙な嘘に囲われて自分の真実が見えなくなるものなのだろうか。それも見事に欺されるのではなく、宙ぶらりんの状態にされて、疑ったり信じたり、不安になったり自信を持ったりと揺さぶられて生きなければならないのかもしれない。自分たちが患者に日常的に与えているのと同じものを、もっと複雑に仕組まれ、迷いと疑いも大きく深くされてしまうのだろう。津島のあの目は、そんな状態の中で生まれたのだろうか。

この日以来、和朗は津島と電話で喋るたびに、「体調はどうですか」というういつもの挨拶を、特別な思いで投げかけざるを得なくなった。井戸に石を落して耳を澄ますよう彼の声音の変化に気をつけた。

「快調ですよ。描く方も大分調子が出てきました」

津島は力のある声で答え、新しい作品について語った。題材は静物や人物、それに自分の庭の景色がほとんどのようだった。それを指摘すると、煩わしいんですよ、外に出て人に会うのが、あれが見えてしまうから、と声を翳らせ、うちに来る患者を診るだけで沢山です、また一人お願いしなければなりません、と用件を語った。

こうして気の重い死病患者が少しずつ増え、和朗の受持ちベッドにたまってきた。このペースで行けば一年もならないうちにこんな患者ばかりになるのではないかと心配になり、症状の軽い者や外来通院できそうな者は、本人に知られないようにして家族に引導を渡し、できるだけ家に帰した。

梅雨が明け、肺炎もようやく下火になった。雲の消えた空の思わぬ高さから太陽が照りつけ、医師寮の周囲の地面を瞬く間に乾かした。患者たちも快方に向い、肺炎患者は一人だけになった。だが、この老人の肺炎だけは良くならず、手を尽してもむしろ悪化する傾向にあった。

最初六十歳そこそこの老人を外来から迎え入れた時、他の患者と同じように抗生物質を投与して二、三日経てば下熱するはずだと見通しを立てた。長い間農作業をしてきた体はいくらか痩せて皺っぽかったが、しぶとそうな固い筋肉が手足や肩に残り、この十分な体力で順調に治癒するにちがいないと判断した。ところが一週間経っても高熱が続き、全身状態が日に日に悪くなった。

もしかしたら悪性腫瘍が隠れているのではないか、と老婆の例を思い出して疑い、細胞診や他の精密検査をしてみたが、それらしきものは発見できなかった。痰や血液の培養でも薬剤耐性の細菌が検出されたわけではなく、抗生物質を変更し、二種、三種と併用してみても効果がなかった。高熱のまま衰弱が進み、精神錯乱まで示して、看病の妻や娘に暴力をふるったり、脈絡不明に罵ったりした。顔付きが変り、とうとう昏睡状態になった。

和朗は三晩寮に帰らず、看護室に待機して、重症部屋に移した老人を観察しては、必要な処置を迅速に出した。他の内科医の助言も入れ、新しい抗生物質や免疫製剤を使ってみた。しかし老人は良くなる兆しを見せなかった。

さすがに四日目の晩になると、日中の僅かな午睡では取り戻せない疲労が全身を覆い、ちょっとでも目を瞑ればそのまま眠ってしまいそうなほど躰が頼りなくなった。だが今晩こそ峠だという思いが昨夜より強く感じられる以上、ここで放棄して眠るわけにはいかなかった。

職員食堂で夕食を摂り、渡り廊下を歩いて病棟に戻る途中、地震かと思うほど床のモザイク張りが揺れて見えた。床ばかりでなく、視野の下半分に映るものがすべて歪んでおり、一歩進むたびにプリンのように震えている。まるで自分の足場が得体の知れない軟体動物の上にあるかのような不安定さを感じ、メニエル症候群とはこれのひどいものだろうかと思いながら、和朗は視線を下げないようにして歩いた。

蛍光灯に照らされた長い通路を抜けて病棟の裏口に入り、エレベーターホールへ行くと、岩渕が出てきたところだった。

「藤村先生、今晩も頑張るんですか」

誰もいないホールに岩渕の錆色の声が大きく響く。

「そんなに根をつめると、躰の方がもたないよ」

「ええ、でも仕方がないですから」と答える和朗に、岩渕は顔を寄せ、声を低くして囁いた。

「いい加減で手を引いた方がいいよ。やり過ぎは駄目だ。もう死なせてあげなさい。そうじゃないと医者の方が参っちゃうから」

岩渕はそう助言すると、和朗の肩を叩き、医局棟の方へ姿を消した。和朗は一瞬ぎくりとし、だがそんな解決法もあったのかと躰のどこからか空気が抜けて行くような思いを味わった。ふたたび降りてきた無人のエレベーターの扉の音に我に返り、誘われるように足を運んだ。

そんな考え方もあるのか。もう一度口の中で呟き、和朗は自分の視野の外にも道があったのに思い当った。そろそろ潮時だと考えるのも悪くないのかもしれない。新しい指導医の新しい考え方に従うのもひとつの道だ。自分のベッドに戻り、ゆっくり手足を伸ばして眠りたい。疲れを取り、やむを得ず手を抜いている他の患者に力を注ぐのも必要な考え方かもしれない。

消灯前の検温と見廻りを終えた準夜勤務の看護婦が、内側から看護室のカーテンを引いて明かりが廊下に漏れないようにしている。黙って入って行くと、和朗の顔に驚き、「お疲れのようね」と労ってお茶を入れてくれた。

老人の容態は益々悪く、高熱にもかかわらず脈が遅くなっていた。看護室に隣接した重症病室には、二晩続けて詰めかけていた親戚と体調を崩した妻の姿はなく、娘と息子が消耗し切った顔で和朗の診察を見ていた。和朗が首を傾げて病室を出ると、二人は何も言わずに和朗のあとを追って看護室の中へ入ってきた。

「どうなのでしょうか」

三十近い娘が、和朗の前の丸椅子に腰を下ろすと、諦めたような力の無い声で訊いた。べっとりした髪が頭頂部分に張りつき、くたびれた顔だけが間のびして大きく見える。希望を与えられない和朗の口籠った説明を頷いて聞いていた。

「……今晩が今迄で一番悪い状態です。できるだけ手を尽したつもりなんですが……」

岩渕の誘いに乗る決心はつかなかったが、和朗はほとんど敗北宣言と同じ言い方をせざるを得なかった。すべての手段が試されたはずだ。やり残したことがあるだろうか。和朗は老人に与えた治療を思い返そうとして、境界がないほど広く感じられる頭の中に思考の道筋を探った。だが浮かんできたのは、死期を待っている人が何人かいるが、指導医が岩渕に変わってから死ぬ患者は初めてになる、という考えだった。その時娘が口を開いた。

「本当に先生にはよくしていただいて、家族の者皆が感謝しております。実は、私は東京で看護婦をしていますのでよくわかっていました。先生ほど熱心に診て下さった方を私は知りません。これほどにしていただいて、きっと父も本望だと思います」

父親似の細い目に涙を浮かべて言い、力尽きたように肩を落として顔を伏せた。和朗はほっとして娘に頷いた。この看病上手の娘が看護婦だとは知らないでいたが、そうだとすれば素人よりは今の状態を冷静に判断できるだろう。

「絶対、父は助からないんですか」

頭を短く刈った大学生の息子が、初めて声を出した。思い詰めたように半身を乗り出して和朗に問いかけている。

「いえ、そうとは断言できません」

反射的に答え、九十九%、いや九十九・九%は駄目だと思いますが、と言い直した。

「じゃあ、一%でも、〇・一%でも可能性が残っているんですね?」

「ええ、まあ」

「それなら、最後まで諦めないで頑張って下さい。お願いします」

「ひろし」

姉が弟をたしなめるように呼んだ。和朗は、返事ができないまま津島を思い出していた。もし彼がいたならば話はもっと簡単に済むのではないか。彼の目で絶望と判定を下してくれれば、手を抜くといううしろめたさも感じずに息子と向い合い、臨終の心構えをさせることができる。〇・一%

の可能性などという修辞法でぼかしたりせずに、きっぱりと隙を見せずに絶望を告げてやれるだろう。和朗はどうしたらいいか決心のつかぬままに顔を上げた。すぐ前に瞬きのない充血した息子の目が光っている。こちらに焦点を合わせ、祈るように、刺すように凝視めている。と、不意にその視線が和朗の目の底を割ったように感じられ、こんな時に津島に期待してどうするんだという叱責の声が脳裡に浮んだ。もし少しでも可能性があると思えるのならば、投げ出してはいけない。

和朗は、それに続いて現われたひとつの閃きに力づけられて、曖昧にしていた視線を息子に戻した。

「どうでしょうか」

息子が少し元気づいて叫んだ。和朗は深く息を吸ってから静かにゆっくりと喋った。

「お父さんはほとんど絶望的です。しかし、もうひとつだけ方法がないわけではありません。駄目かもしれませんし、かえって危険かもしれませんがやってみますか……」

息子や姉娘に問いかけるだけでなく、自分自身にも呼びかけるように和朗は言い、相手の反応を窺った。息子は強く何度も頷き、膝の上で手に力を入れている。和朗と同じように三晩看病してきた娘は、乾いた口唇をちょっと歪め、黙っている。和朗の言葉を弟に向けた単なる気休めと取っているのかもしれなかった。大儀そうに首を傾げ、投げやりに感じられる目で和朗の胸のあたりをぼんやりと見ていた。

和朗が思い出したのは『重症感染症の際には副腎皮質ホルモン（ステロイド）を使用することもある』という治療学書の一節だった。簡単に書かれたその部分は、どういう状態になったら使うのかという指針もなく、むしろ和朗の受けた教育からすれば死文同然のものだった。ステロイドが安易に使用され、いかに医原性の病気が多く作られたのか、様ざまな場所で脅されてきた。ステロイド投与によって化膿がひどくなったり、関節腔注入によって結核になったりした患者。糖尿病や腰痛症が悪化した例。使い始めてやめられなくなった喘息やリウマチ。不用意に中断してショックになって死亡した膠原病患者など、恐しい話を沢山聞かされ、自分は余程のことがない限りホルモン剤を使わないようにしようと決心していた。

肺炎の老人に、しかも精神錯乱を起こし、脳炎まで疑われている場合にステロイドを投与するのはあまりに逆上した考えかもしれない。抗生物質が効果を現わさないままにホルモン剤を与えたとすれば、かえって病原菌に餌を恵み、一方で患者側の抵抗力を奪ってしまう結果になる。しかし他に方法がない以上、患者の方により多くの力を与えるのを期待して、最後の挑戦として選ぶのも仕方がない。

決して明るい見通しを匂わしたわけではないが、息子はいくらか力を得、暗い顔の姉を従えて病室へ戻った。和朗は迷いを捨て、大量のステロイド剤の注射を指示した。そして何かがあったらすぐ起こすようにと看護婦に頼み、三晩親しんだ看護室の奥の処置用ベッドに横たわった。

胸苦しさにうなされ、幾度も苦しいと呟いて覚醒する夢を見ながら朝まで起こされもせずに、深夜勤務と日勤の看護婦たちの引き継ぎの声で我に返った。糊付けされたように開かない目蓋のまま躰を起こし、大声を出して老人の状態を訊いた。

「今朝は下熱してまーす」

誰かが返事をした。何を言われたか理解できなかったが、不意に両目が爆ぜるように自由になり、飛び起きた。流し台で口を漱ぎ、水で二、三度顔を擦《こす》って看護室に顔を出した。ねぎらいの籠った看護婦たちの挨拶に応えながら、老人の温度表を捲った。体温を表わす青線と脈拍数を表わす赤線が見事に平行になって正常を示している。

「よかったですね。呼吸も落ち着いて別人のようです」

深夜勤務だった看護婦がやさしく言った。起こして知らせようかとも思ったけれど、疲れがひどそうなので相棒と相談してやめたという。和朗は信じられない気持ちで病室に顔を出した。床に敷かれた付き添い用の畳の上に横になっている姉の脇で、一晩中寝なかったらしい弟が膿んだような赤い眼を和朗に向けた。

老人の状態は見違えるようだった。顔色も良くなり、呼吸雑音も半減している。あれほど頑固に治療に抵抗していた高熱はどこかに消え、穏やかな脈と静かな呼吸が峠を越したことを告げている。

だろう。

「奇跡的ですね」

他に表わしようがなく、和朗は、周章てて躰を起こした姉にそう言った。まだ信じられない気持は半分残っているが、ひとつの奇跡が生まれかけているのは間違いない。この一番の功労者は息子だろう。

「あなた方の熱心な看病がお父さんを踏みとどまらしたようですね」

何を言われたのか納得できないまま眠そうな目を向ける姉弟に、和朗は父親の変化をもう一度説明し、部屋を出た。喋っているうちに顔が綻び、医局に向って廊下を歩いていても消せなかった。医者になって初めてと言っていい爽快感が胸に溢れるのを感じた。

難しい検査を成功させたり、見逃しがちな所見を捉えて正しい診断を下した時の喜びと誇りはこれまでも幾度かあり、先人はこれに支えられて医者という辛気臭い職業を続けられたのかと考えたりしていたが、今度の経験は比較にならないほど大きなものを与えてくれそうな予感がした。

津島と離れてからこれほどの重症患者を受け持たなかったために失念していたが、今までの患者はすべて予め結論がわかった上で加療してきた。津島の目の前では助かる者とそうでない者との色分けが鮮明になっていたのだ。それを拠り所にして和朗は駄目な者にはそれなりに冷静な治療法を与え、助かるはずの者は有効な手立てを計画的に確信を持って施し、一時的な症状の変化に動揺せずに恢復を待った。不安に駆られて三晩も四晩も患者の側で待機する必要性などまったく感じずに済んだ。

　だが、今度の患者では、結末がわからないために、悩み、迷い、そして無駄かもしれない労力を惜しまずに注がざるを得なかった。その結果、測りしれないほどの喜びと満足感を得た。経験の浅い、見立てもままならない若年医師だからこその感動なのかもしれないが、これこそ自分が思い描いていた医師としての最初の仕事のように感じ、深く心に刻んでおきたい気持ちになった。

　だが突然、不安の揺り戻しを受け、和朗は狼狽した。本当に老人は助かったのか？　今頃また発熱と妄動が始まっているのではないか？　不吉な想念に急かされて駆け足で病棟に戻り、老人の脇に立った。

　安らかな寝息が聞こえる。昨日までの昏睡・昏迷とは明らかな違いだ。やはりステロイドが、重症感染に疲弊した肺に活力を与え、不調だった全身の歯車を生の方向へと調整し直したに違いない。恐らく老人は、生命維持に不可欠な副腎皮質機能の予備能力が万全ではなかったのだろう。だがそれが突きとめられさえすれば、たとえ死の寸前に追い込まれたにしても無事に生還できる。

　津島の真似をして、あるいはまた経験豊富な岩渕のような割り切り方をして、不幸な結末を見定めて納得していれば、老人は戻ってこなかったにちがいない。死が見透かされると判定することは、死の淵に立つ人の背をそちらに向かって押すのと等しい行為なのかもしれない。少くとも自分は、死に近づく老人を押し戻そうと力を尽して成功したのだ。

和朗は安堵の吐息を漏らし、手に触れる老人の脈の響きにしばらく心を遊ばせた。

六

突然だったが、和朗は自分でも意外に思うほどあっさりと寮を出る決心がつき、気の変わらないうちにと不動産屋を数軒回り、病院と大学病院の中間に位置するマンションの二LDKをみつけた。南窓を駅からの大通りに面した十階の部屋は、二重窓を閉めると心配だった車の騒音が消え、寮と同じ程度の静けさになった。緑の豊かな丘陵が古いビル越しに眺められ、これまでの八畳と台所の生活からみればかなり贅沢な空間だと満足できた。肺炎の老人が全快し無事退院した翌日の日曜日、寮の空部屋に預けてあった荷物も集め、小型トラック一台で引っ越した。

口の悪い医局員から「同棲でもするのか」と急な退寮をからかわれたが、すでに赴任半年目で寮を出てしまった和朗の同期の医師たちからは、遅すぎるぞ、と当然視されただけだった。病院の決まりでは独身の研修医は二年間医師寮にいて修練の実を上げることになっていたが、十数年前に決められたそれを守る研修医は皆無で、最近の病院側の希望は、一年間いたほうが望ましい、と緩いものになっていた。それでも和朗たちには不評で、病院と同じ敷地内にあって、自分の患者以外のことでも内線電話で簡単に呼び出されるのが困る、と入寮したがらなかった。だが結局、病院に慣れる半年間だけでもと説得されて入居を決めた。半年経つとそれぞれが部屋を借りたり、一家を構えたりして寮を出、和朗だけがひとり、古びた二階建に残ることになった。それは主に指導医の津島の勤務態度からもたらされたもので、毎日の生活に一瞬のスキも見せられないと和朗が思いつめていたからだった。

一年間が過ぎ、後輩の研修医が赴任してきた頃は津島に慣れ、診療にも余裕がでてきたので、新しい住まいに移る好機だった。しかし決心がつかず、そのまま居残ってしまった。それが今になって生活を変える気持ちになったのは決して悪い徴候ではない。少くとも自分の胸にあった漠然とした不安感が薄れ、病院から離れてもこれまで以上に医者としてやっていけるという自信が生まれかけているのは間違いないと思えた。

和朗は、半日かかった引っ越しのあと、すぐに新しい住居で荷物の整理に取りかかったが、掃除用具など、すぐに必要なものが何もないのに気付き、それを買いに出かけて残りの半日を過ごした。本や衣類や机の抽出しにあったものなどをダンボールの箱に収めて運んだが、それが十二畳のＬＤＫに山積みされている。寮ではベッド、本棚、洋箪笥、机とすべてが揃っていたので、新たに求めなければ片付けようがなかった。次の週末に買うことにして、それまでは荷物の間で休むのもやむを得ないと思い、和室を整理して蒲団のスペースを作った。

毎日、今日こそ早く帰ろうと思いながらも病院を離れ難く、何かと仕事をみつけて病棟か医局で時間を潰してしまい、新居の整理が少しもはかどらなかった。金曜日に一時病院を抜け出し、電話の取り付けに立ち合ったのが唯一の進歩だった。

その日の夜、不潔な感じがしてコインランドリーを使う気になれず、洗面台で洗濯をしている時、ダンボール箱の上に置いた電話がけたたましく鳴った。病院からだと思い、急いで受話器を取ると、咎めるような志麻の声が響いた。

「引っ越したんですって？　どうして連絡してくれないの、手伝ったのに」

七月の論文試験のあと何回か会ったが、そのたびに機嫌の良し悪しが違った。十月の試験発表を前にして、自信を持ったり失ったりと心が動揺し、態度に出てしまうらしかった。去年に比べて望みがないわけでないので、駄目かもしれないと思う周期に入ると、意気消沈の度合いがひどくなるらしかった。とくに前回は元気がなく、引っ越しの手助けを頼める雰囲気ではなかった。すっかり整理してから招待して驚かせようと思っていたけれど、このままではいつ片付くかわからないと言うと、日曜日に行ってあげる、と機嫌良さそうな声で電話を切った。

日曜日は、荷物整理で過ごすには惜しいほどの快晴だった。去りかけた夏が積乱雲を伴ってふたたび訪れ、お盆を過ぎて出した長袖をランニングに替えてもまだ汗ばむほどだった。ジーンズに灰色のシャツで現われた志麻は、深紅のサロンエプロンを着け、押入れや買いもとめたばかりのタンスを拭いて蒲団や衣類を手際良く整理してくれた。

夕方になり、津島の絵を見がてら食事に出かけることにした。昨日、津島の絵が出品される医師会有志の絵画展の案内状が届いた。ここ数ヶ月で二度、彼の絵が出されてかなりの反響を呼んでいた。自分からは聞きたそうな素振りを見せなかったが、電話の折に和朗が人から聞いた感想や自分の意見を述べると嬉しそうに耳を傾けた。恐らく二、三日中に連絡があるにちがいなかった。

夕食前に絵を見てしまおうと志麻に言い、和朗は服を着替えた。本当は志麻に合わせて、学生時代に愛用したジーンズとTシャツで行きたかったが、岩渕が指導医になってから医者らしい格好をするようにとうるさく注意されるようになった。どこで患者に出会うかもしれないのだから、病院の中ではもちろん、外出する時にもネクタイを着用するようにと外見にこだわった。まるでセールスマンか銀行員のようだ、と他の若手には一笑に付されたが、和朗としてはそうもできず、院内ではネクタイかループタイを着けるようにした。今日は夜になると冷えそうだという志麻の忠告に従い、柄シャツにブルゾンを羽織った。

用意のいい志麻は、大きな布バッグからワンピースと夏物のカーディガンを出し、シャワーを浴びて着替えた。洗面台の小さな鏡に顔を映して化粧をしたが、姿見がなくて不便と言って和朗に鏡の役をさせた。部屋に鍵をかける時、もう一度中を見廻して、いい部屋ね、と呟き、何か言いたそうな顔を見せて黙った。

欅並木と繁華街を抜けて絵画展の会場へ行った。一ヶ月前に別な美術展で津島の絵を紹介されて気に入った志麻は、今度も愉しみにしているようだった。前回見たバレーの衣裳を着けた娘の絵を思い出し、輪郭がぼかされた描き方なのに、くっきりと浮き出た躍動感が素晴らしかったと喋った。

広い会場には、二、三人しか先客がいなかった。端から丁寧に見ようとする志麻に、和朗は津島の絵だけを見て早く夕食に行こうと急がせた。津島の絵は、素人の絵の中で光を発するように目立っているにちがいない。だが、四方の壁やパネルに幾度も視線を走らせたがわからなかった。

「あれかしら、とても信じられないわ」

奥へ進んでいた志麻が戻ってきていた。

「恐いくらいに暗くて、別な人の絵みたい……」

和朗は志麻の指示した壁へ急ぎ、津島の名札のついた「芒野」と名付けられた風景画の前で足を停めた。幅一メートルほどのキャンバスに枯れかけた芒《すすき》の原っぱが描かれてあった。曇り空の下、立木一本ない果てしない原っぱが広がり、今、冷たい秋風がこちらに吹いてきて、芒を波打たせていた。夕暮れらしい茜色に染まった灰色の雲、風に押されて切っ先をこちらに向けた薄茶の葉剣の列。その中でしなやかに身を屈した白髪のような芒の穂が、波頭となって風の流れを示している。葉先や白い穂の動きの微妙な違いが描き出されているためだろうか、前にいる和朗に向かって今もなお冷風が吹きつけるように感じられた。乾いた暗い原っぱのあちこちから亡者たちの唸り声が響き、荒んだ心が身もだえしているようだった。

作風がすっかり変わっている。まるで天地を裏返したように殺伐として寂しい。和朗は鳥肌立った腕をさすりながら、もしかしたら手術をした頃の古い作品ではないかと思いつき、近づいて津島のサインを捜した。左隅に二週間前の日付が記入してある。となれば、彼の最近の心境を最も正確に表わしているとしか考えられない。「まさか……」津島の不吉な身の上を案じ、和朗は志麻が一緒にいるのも忘れて呆然と冷たい風に吹かれていた。

後ろを向くと、志麻が両腕で胸を抱き、脚を細くして絵を見ていた。まるで化粧を忘れたような沈んだ顔をしている。

「行こう」

和朗の声にようやく力を得たように動き出した。

「とても荒んだ、悲しい絵ね」

一ト月前に見たあの透き通るような白い衣裳で飾られた娘の、生気に満ちた挑むような顔が浮かんだが、すぐに追いやられた。恐らく津島の現実は、物悲しい夕暮れの芒の原っぱにあるにちがいなかった。彼の中を吹く冷風がすべてを否応なしに萎れさせ、無力感へと誘う。

「同じ人が、あんなに違った絵を描けるものなのかしら、不思議ねぇ」

食事しながら、志麻は幾度も和朗に質問した。

「両方とも趣味的なものではなくて、自分を打ち込んだ迫力のあるものでしょう? どうして変わったと思う?」

和朗は、津島の身に起きたひとつの不幸を想像し、心が重かった。それを確かめるまではたとえ志麻にしろ不用意な話はできない。ひとつ答えれば理詰めで考えようとする志麻の疑問が倍に増えるだろう。和朗は、来年からはどうするつもりなのか、と志麻の問題に話題を変えた。

七

和朗は、定刻に着こうとビルの一階のエレベーターホールで時間潰しをしていたが、途中の階までエスカレーターがあったのを思い出し、ここで津島を待っていても一緒になれるとは限らないと気付いた。これからゆっくりエスカレーターで五階まで行き、エレベーターに乗り換えて十二階まで上がれば、彼と約束した七時には店に入れるだろう。もしメンバーカードを持っている津島が遅れた場合、入口で待たされるが、こちらから無理に誘ったからには彼より遅れるわけにはいかない。

二日前に電話した時、恐れたように津島の反応は鈍かった。外国からの電話口に立っているのかと思いたくなるほど間のびして返答し、声にも艶がなかった。こちらから帰した患者たちの容態を訊いてもはかばかしい返事がなく、これまでは、「どうです、会いませんか」と必ず、誘いの言葉をかけてくれたものだったが、そんな気配も見せずにあっさり切ろうとした。和朗が周章てて引き留めて、初めて自分の方から津島を誘った。

「どうして？　何か用があるんですか」

「いえ大した話はないんですが、夏のボーナスを貰ったのでたまには御招待したいと思って」

津島先生は、もうボーナスもないのでしょうから、と言うと、津島は幽かな笑い声のような息を吐いて承諾した。だがうるさい場所は困るから、と父親から受け継いだメンバー制のクラブを指定した。

ビルの最上階にあるクラブは、レストランや料理屋のあるフロアの半分を占めていた。小さな門からアプローチが続き、床が豪華な絨緞敷に変っている。呼び釦を押すと、鋳造の飾り扉が自動的に開き、木彫のドアから正装した中年の男が現われて慇懃にカードの呈示を求めた。津島と待ち合わせていると告げると、お電話が御座居ました、と奥へ案内された。

ゆったりと取られたテーブルが二列、夜景を展望する総ガラス張りの窓と奥のレンガの壁に挟まれて並べられ、それぞれが頭上からペンダント照明されていた。客の入りは少なく、半分以上の席が空いていた。辛うじて足許の見通せる暗い通路をコンパニオンについて歩き、窓から離れ予約席に坐った。

人の来る気配がして、和朗は入口の方に目をやった。案内嬢の後ろに津島の顔が見えている。和朗は立ち上がり、椅子をずらして彼を迎えた。痩せた長身が隙き間風のように脇を抜け、正面の席へ音もなく落ちた。頬がこけ、まるで躰をふたつに割った片方だけが歩いてきたようなか細さだった。挨拶の笑顔はほぼ同じだが皺が目立ってかえって大袈裟すぎた。

記念品を持って訪ねて以来になると喋っている間、顔の裏まで見透すような彼の眼差しが、深くなった眼窩の底から放たれ、溝を掘るように顔の上を右に左に動いたが、今夜はそれほど煩わしく感じなかった。

「ちょっと痩せましたか」

顔に彼の視線を受けたまま訊いた。津島の目の力が急に弱まり、二人の中間あたりに漂わせながら答えた。

「最近、手術した跡が痛みましてね、食欲がないんです」

「じゃあ、ここはまずかったですね」

「いえ、構いません。それほどひどくないし、気分転換にもいいですから」

話しているうちに津島の視線が伸びふたたび和朗に届くようになった。和朗が話す病院や患者の報告を聞き、彼なりの感想を述べた。和朗の新しい指導医を知っており、まあ平均的な人じゃないですか、と彼らしい穏やかな言い方をした。

料理が出揃い、少々酔いが廻ってきた頃、和朗はさりげなく津島の仕事の調子を尋ねた。

「描く方はいかがですか。新しい試みでもなさっているんですか」

「………」

津島は和朗の問いに答えず、平貝の鉄板焼を口に運んだ。聞こえないはずはないのに、知らぬ振りをしている。和朗は何も言わずに水割りを啜った。

「きみは、今度の絵画展を見たんですね？」

「ええ、案内をいただいたんで、日曜日に」

「そうですか……今回は誰にも知らせなかったんですが、他の方から名簿が廻ったのでしょうね……」

そう言うと、津島は感想を求めるかのように間を置いた。和朗は躊躇いながら、作風がすっかり変ったので驚いたと正直に述べた。

「凄くリアリティのある景色なのに、それ以上のものが描かれているようで……」

津島はしばらく考えてから頷くような動きをして喋り出した。

「出品したくなかったんですが、無理にと乞われて仕方なくでしてね……あれは、子供の頃の体験なんです」

津島が小学校に入って間もない頃、いつも添い寝をして可愛いがってくれた祖母が不意に姿を消した。心臓病で亡くなったと誰かに聞かされたがよく理解できず、いつものようにどこかへ旅行に出かけていておみやげを持って帰ってくるのだろうと心待ちにしていた。しかし何日経っても現われず、ある日家族でお墓参りに行った時、全員が墓石の前に揃っているのに、こういう席には欠かせない祖母だけが姿を見せなかった。

「その時急に、ああ、おばあちゃんは死んだんだ、と実感できましてね、悲しくて泣き出したんです」

それが丁度、祖母の納骨の日だった。泣きはらした目で見た帰り道の光景が焼きつき、それ以来幾度も夢の中に現われて津島を苦しめた。自分が死んだ祖母の目と重なって実体がなくなり、見えていながら姿がなく、ただ色褪せた寂しい秋の風景だけがある。死ぬって恐い、と自分のいない景色の中で感じている。中学に入ってからもこの夢から逃れられず、それを忘れるために美しい事物を眺め、描き続けた。

「しばらく忘れていたんですが、また現われてきて……」

陰気に呟く津島に、和朗は、何故ですか、と問うのが恐ろしくて黙っていた。壁に飾られたドライフラワーの間で、血の気の少ない津島の顔が蝋人形のように見える。乾いていながら表面に冷たい光沢がある。それが動き、抑揚の乏しい声が聞こえた。

「わたしの紹介した患者が、そちらから戻されてきてからなんです……」

ここ一ヶ月で、和朗は津島の患者を三人、彼の手許に返した。肺に転移癌が発見された二人と、開腹手術をしたものの肝臓への転移がひどくて手術不能となった胃癌患者だった。いずれも現在のところ大きな苦痛はなく、しばらく小康状態が続くのが期待された。化学療法を続けながら経過をみるのが最良と考え、家族の希望もあって津島のところに通わせることにした。病勢が悪化すればすぐに引き取るつもりだった。

その患者を久しぶりに自分の外来へ迎え入れた津島は、すっかりよくなったのかと驚き、患者が持参した和朗の紹介状を読んだ。だがそこには絶望的な病状と診断名が記載されているだけだった。

「顔にアレが見えなくなっているものですから、危い場所から立ち直ってきたのかと思ったんです」

津島は薄くなった頬の筋肉を小刻みに震わせながら、笑うかのように顔を歪めた。目は暗い光を帯び、口唇が釣り針にでも引っかけられたようにめくれて痙攣した。津島はその上に弱々しい笑いをもう一度被せて言った。

「ようするに、わたしの目が駄目になっていたらしいんですよ」

根治手術が成功したのかと思うほど、患者の笑顔の底には何も不快なものが浮んでいない。最初の患者の時は、紹介状が間違っているのではないかと考え、外来に待たせて、奥の部屋から和朗に電話した。

その電話を、和朗は、患者を送り返してきてけしからんという抗議の意味にとって弁解につとめた。何かあればすぐに入院させます、と保障を与え、さらにあと二人、同じような患者をやりましたから宜しくお願いします、と丁重に頼んだ。

二人目、三人目を見て、自分の眼力が失われたのではないかという津島の疑いが本物になり、確信になった。自分にはもう人の死が見抜けないのだ。津島は驚愕し、家を飛び出して街の雑踏や駅の人混みの中で目を凝らした。だが恐れた通り、かつて当り籤《くじ》のようにまばらに混じって見え死の影に染められた顔がひとつも見当らなかった。

それ以来、胃の手術前に甦った子供の頃の恐怖感がふたたび現われ、夢に苦しむようになった。

「一層のこと、絵に描いてしまえば夢から消えてくれるかと思って逆療法をしたんですが駄目でした……」

落胆する津島を、和朗はむしろ微笑で受けとめたい気分だった。てっきり自分の顔に父親と同じものを見付けて絶望したのではないかと心配していたが、そうではなく、元通りの普通の人の目に戻ったにすぎないのだ。これからの津島は、和朗と同じに診療を終えて白衣を脱ぎ、一般の人の中に溶け込めば、医者であるのを忘れて寛げるだろう。知りたくもない他人の寿命を見透すような煩わしさから逃がれられ、居心地のいい世界を何倍もの広さで手に入れたのに等しいのだ。

　これほど繊細な津島が、もし逆に自分の死が間近だと知らされたらどんな精神状態に追い込まれるのか。他人の死を読み取り、病院へ回すのは平然とできるだろうが、ひとたび自分の運命の問題となればどれほど取り乱すかわからない。残り少ない自分の生命が滴る音だと聞かされて、耐えられる人間とは思われない。平凡な目に戻り、そういう恐怖から遠ざかれたとすれば彼にとってこれ以上の幸せはないだろう。人は、その間際になるまで死がいつになるか知り得ないからこそ、着実に、平和に、日々を生き続けられるのだろうから。

　それにしても、不幸を見抜く胡散臭い視力を失ったからと言って、なぜ津島が死の恐怖感に嘖《さいな》まれなければならないのだろうか。和朗はその不可解さが納得できず、彼に問い質した。

　物思いに耽っていた津島は、質問の意味を理解できずに聞き返した。そして坐り心地が悪そうに何度も足を組み変えながら乾いた声で答えた。

「確かに人の顔に死を見るなんて、愉しくもない辛気臭いことかもしれません。しかし自分の目にそれが見えるようになったからには仕方がない、そのために自分の命の保証が得られるのだから、と歓迎する気持ちになっていたんです」

　朝夕、鏡に映る影のない自分の顔に安堵し、励まされて、手術後の半病人の状態が立ち直った。

より鋭く人の死を見抜けばそれだけ自分の安心感を強められると考え、できるだけ丁寧に人を観察するように努めてきた。

生い立ちと胃の手術が、津島の死の恐怖感を異常に刺激し、それを否定してくれる目を必然のものにしたのだろうか。和朗は、津島が休むたびに不思議と荒れた病棟を思い出し、予め察した彼が無意識に死人を避けようとして心因的に体調を崩したのかもしれないと思った。赴任したばかりの頃、最初の一、二度だけ彼が一緒に臨終に立ち合ったが、その時の彼の手が震えていたのを憶えている。新米の和朗は、初めて目にする生の終焉の場面に体が震えるほど感動して、津島のそれも同じものと理解していたが、経験を積んだ今になって考えればベテランの医者にしては過敏すぎる反応だったと気付く。あの時の津島は、死の剥き出しの姿に恐怖していたのかもしれなかった。

だがどんな理由があろうと、自分の生を人の死を見ることで購わなければならないという彼の思い込みは承服しがたい。和朗は、枯れ枝のような細長い指でグラスを支えている津島を眺めながらそら批判し、ようやく正常な状態になったのだと彼のために喜んだ。だがその時、「なぜ死が見えなくなったのだろうか」という疑問に思い当り、彼自身がどう考えているのか知りたくなった。それを尋ねかけ、周章ててグラスで口を塞いだ。不幸な結論が、彼の消耗し切った躰と顔貌に現われているように感じ、訊いてはいけないことだと思いとどまった。

彼の視力、眼力の衰えは、彼自身のエネルギーの減衰と密接に関係しているのではないだろうか。彼の存在に迫力がなくなり、今夜の最初の視線も以前の彼には考えられないほど大人しく力の弱いものだった。もしかしたら彼の肉体そのものが崩壊しつつあるのではないだろうか。

和朗は、津島を凝視して暗い思いに心を打たれ、目を背けた。今何よりも必要なのは、津島がこういう疑問を持たないようにすることだ。この問題から注意を逸らし、死にこだわらないで生きようという気力を抱かせるように、彼を覆う陰鬱なベールを切り裂く荒療治をしなければならない。

そう考え、和朗は津島に論争を挑み、生き死にの問題について自分の思考を彼にぶつけた。いずれ死ななければならないとしても、その時が来るまでは永遠に続くと錯覚して生きるのがいいのではないか。自分の寿命など知り得ない方が、余計な気迷いなしに、自分の道を走り続けられるのではないか。

津島は顔を上げ、珍しくむっとした表情を浮かべ、一語一語押し出すように言った。

「おっしゃりたいことは、わかりますよ、理屈としてはね。でも死を一般論で論じても無意味ですよ。きみはまだ若いから死など人ごとでしょう……」

「いえ、ぼくも医者になって大分死を経験していますから、死の恐ろしさは知っているつもりです。そうですね、臨終だって二十回以上立ち合っていますもの。要は感じ方の問題ではないでしょうか。神経質になるのか、悟りを開くかという……」

「いくら他人の死を数多く見たって、死がどれほど絶対的で恐ろしいものかはわからないと思いますよ」

「そうかもしれませんが、それなりの死生観は持てるはずですから……」

津島の言葉を引き出せば引き出すほど、落ち込みがちな彼の気分を奮い立たせることができる。彼が少しでも自分の問題から離れて視野を広くすれば、別な見方が彼の中に生まれるかもしれない。そう思い、和朗は彼の心に刺さりそうな言葉を捜した。だが津島は、心を動かされる様子もなく、かえって苛立たしげにグラスを空けた。そして目を細め、テーブルに落した視線を二度三度横に振って考えていたが、大きく息を吸い、心を決めたように和朗を凝視め、口を開いた。

「実はね……」

言いにくそうに言葉を切り、咳払いをしてまた続けた。

「しばらく前から、きみの顔に例のアレが見えていたんですよ……」

「えっ……」

急に喉が詰まり、和朗は息のできないまま苦しい胸に手を当てた。躰が重心をなくし、右に左に揺れながらゆっくりと沈んで行くのをぼんやりと感じた。どこまでもどこまでも墜落して行く。これが死ですよ、もうすぐ死ぬんですよ、と呟く声が上の方から聞こえてくる。実体のない自分の周囲を、白じらとした空疎な空間が取り巻き、やがて暗黒に変った……。

空っぽになった躰、測りようのない無限の物悲しさ。これだけのものが自分の中から溢れ出たとは信じ難いほど悲しくそして空しい。凧になった自分が秋の芒野を蕭々と吹き抜けて行く。把みどころのないガス状の自分が少しずつ収斂し、漠然とした躰の感覚が生じる。その一部が鋭くなり、胸のあたりが苦しいとわかってくる。ここだ、と心臓の上に手を当てた時、和朗は意識を取り戻し、奇妙な眩しさを感じて目を瞬かせた。青白い世界で津島が手を振りながら何かを言っている。

「そんなに驚かせるつもりはなかったんですよ……」

喋っている津島が遠くに見える。和朗は頭を動かし、耳鳴りを追い払おうとした。覚醒するにつれ、頭を床に打ちつけたあとのような不快感が湧き、悪寒と吐き気に襲われる。

「……今のは……冗談ですよ……」

繰り返される言葉の意味が見えているが、躰の震えは止まらない。あたりの色合いが薄くなり、平板な感じがする。冗談？　冗談だって？　口に出してみようとするがうまくいかない。

津島は、笑いが半分覗いた顔で、保証します、きみは大丈夫、と頷いている。ちょっとショックが大きすぎましたか、それが自分の死と他人の死の違いなんですが、と言い、真顔になって言葉を続けた。

三年前に胃癌だとわかった時から、どれほど死の恐怖に噴まれてきたことか。やがて人の死が見えるようになり、安心していたんですが……こんなふうに中途半端に裏切られるなんて……。

「胃癌」という響きに耳を叩かれ、和朗は自分を取り戻した。やはりそうだったのか、と鈍い頭の隅で考えるが、口を挟む気力が湧かず、顎を機械的に引いて、聞いているという意思表示をした。

「胃癌と知って出口のない場所に追い込まれたはずなのに、人の死が読めるようになって新しい逃げ口を見出したつもりになっていたんですね」

津島はそう呟くように語ると、静かに言葉を継いだ。きみから電話があった時、遅ればせながら自分の死について真正面から考え始めたところでした。死というものは、極めて個人的な、そして最も孤独な体験なんですね。考えすぎるほど考えているのに、人に通じる言葉をまったく失ったような気がするんです……。

和朗はふたたび冷気を吹き出し始めた腕をそっとさすり本当に彼は冗談で言ったのだろうか、と彼の顔を窺った。自分の躰は健全なのか。時折痛む腹、重苦しい左側の腰、脈打つように響く頭痛は、重大な危険を告げる信号ではないか。死がひたひたと押し寄せる時に起きる神経の痙攣が悲鳴となって聞こえているのではないか。

肩をすぼめ、背を丸めている和朗の前で、津島はゆっくりとグラスを呷っている。両膝を広げ、居直ったように上体を伸ばしている。和朗は視線を交わすのが恐くなり、グラスに氷を入れ、ウイスキーを注いだ。小さな音を立てて氷が崩れ、水面に沈む。急に騒がしい声が上がり、近くの席に酔った三人連れが坐った。

「見晴らしいがいいから、ここなら我慢できる」「本当にすぐ直るのかい?」「電気系統らしいので、間もなくだと思います」「十二階から飛び降りるわけにもいかんし、新手の営業方法だね、これは」

客とコンパニオンのやりとりが耳障りなほど生き生きと響く。和朗は、自分たちだけが水底に沈み、水面の戯れを見上げているような気分になった。あたりがうるさく波立つにつれて、テーブルのスコッチだけが確実に水位を下げた。

喋る言葉を見失っている和朗に、津島の方が気を遣い、何か弁明している。だが、三人連れの騒ぎに消されて声が届かない。うるさいのは耐えられません、と顔をしかめた津島を見て、和朗はもう出ましょう、と促した。あまり愉しい酒にはならないだろうと覚悟してきたが思いもよらぬ成り行きになった。今夜はこれ以上一緒に居たくない。

立ち上がると、軽い貧血の症状が起きてあたりが白く見えた。腰が頼りなく、足が自由にならない。津島も珍しくふらふらとした足取りでついて来る。意識ははっきりしているのに運動中枢の方が先に酩酊したのかもしれない。

出口に近づくと、支配人が飛んできて、エレベーターが故障しておりますので、もう少々お席でお待ち願えませんか、と言った。いや、もう帰りたいから、と首を振り、「エスカレーターはどうなの?」と訊いた。支配人は、今の時間ですと動いております、と時計を見ながら答えた。じゃあ、そこまで階段を降りようか、わたしは大丈夫だから、と津島が言ってカードを出しかけるのを抑え、約束通り和朗がキャッシュで支払った。

人影のないホールを抜け、非常用扉を開けてくれたボーイに会釈して、二人は階段を降りた。いざ足を踏み出してみると津島の酔いがひどく、足がふらついて下の段へ伸ばすのに時間がかかった。落ちそうになる彼を左手で手摺りに把まらせ、右腕の下に自分の肩を差し入れて、和朗はゆっくりと足許を探った。非常階段までは空調が効かないのだろう、微温湯のような空気が肌に触れてくる。

和朗はほとんど口をきかず、津島の躰を下へ運ぶのに心を集中させた。背の割に体重のない津島は、空中を不安定に揺れながら降下する凧のように頼りなく、階段の手摺りに沿ってつっかえつっかえ十一階、十階と辷り下りた。

五階に着き、非常扉を明けて温室のような階段ホールを出ると、冷房の効いた固い空気に頬を打たれて目が覚めた。頭の靄が晴れ、息つきまで楽になる。津島の躰の芯も、わずかだかバネを取り戻している。この階には人影が多く、料理店の明るいショウウインドウをのんびりと覗きながら歩いている。エレベーターが不調のために、こちらの方が繁盛しているのだろう。

「人生を地形の険しい荒野に譬えて……」

急に津島が囁くように話しかけた。平坦な床になり喋る余裕が生まれたのだろうか、尻切れになっていた話を思い出した。

「その地平線の彼方に死が潜んでいるという考えはよく耳にするでしょう？　でも違うんじゃないかと最近感じています」

右へ曲がると、エスカレーターがあった。彼の言葉を遮り、足許を注意させて、いち、にい、さん、と掛け声をかけ、現われては下へ向って行く踏み板に、足をのせた。その瞬間津島の足先が外れ、体勢が崩れて危く落ちそうになった。和朗が右手でベルトに把まったまま、左手を津島の胴に回して支えた。落下しそうになり、津島の声が途絶えた。二人は黙ったまま五階から四階へ降り、次のエスカレーターに移った。今度も失敗してぐらりときたが予め備えていたので危険はなかった。少し下った時、ふたたび津島が、口を開き、落ち着いた声を出した。

「わたしたちの一生は、こうして死の底に向って降りて行く下りのエスカレーターのようなものだから」

ゆっくりと鋭角に下へ沈んで行く二人の目の前に四階の床の切り口が見え、頭上に去った。

「この一段分を一日と考えれば、長く生きて百年で三万六千五百段を降りるわけか。何をしようと、何をしまいと、誰でも平等に一日一段ずつの下降は続いている」

いつ、こうして途中下車するみたいな思わぬ早い死に行きつくのかは、それぞれの運があるんでしょうが……と津島は三階へついた時に、床を踏みしめながら言い、次のエスカレーターには比較的うまく乗った。

「でも、このたゆみない下降運動は、健康だと思っている時には、むしろ無限の高さに向って登っているような錯覚になる」

津島は呟き、言葉を呑み込むように喉で嗤った。その小刻みの振動が、彼の胴に回した和朗の腕に伝わってくる。津島の生命が自分の腕の中にあるのが触知され、奇妙な思いになった。だが津島は、知らぬ顔で自身の思念を追っている。エスカレーターの上で後ろを振り向き、流れ落ちる鋼鉄の階段を凝視めている。息継ぎのたびに一段ずつ増え、過ぎ去った時の重さを示すように累々と積み上げられる。

最後のエスカレーターに乗り移った時、津島は、逃げようなんて無理ですね、とぽつりと言った。そして和朗の腕を外し、左手でベルトに把まりながら、揺れる躰を一人で支えた。和朗は、いつでも捉えられるようにと準備して見守った。中空を睨んで立っていた津島がこちらを向いた。蒼ざめた顔に思いがけない眼差しがある。明るさとしか言いようのない光が、その視線から放射している。

「描くしかありませんね。どれだけ残されているかわかりませんが、脅えていても失うのは同じですから……。医者をきっぱりやめ、描きますよ、今夜初めて本当の踏ん切りがつきました……」

和朗は降りるのに気を取られ、津島の視線を終いまで受けとめられなかった。無事一階に着いて彼の方を向くと、津島は顎を引き、笑うような苦しがるような奇妙な表情を浮かべていた。そして不意に足を停め、その場にしゃがみ込んだ。喋って息が切れたのかと思い、覗き込んで訊いた。津島は伏せていた顔を上げて、いや、急に腹が痛んだものだから、と答えた。顔が白くなっている。二度三度深呼吸した津島は、もう大丈夫、と手を和朗の肩にかけ、躰を起こした。和朗は、静かに外へ向かい、タクシーの待っている表通りへ出た。

大理石の階段を踏みしめ、歩道に下りた時、津島が、「うっ」と声を発し、つんのめるように顔を前に突き出した。和朗の肩にのせていた手を離して一、二歩先へ行き、口から黒い水を地面に吐いた。吐きながら膝から崩れ落ち、両手を投げ捨てるように石畳へ突っ伏した。どこかで女性の悲鳴が聞こえ、横向きになった津島の顔が口から流れ続ける夥しい血の池の中に沈んで見えた。

〈了〉

秋の別れ

一

部室の開け放した窓に腰をのせて、ぼんやり外を眺めていた野村が、煙草を欲しがった。学校新聞の割り付けの大筋を決めた高井信一は、カバンの底から潰れたピースの箱を取り出して渡した。

「そんなところで吸ったら危ないぞ」

寺島が、原稿用紙から顔を上げて言い、自分にも、と所望した。

「あれっ、最後の一本だ。高井、お前が吸うだろう？」

寺島から箱を受け取った小針が、残念そうに訊いた。

「オレはいいよ。吸えよ」

信一は、森口直子を抱きしめたいと望むようになってから、煙草を吸うのをためらっていた。そもそもうまいと思ったことがないし、新聞部の雰囲気に合わせてふかしていただけだ。わざと鼻から吹き出してみせたりするが、肺まで入れた経験はなかった。

二人にとって初めての冒険をヤニの匂いで濁したくない、とふと思いつき、ひそかに禁煙を始める気になった。それを続ければ続けるほど、ファーストキスが単なる願望から、本物になるにちがいないと思われた。

「今場所は栃錦が優勝するんじゃないか」

野村が、窓の席を小針に譲り、新聞折り込みの秋場所の番付表を壁に貼りながら言った。毎場所、コーヒー代を賭けて優勝力士を占っていた。信一はいつも千代ノ山を推し、小針が若乃花、寺島は移り気に解説記事や気分から決めていた。

両親を亡くし東京から叔母の家に預けられて、小遣いの乏しい野村が、一番真剣に予想を立てた。新聞配達のアルバイトで手に入れた宣伝紙を部室に持ち込んで、丹念に検討していた。

「俺は、若乃花だ」

小針が、煙草を窓わくで消しながら言った。

「小針、気をつけろよ、火事になるぞ」

寺島が注意した。

「まるで消し炭みたいなボロ屋だから」

明治初期に建てられた木造二階屋は、風化と乾燥が進みちょっとしたことで火がつきそうに見えた。やや傾きかけた壁を、応急処置の丸太の支柱が庭の方から二間置きに押し戻している。本校舎の改築が終わってから本格的に手を入れると言われているが、その骨組みもすでに色あせて灰色になり、無数の亀裂が入って頼りなげだ。

「燃えてくれた方がいいよ、こんな学校は。学校だけじゃねえや、この町全体が灰になりゃいいんだ。去年はあれほど大火が多かったのに、なくてもいいこんな町に限って残るんだからな」

旧家の跡取り息子である小針の脱出願望が、四人の中で一番あからさまだった。父親の戦死後、その弟が母親と結婚して跡を継いだらしい。今は女子高の教師をしている。本人は家族について一言も口にしなかったが、妹と弟は、父親違いという噂だった。

「あゝ、くさい、くさい、きみたち、退学もんよ」

三年の元副部長の志水ハルが、部室の引戸を開け放して言った。

「目の上のコブがなくなったと思って、したい放題ね。新聞は大丈夫でるの?」

「絶望です。伝統ある新聞部も今年で消滅の運命ですな」

ハルは、小針の言葉に取り合わず、信一の前に「差し入れよ」と梨の入った紙袋を置いて訊いた。

「一年生は?」

「原稿集め、文化祭と運動会の」

「これが内容?　変わりばえしないわね」

「折角だから、剝いてくださいよ」

野村に言われ、ハルは、信一の脇に坐った。膝が信一に触れてくる。野村が、棚のボール箱から小さな包丁を持ってきてハルに渡し、古新聞の上に新品の上質紙を皿がわりにならべた。

七月で引退してから、受験勉強一本の生活だったと喋りながら、手際よく剝いていく。オアズケを喰った犬のように、四人とも手を出さずに、ハルの動きに見ほれている。たった一人の女子部員だったハルの存在の大きさを改めて感じさせられる。

「さあ、いいわよ、あとは一年生に取っておくわね」

「もうふたつ、隠さないで出して下さいよ」

食べ終えた寺島が、低い落ち着いた声で言った。

「えっ？　どこに？」

ハルが訊き返した。

「そこですよ」

寺島が、ニヤリとしてハルの豊かな胸を指示した。

ハルは上体を伸ばし、寺島の坊主頭を叩いた。寺島は、逃げもせずに叩かれ、大きな梨のような頭を撫でて笑っている。

「このクソ坊主！」

信一は、見てはならないものを見たように、ハルの豊かな胸から目をそらした。寺島の真似などできぬほど悶々した思いを、自分はハルに、いやハルの肉体に抱いてきた。一年の時に新聞部に入って以来、ハルの肉体は、信一の性的イメージのキャンパスであり、絵の具だった。

ハルのスタイルがずば抜けていいわけではないが、躰の輪郭から放散する湿った輝きは、こちらのオスを意識させ、喉の渇きを気付かせずにはおかなかった。自分の中にある荒々しいものを呼びさまし、剝き出しにぶつけてこいと挑発していた。

一年の夏に、最初で最後になった新聞部の合宿があった。三年生に二人、二年生に一人女子がいたせいもあり、海岸のバンガローに何泊かして過ごした。

ある日の夕方、信一とハルは炊事当番から外れて海に沈む夕日を二人だけで眺めたことがあった。恐らく信一の方が、ミルクの匂いに惹かれる小犬のように、ハルのあとを追って砂浜を歩いたのだろう。浜辺に引き上げられた小舟の間に腰を下ろし、オレンジ色になって燃え尽きる太陽の前で頭を垂れ、ハルの話に耳を傾けた。

ハルは、一年生の四人をいい取り合わせだとほめたすぐあとに、それぞれを容赦ない言葉で批評した。

「高井くんはねえ……」

ハルは、小針や寺島について語ったとは違う語調で、気を惹くようにゆっくりと信一の名前を言った。

「真面目な秀才って感じ…だけど、どこか悲しい人ね」

「……」

思いがけない表現に、信一はしばらく黙っていた。

「悲しいって、どういうことですか」

辛辣に言われるのは仕方がないと覚悟していたが、思わぬところから攻撃されたように感じて訊き返した。

「悪い意味じゃないのよ。はっきりわからないけど、きみにはどこか悲しみを感じさせるところがあるの。女って、そういうのに弱いのよ。気になって、はらはらして、そして……フフフ……」

ハルは低く笑って信一に流し目を送り、両手を後ろの砂地について、空を仰ぐように胸を張った。シャツの下に隆起の先端がくっきりと浮き出ている。

胸苦しい濃密な沈黙が、夕日に染まりながら二人の間を満たした。信一が欲望し、夢見たものが、手を伸ばされるのを待つように静かに息をとめている。こちらのすべての行為を許すにちがいないという強い予感が、ハルの方から放射してくる。

風のない砂浜に波の音だけが動き、船腹で反響して信一の勇気を誘っている。「さあ」「さあ」と。だが信一は何もできない。入学して以来憧れ、欲し、観念の中で幾度も犯していた肉体がすぐ前にあるにもかかわらず、捨て身で入って行けない。揶揄するような波の音だけが繰り返している。

「ハルさんって、どういう人なんですか?」

声を出したとたん、自分たちをからめている蜘蛛の糸がプツプツと切れるのが聞こえるように思った。

「平凡な女よ」

大きく息を吐いてから、ハルは素っ気なく言った。

「そうね、特徴とすれば、どんなに笑っても目だけは決して笑わないことかしら」と付け加え、そろそろ戻ろうよ、と胸を揺らしながら立ち上がった。

この時以来、信一は、ハルが笑っているのを見るたびに、彼女の目に注意が惹かれるようになった。壁のように平らな額の下に、深くてやや濃い色で光っているが、明るい笑い声と動きのある表情にもかかわらず、それは写真から切り抜いてきた湖のように波立たず、いつも冷静に、いやむしろ冷酷に静まり返っている。

今も、寺島の冗談に、ハルは部室の机に肘をつき屈託なげな笑い声を上げているが、その眼差しは相変わらず冷やかで、揺らぎがない。肉体で誘い、精神では拒絶するような、あるいはうわべで溶かし、奥底で凍らせるような、油断のならない危険な素顔が覗いている。

信一はふと、感情を素直に表わす直子の眼差しを思い浮かべ、彼女にならば安心して自分をさらけ出せるにちがいない、と思った。

山奥にある集落まで合併してようやく市に昇格した、平野の真っただ中の小さな城下町Sには、喫茶店がふたつしかなかった。学校の禁止令を犯して新聞部の連中がよく利用する『豊田屋』は、生糸商人相手の木賃宿が食堂から喫茶店へと変わったもので、中華そばとコーヒーを出す古びた店だった。

はじめ信一は、直子をそこへ連れて行くつもりだったが、引戸の入口の壁にかかった剝げかけの白ペンキを眺めて気がかわり、まだ入った経験のない駅前の『山小屋』を奢ることにした。

もちろん直子も初めてで「一度入ってみたかったの」と囁いて、信一のあとについてきた。

板を無造作に打ちつけた扉を開けると、店内は思いがけず広く、どこへいこうかと戸惑ってしまった。丸太を重ねた壁があたりを囲み、右手に木作りの頑丈そうな階段がある。それが、中二階からさらに上へ続き、奥の方はよく見えなかった。高い天井には噂に聞いた四枚羽根の大きな扇風機がついている。すぐ目に入った椅子に坐りかけたが、もっと右手に空いた席をみつけて移った。

コーヒーを待つ間、信一は、自分達が制服姿にカバンを持っているのに気付き、落ち着かぬ気持ちになった。だが直子は、紺色のリボンで髪をまとめた頭をあちこちに向け、「都会的な感じがして素敵ね」と、壁の飾りになっているピッケルやカンテラに感心した。

「東京にはもっとしゃれた店があるらしいわ」

修学旅行以外に遠くへ行ったことのない直子は、表情豊かな目を張って、東京にいる姉の話をした。信一は相槌を打ちながら、客が入ってくるたびに入口に注意を引かれた。

教師はともかく、汽車通学をしている先輩にでもみつかったら、喫茶店と女連れという二重の罪で、のちのち面倒が起きるかもしれない。女子が入学するようになって暴力が少なくなったというが、それでも上級生による制裁は頻繁にあった。

コーヒーを飲み干し、早々に店を出た。そこから自転車を連ね、直子の家を通り過ぎて、町外れの中学校近くで下りた。もうすっかり夜になっていた。

自転車を人家の間の暗がりに置き、信一は直子を田んぼ道へ誘った。

肌に心地よい風が吹き、稲の穂が乾いた音を立てる。町の明かりが薄い光の舌を伸ばし、稲の上で時折鋭い小さな火花を散らした。右手にある中学校の校舎が、そこだけ闇を吸い取って黒ぐろと見える。

轍のあとの露出した土は乾き、その周囲をクローバーが覆っている。ところどころで稲に似た雑草が叢を作り、足の裏に固く盛り上がった株を感じさせた。歩みを進めるにつれて虫の音が止み、そのあとでまたひとしきり高くなる。

一ト月ほど前から、二人は人影のない夜道を求めて歩くようになった。最初は図書館前の松林だったが、白いセーラー服の女子高生と男のからみ合った姿に出会い、驚いて明るい場所へ飛び出した。しかしその後も、直子は懲りたふうもなく、誘えば、どこにでもついてきた。

百メートルほど入ったところで右に折れ、校舎を裏から見渡せるグラウンドの土手に上がり、クローバーの繁る斜面に腰を下ろした。夜露が降りたのか、ちょっと葉が湿り、ひんやりして気持ちが良い。

目が慣れ、公認の四百メートルのトラックを持つグラウンドの形がはっきりしてきた。正面右手に中学校、左手に小学校の校舎が、競技場のスタンドのように横たわっている。空襲を避けるために白壁のスレート板に塗った黒い墨がきれいに落ちず、まだらになっているからだろう、両脇に建ち始めた人家の壁に比べて見えにくい。空が晴れ渡り、星が近くまで降りてきたように感じられる。

「懐かしいわね」

直子が妙に響く声を出し、思いつくままに中学校時代の出来事を語った。信一が忘れていたことを、彼女は沢山覚えていた。文集作り、合唱コンクール、山登り、キャンプ、同じクラスにいて、一番愉しかった中学二年の頃が甦る。

直子は先輩を差しおいて女子体操の花形選手だった。同じ学校の教頭の娘で、成績が良く、運動神経も抜群で、表情や動作が生き生きしていた。信一はクラスメートになり、席も近くになりながら、気後れして思ったことの半分も口にできず、深いかかわりを持てないまま半年近くを過ごしてしまった。眩しい思いで直子の一挙手一投足を観察していた。

秋の運動会で、濃紺の体操着姿の直子が、平均台の模範演技をした。グラウンドの中央に置かれた細い板の上で、直子は慎重にしかし思い切りよく動いた。腕を伸ばし、開脚し、バランスをとり、跳躍し、そして両手をついて回転した。と、その瞬間、突然姿勢が崩れ、鈍い音と悲鳴が聞こえて、マットに落下した。騒然となった観客や生徒の中で、直子だけが死んだように動かない。

信一は、そばにいた野村に脇腹を突つかれて、我に返った。

「高井は、森口直子が好きだったのか?」

耳許で囁く野村の言葉を否定する気力もなく、信一はやっとの思いで残りの半日を過ごした。

翌々日の学校で、直子が膝を平均台で強打して外科へ入院し、もう体操ができなくなるらしいという噂を耳にした。

「高井、森口のお見舞いに行けばいいじゃないか」

野村が、信一を盛んに焚きつけた。ここは東京と違うから、と逡巡する信一に、様ざまな理由を上げて、直子の許へ行くようにと勧めた。

「ぼくが一緒に行ってあげるから」

そうまで言われて、信一は、やっと決心がついた。母親に頼んで果物の籠を買ってもらい、放課後、野村に付き添われて、県立病院の外科病棟を訪れた。

「野村には感謝しなくてはならないな」

「あの時のこと、今でもはっきり覚えているわ。落胆していたから、すごく嬉しかったの。男の子なんて誰も来てくれなかったし……」

「えっ？　男なら誰でもよかったわけ？」

「ううん、まさか。すぐそんなこと言ってからかうんだから」

直子が暗闇の中で、信一を打つ真似をした。その指先が、信一の左手に触れて、急に言葉が途切れた。

足場の悪い場所で手を貸したことがあったが、その時とは違う鋭い感覚が信一の心を急き立てた。武者ぶるいするような逃げ出したいような混乱した気持ちめがけて、今がチャンスだ、という声が降ってくる。愚図愚図するな、とにかく手を出すんだ。

信一は、目を凝らして直子の手を捜し、無言のまま思い切ってそれを掴んだ。

あっ、と直子の吐く短い息の音が聞こえた。手を通して、強張った躰の気配が伝わってくる。信一は、それ以上は何もできず、動転して夜のグラウンドに目をやった。不意に自分の唐突な行為を後悔する気持ちが湧いてきて、彼女を失うのではないかと心配になった。顔が火照り、周章てて手を引いて、息をひそめた。

一人で想像していた時には、言葉も行動もすらすら出てきたのに、まるで勝手が違う。

直子はどう思っただろう？　不安に襲われ、「いけないことをしたのかな？」と、闇にすかして横顔を窺いながら言った。だが、直子は正面を向いたまま答えない。白い顔が暗く染められて不機嫌そうに見える。信一は、肩をすくめて、自分の手をみつめた。

信一は、やっとの思いで口を開き、ぼそぼそと弁解した。たとえ想像の中であっても、二人の清い交際を汚したのは不本意だったと詫びた。だが喋っているうちに、弁解する自分自身が厭になって言葉を切った。

大きく嘆息して仰向けになり、傾斜した土手に躰を預けた。直子の固い後ろ姿の上方に、開け放ったような星空が見える。火星がオレンジ色の光を放って南校舎の上にある。信一は、横たわった自分が土に吸い込まれ、胸の中のもやもやした熱気が冷やされるように感じた。

頭を揺すると、土と草の匂いが流れ出して、顔の上を水のように過ぎて行った。川底に身を潜めた自分が、少しずつ洗われ、削られ、心の曇りが拭われて行く。信一は急に、今までの自分が、直子に向けた欲望を卑下しすぎ、不正確な言い方しかできなかったように思われてきた。彼女との予期せぬ接触で暴発しかけ、一人舞台を演じさせられたが、本心を正確に伝えられたとは言えない。信一は、未練がましく上体を起こした。

「ようするに、抱きたいのは、相手がきみだからなんだ。きみでなけりゃあ、いやなんだ」

そう怒鳴るように言うと、信一は力つきて後ろに倒れ、惨めな自分を見まいとして目を瞑った。

自分が不器用に発した雑音のために、直子との間がこれまで通りにいかなくなるのが決定的に思われ、辛かった。

突然、温かい風が吹きつけてきた。と感じる間もなく、信一の躰の上に重いものがのしかかった。ひんやりとしてすべすべした何かが頬に触れている。目を開けたが、何も見えない。頭の下に組んだ両手が、縛られたように自由にならない。

「わたしも、こうしたかったの」

片方の耳許で直子の声が聞こえ、首から胸が締めつけられた。誰の鼓動か判然としない小走りの響きが、合わさった胸の間から四方に散った。

直子の唇が頬から口へ移ってきた時、自由のきかない信一の躰は爆発しそうになった。地面に押しつけられた頭の下でからみあったままにいる指をはずしたいのだが、自分の手なのにどちらが右や左かわからない。不用意に動き、せっかくとまっている甘い香りの蝶を逃がしたくない。

だがとうとうこらえ切れずに、信一は横向きになって直子の躰を回転させ、頭を浮かして自分の手を取り戻した。そして解放された喜びにまかせ、感情のおもむくまま直子の躰と心の上を辷らせた。

角のない弾力のある肩、ほっそりした腰、柔らかくて広い腹。おずおずと触れた胸も、目が眩むほど豊かに隆起している。信一は、喜びと満足のほかには、不安も迷いも雑念もなく、ただしっかりと直子を抱き、心の入口をふたたび捜し当てて吸った。

信一のクラス担任の小柳の見舞いを終えてN市の西にあるK病院を出たあと、信一と直子は、海を見ようと、海岸のすぐそばにある護国神社を目指して歩いた。

県庁の前を過ぎ、N大病院の脇の坂を登り、裏に回り込んでさらに西へ向かった。だんだん海に近付くにつれて道路が砂混じりになり、自動車が通るたびに砂埃りが高く舞い上がった。秋晴れの空から降る日差しが容赦なくふたりを焙り、起伏の多い道がどこまでも遠く続いている。

修学旅行の強行軍が悪い影響を与えたのか、担任の小柳が、持病の腰痛を悪化させてN市の病院に入院した。それを知らされた時、信一はすぐに、直子と一緒に見舞いに行こうと思いついた。期待していた修学旅行が、京都、奈良を駆け足で廻り、直子と一緒に過ごす機会がまったくなかったので、見舞いを口実にしたN市への小旅行は、その埋め合わせの好機に思われた。

ベッドに横たわり、おもりをつけて足を引っぱられていた小柳は、ふたりの顔を見て喜んだが、驚きの表情も隠さなかった。信一と直子の顔を交互に眺め、「あっ、そうか、うむ……」としばらく頷いてばかりいた。信一は、不安と照れくささが同居する思いで小柳の前に立ち、彼の顔に非難めいた色が浮かばないのを見て安堵した。

神社を包む松林は、静けさと涼しさをたっぷりと蓄え、海に沿ってどこまでも続いて奥深かった。枯れた松葉を積もらせた砂は、ひんやりとして心地良く、二人はしばらくその上に腰を下ろして汗が引くのを待った。

外の日差しが嘘のように林の中は暗く、風が木々の蔭から冷たく吹いてくる。樹齢の高い松は、天の大きな手で抑えつけられたように斜めになり、そのままの姿勢で枝を伸ばし、葉を繁らせている。すべての松が一様に海と反対側に幹を倒し、見る側が真直ぐでいるのが辛く感じられるほど窮屈そうだった。

「風がいつもと逆なのね」

直子に言われてみると、風防砂林の傾きとは逆から吹き、海の方へ向かっている。

「それで潮の香りがないのか」

信一は直子をうながして松林を歩き、神社の大鳥居近くにある展望台に登って、海を眺めた。風の向きのせいもあるのだろう、海は穏やかで、白波もたっていない。彼方の島影まで色調を微妙に変えて青々としている。空は一枚の青ガラスを張ったように筆跡ひとつないのっぺりした表面を見せて、頭上から水平線までを覆っている。

松林の切れた砂地をグミの木に似た灌木が隠し、その先が急に落ちて海になっている。子供の頃泳ぎに来て見た遠浅の砂地が広がる海水浴場の面影はない。コンクリートのテトラポットが海に並べられ始めている。波打ち際らしきところにも、その頭が覗いている。海辺まで行って弁当を食べるのを諦め、見晴らしのいい芝生の上で広げた。

石碑を建てるために切り開かれたらしい芝草の丘の中央に、黄褐色の三メートルほどのずんぐりした石が据えられている。まだ新しく、海に向いた面が垂直に切り取られて初々しい光を放っている。そこに『ふるさとは、語ることなし』という言葉が彫られてある。

信一はなだらかな傾斜に躰をあずけ、満ち足りた心と腹を休めながら、逆さに文字を仰ぎ見た。直子も横になる。「俺のふるさとって、結局今の町になるのかなあ」

小学校六年の時に引っ越してくるまで、信一は軍人だった父の転勤についてあちこちと動き廻り、終戦後も三、四回土地を変えた。今が一番長く同じ場所にいることになる。父親は部下の地元で土建会社を始めたものの、小さな城下町の閉鎖性で行き詰まり、仕事の本拠をこのN市に移した。いずれ住まいもN市にしたいと言っていた。

「どういう意味なのかしら、ふるさとは語ることなしって。今のわたしには素直に受け取れないわ」

白い喉を伸ばして喋る直子の上ずった声が別人のように聞こえ、強さを増した風に次々と奪われていく。

「お諏訪さまの境内にある芭蕉の句碑を見たことない？」

顔を空に戻した直子がいつもの声で訊いた。

「知らない。そんなものあったかな？」

「境内に入って太鼓橋を渡ってすぐ右側にあるの。とても大きい、でもこれとちがって黒っぽい陰気な石……」

明治二十六年に、教育者だった直子のひいおじいさんが主唱して、芭蕉が『奥の細道』でN市に入る前に通過したはずだから、と近隣の俳諧好きの有志とお金を出し合って建立したと直子は説明した。

『雲おりおり、人を休むる、月見かな』

直子が口にした芭蕉の句を、信一は初めて耳にした。だがかつて直子と歩いた夜の澄みきった月光を思いだし、なんとなく懐かしい気持ちになった。

「町では森口家を知らない人がいないし、親戚もすごく多いの。何をしてもすぐに噂になって蔭口がひどく、それが不思議に家の中に入ってくるのよ」

家老職にあった森口家の歴史を話したあと、直子は、すっかり没落したのに何かと注目されて、町にいるだけで気疲れがするの、とため息混じりに呟いた。口に出さないが、ふたりのこともきっと不愉快な噂になって耳に入っているのだろう。規則にうるさかった教頭の顔を思い出すと、信一までがため息をつきたくなる。どんな顔でふたりのことを受けとめたのか想像がついた。

小学校の時から、男と女が過度に意識されて自然につき合えない空気が強い町だった。誰かが消しゴムを落としたのを女の子に拾われ、オナゴに触られたのは使われねえ、と言って窓から投げ捨てたのを見て驚いたことがあった。中学生時代にも男女が連れだって歩くのはほとんど不可能だった。信一と直子も、グループで行動し、ふたりだけで会ったのは数えるほどしかなかった。

そんな不自由な空気の中で、不良と烙印を押されかねない危険をおかす直子の積極さが、信一には好ましかった。

不意に石碑の向こう側で声が聞こえた。はっとしてふたりは上体を起こして振り向いた。誰かが登ってくる。急いで立ち上がり、そんな自分たちに気付いて顔を見合わせて笑った。人影を避け、神社の向い側にある深い松林へ向かった。

松のまばらな新しい砂地に横たわって空を見上げると、空が色を薄め、かすかなうろこ雲の痕跡を浮き上がらせている。遠近感の乏しかった空が、急に高さと厚みを増し、砂地に貼りついている自分たちを小さく感じさせる。

「雲ひとつない空なんて、欠点のない優等生みたいだもの、好きになれないわ」

直子の言葉に、信一は、自分が非難されたのではないかと思い、ぎくりとした。信一の父親の誇りは、農家の四男坊に生まれながら、村始まって以来の神童と言われ、中学四年から陸軍士官学校に合格したことだった。

酔うとその自慢話をして、フランス語やドイツ語の演説を暗唱してみせた。幼い頃から信一はそんな父親に憧れ、自分も優等生になって父親に認めてもらいたいと望んでいた。

「中学では、わたしは完全な人間でなくちゃいけないと必死だったの。森口家の娘、同じ中学校の教頭の娘、しかもあの頃はまだ父を尊敬していたし、勉強はもちろん、運動でも礼儀作法でも、ミスは許されないと思いつめていたの」

直子は、ケガをした日の前夜も自分に課した勉強のノルマを果たそうと夜遅くまで起きていた……と自嘲的に言った。

「数学の選択はどうするの？」

しばらく雲の流れを追っていた直子が訊いた。

「まだ迷っているんだけど、やっぱり文科系にしようかと思うんだ」

信一は、ふと現実に呼び戻されて答えた。父親は、人気の高い工学部を勧め、できればそれに従いたいと思ってきたが、物理がどうしても好きになれなかった。

「わたし、理科系に決めたわ」

直子が起き上がってきっぱり言った。

「医学部へ行きたいの」

「えっ、医者になるの？」

信一も上体を起こした。両親と同じ教育学部へ進むとばかり思っていた。

「そう、医者になって、好きな場所で働くの」

どこにでも行けるわ、都会でも、僻地でも、アフリカにだって、と直子は、枯れた松葉を信一の腕に刺そうとしながら愉しげに語った。

信一は、自分の職業について、まだはっきりした考えを持てないでいた。理科系は無理のようだとようやく決心がついたものの、文科系へ進んで何になるのかまでは定まらない。

中学の頃、近くの貝塚の発掘の手伝いをした経験から歴史や考古学に興味があったが、新聞記者や教師という仕事もやり甲斐がありそうに思えた。しかし一番の問題は、まず、どこの大学へ入れるかだった。父親は官立でなければ大学でないと口癖に言い、しかも旧帝大を絶対視していた。信一もその影響を受けて、そういうレベルの大学へ入りたいと漠然と考えていた。

傾いた日差しを浴びて直子は、生命の畏敬という言葉を盛んに口にし、生命を守る仕事の大切さを説いた。夕陽に染められた直子の顔は、自信と意欲に溢れて燃え上がって見えた。信一は直子に圧倒されながら、緩みがちだった自分の生活を反省し、直子に後れをとらないためにも、もっと身を入れて勉強しなければ、と自身に言い聞かせた。

二

母親に揺り起こされ、信一は愉しい夢を破られた。

「また戸が開かなくなったよ、雪降ろしをしてちょうだい」

今朝で三日連続だった。

「まだ降っているのか、うんざりだなあ」

「きのうより多いみたいだよ」

六時を少し過ぎたばかりだが、母親は薄く口紅を塗り、身なりを整えている。横で寝ている弟の亮介を起こした。

「また？　眠いよ」

亮介が不機嫌な声を出して布団にもぐろうとした。こんなじゃ歩けないし、家が潰れてしまうよ、と母親が説得している。

「父さん、帰ってきてるんだろう？」

「いいから中学生なんだから、あなたがしなさい」

「また酔っぱらって寝てるのか。だらしねえなあ」

「オイ、亮介、起きて道つけだけでもしろ」

信一が少し大きい声を出すと、亮介は渋々上半身をのぞかせ、目をこすった。

何年ぶりかの大雪で、屋根から降ろした雪が軒につきそうなほどの高さになっている。雪明かりが窓から燐光を差し込み、家の中を冷たく浮きあがらせている。障子も襖も敷居にひっかかって動きが悪い。屋根に相当の重みがかかっているのだろう。湿った室内には酒臭い匂いが澱んでいる。雪が降り出してから、父親の酒量が増え、朝も顔を合わせないことが多くなった。

毛糸の靴下を履き、直子が誕生祝いにプレゼントしてくれた手編みの襟巻を首に巻いて、その上から雪おろし用に使っている旧軍隊のオーバーを着た。長靴をひもで縛り、重い玄関の引戸を三分の一ほど開けて、ようやく外に出た。

思ったほど寒くはない。湿り気のある雪が間断なく降り、視界を狭めている。昨夜つけた道は、臍の上まで積もった雪でもう跡かたもない。少し雪をのけ、物置の脇にできた雪の山から屋根にあがった。

スコップで軒の雪をすくって捨て、屋根の勾配に沿って巾一メートルほどの溝を作って行く。瓦を割らないように、雪の下に差入れるスコップを注意深く扱う。登るにつれて、投げ捨てる距離が延びて力がいる。てっぺんに辿りつくと、バランスをとるために南側の屋根に移り、対照的に雪を切る。適度の粘りけのある柔らかい雪が四角のままスコップに乗り、ふりしきる雪の空を飛んで行く。

見通せる近所の屋根の形がまちまちだった。分厚いまま放置されて潰されそうに見えるもの。昨夜遅くに済ませたのだろうか、さっぱりした軽そうな屋根。中途で止められ二重になったもの。遠くの二階屋では、ふたりがかりで降ろしている。自分の家が平屋でよかったと信一はしみじみ思った。

母屋の中ほどで、スコップが瓦をこすり、父親のいびきを聞いたように感じた。もちろん錯覚にすぎない。丁度真下で、いぎたなく眠っているのだろう。「だらしねぇなあ」と容赦しない亮介の声を思い出し、信一は胸苦しさを覚えた。以前ならば父親をそんなふうに言う弟をこそ容赦しなかっただろうが、見過ごしにしてしまった。

ここしばらく父親の存在感がなくなっている。雪が降るようになってからは帰る日が多いが、いつも酔っている。しかもその酔い方は、幼い頃の信一を感心させた愉しいものではなく、ただわけのわからない酔態だった。

フランス語やドイツ語の暗唱を数年間耳にしていない。英語を習い始めた時には時々教えてくれたものだが、亮介を相手には一度もそんな姿を見せない。物心ついてから亮介が目にした父親は、信一の記憶とは大分異なっているにちがいない。

柔らかい音を立てて、道路を挟んだ向いの屋敷の赤松の大木から雪が落ちた。その近くを亮介が道をつけているようだ。両脇に積まれた雪の間から頭が覗いている。信一は、残りを帰ってからするつもりで、母屋の半分だけきれいにして終えた。

汗に濡れたシャツを取り替えて居間に戻ると、母親が電話に出ていた。体調を崩していたが、今日あたりから仕事にかかれると思う、と電話機に向かって頭を下げている。母親が電話口で父親の仕事の弁解をする姿には慣れていたが、あからさまに嘘をついているのを見るのは気分が良くなかった。素早く食事を済ませて、家を出た。

雪は相変わらず北西風に乗って降り続いていた。風が強くなっている。城趾の堀に近づくと、横なぐりに吹きつけてきた。自動車は一台も通らず、誰かが歩いた足跡が一列だけついて、埋もれかかっている。そこを踏み外さないように歩いた。

地吹雪になる堀ばたの道は避ける方が賢明だが、時間までに直子の家の前に辿りつくためには最短距離を行くしかなかった。ここ一週間、直子とほとんど顔を合わせられなかった。

毎朝七時五十分に家を出る、と直子は約束していたが、信一が到着したのは、五十五分だった。直子の家の前の道には人影が見えず、雪が波打つように強くなったり弱くなったりして吹きつけている。まだそれほど遠くへは行っていないはずだった。早足で、細い一筋の雪道を歩いた。

大通りに出ると、少しの距離だが、アーケードがあり、雪のない石畳になる。急に足が軽くなり、気持ちよく踏みしめられる。信一は人を追い越し、ずんずん前へ出た。アーケードの終わったところで、紺色のオーバーを着て傘を持った直子に追いついた。

今日も雪降ろしで放課後にすぐ帰らなければならない、と信一が言うと、直子は雪のついた顔を歪めて、残念そうな声を出した。

「英語も遅れちゃうし」

二人で英語の本を読もうと決めて、すでに二冊を読み終えていた。春までにあと二冊が残っている。

「でも雪がひどいしなあ」

「今日で峠を越すって、ラジオで言ってたわ」

「それならいいんだけどな」

もし弱まったら図書館に寄る、と信一は約束させられた。

線路を越えると、人影の連なった田んぼの中の通学路が、一本の黒い蟻道のようにうごめき、その先が吹雪に隠されて見えなかった。全員が前屈みになり、先を行く人の足跡をそっくり受けついで前へ進んでいる。時折、踏み外したらしい深い穴が道の脇に開いて惑わせた。信一は直子をかばいながら、慎重に足許を確かめて歩いた。

直子の予言通り、午後から雲の色が薄くなり、降ったり止んだりになった。除雪車の動きが目立ち、学校前の道も車一台分の巾ができた。

放課後には雲が切れ、久方ぶりに青空と太陽が姿を現わした。純白の地面で燃え上がり、目を焙って痛みを感じさせる。風までどこで閉じられたのか吹いていない。

暮れに完成した四階建ての新校舎の最上階から見ると、平野の真っただ中にある直径三キロほどの町並みが、白い肌にできた吹出物のように醜く視界を乱している。すべてがなめらかな白で覆われているにもかかわらず、街はうみかけた傷口のように崩れて厭な色を見せている。

だが雪道を渡って町へ入ると、雪の清らかさが面影を一変させているのに気付く。松やつげ、屋根も板塀も半分以上雪に埋もれ、町中が雲間からの光をふんだんに浴び、いたるところで無数の微小電球をばらまいたような白銀色の点滅を繰り返している。ほんのわずかな日数だが、一年中で最も明るくなる瞬間だった。この時だけは、城下町の陰鬱な本質が雪の下に隠される。

こんな素晴らしい日に、家の中にとじこもって勉強などしたくないと信一は考え、直子を誘い出すつもりで図書館へ急いだ。

図書館には、一階にいる女吏員以外誰もいなかった。塔のようなたて長の石炭ストーブが一階の書庫に一ケ所、二階の閲覧室に二ケ所音を立てて燃えていて暖かかったが、大きな机と木製のベンチが四列並んだ四十畳ほどの二階には人影が見えなかった。いつもは高校生で占領されているのに、珍しいことだった。信一は、ストーブの近くのベンチに横になり、直子がやってくるのを待った。

そっと頭を撫でられたように感じて信一は目を開けた。ほんの一瞬間目をつぶっただけにちがいない。そう思ったが、頭の方に誰かが坐っている。はっとして起き上がると、英語を広げていた直子がクスリと笑った。

「いつ、来たの？」

「三十分ぐらい前よ」

外を見ると、日差しが大分弱くなっている。閲覧室にはふたりだけだった。

「久しぶりに雪道を歩こうよ」

潜めた話し声をやめて、誘った。

「駄目。予定の勉強しなくちゃ」

直子はそう言うと、自分の割り当ての頁を開き、訳し始めた。医学部受験を決めてから、彼女のこういう態度が目立った。信一は、張りつめた顔で英語に向かう直子を盗み見しながら、ちょっと不満に思った。


四月に入って好天が続き、長い間根雪と雪解け水に覆われていた地面がいたるところで乾き始めた。

木立の蔭や北側の軒下にあった残雪もすっかり消え、たまり水を見せていた道は、薄い粘っこい土色の膜を窪みの内側に貼りつけて乾いている。土埃りが上がるのも、もう間もなくにちがいなかった。校庭のそばにある田んぼの苗代には、初々しい稲の苗が十五センチほどに伸び、薄緑色に輝いている。

信一は、校門の脇で自転車を停め、試験から解放されてほっとした表情で帰る新三年生の中に直子を捜した。

新学期が始まっていくらも経たないうちに、日曜日を潰して突然の実力試験があった。新任の校長の方針だった。毎月曜日の朝礼の挨拶も、勉強して良い大学へ入れ、とばかりを強調していた。学校の雰囲気が変わり、どことなく殺伐とした空気が強くなった。

春休みの最後の四日間、信一は、農繁期で人夫不足になった父親の現場を手伝いにN市の郊外へ行き、工場の基礎工事の土方をやった。その報酬で三月末に十七歳の誕生日を迎えた直子に、プレゼントを買ってやりたいと思っていた。

ところが新学期に学校で顔を合わせた直子は、ぎごちない寂しそうな笑いを信一に向け、放課後の図書館にも姿を現わさなかった。実力試験の終わった今日、ようやく廊下で直子を掴まえ、一緒に帰る約束をとりつけた。

直子が、野村と仲のいい石山景子と自転車を並べて走ってきた。いつも穏やかで変化の少ない景子の表情に比べ、直子の元気のなさがはっきりと浮き出ている。日蔭に入ったようなくすんだ顔が、小さくしぼんで見えた。

　直子が自転車を停めると、景子もちょっと足をついたが、信一を見て、すぐに「さよなら」と言って走り去った。信一は、直子をうながし、駅前の『山小屋』へ向かった。

　二度目の『山小屋』は、それほど悪い居心地ではなかった。今や最上級生になり、誰にも気兼ねせずに利用できる。人目につきにくそうな、中二階の席を見つけて坐った。

「進学のことでもめちゃったの」

　信一の問いに、直子が沈んだ声で答えた。家で医学部に行くつもりでいると表明したら、大反対されたという。姉と同じに教育学部に進むものと思っていたらしい。

　直子の家族は、中学校の教頭をしている父と郡部の小学校教諭の母、一年浪人してP大の教育学部に入って東京にいる三歳年上の姉、中学二年と小学六年の妹、それに家事全般を引き受けている婚期を逸した父の姉がいた。

　直子には姉のような浪人は認められないし、自宅から通学できるN大学か、寮と奨学金が保障される教育学部でなければいけない。下に妹がいて同じように進学させてやるとなると、六年も七年もかかる医学部の面倒はみてやれない、というのが父親の意見だった。

　あまり家や家族について喋りたがらない直子が、珍しく不満をあらわにした。

「姉には婿をもらわなければならないから別だけど、わたしや妹には、教師の免許を嫁入り道具にしてやるのが、精一杯だっていうの。いつだってわたしはこんなふうに扱われてきたんだわ……自分はあんな偽善者のくせに、教師が立派な仕事だとぬけぬけ言って」

話しながらだんだん激昂する直子の前で、信一はただ聞き役に廻った。医学部へ進学できるかどうかの一番の問題点は、成績だけだと思ってきたが、直子の家ではちがうらしい。両親が教師をして、このあたりでは一番レベルの高いはずの森口家がどうして娘の夢を閉ざすようなことを言うのだろうか。特別の理由があるのかと問う信一に、直子は口を噤んで何も明かさなかった。

まだ十時になったばかりだが、七月末の太陽が、火の粉を降らせるように信一の皮膚を焼いた。黒い甍から透明な炎が燃え上がり、土埃りはいつまでも消えずに熱を貯めて道に澱んでいる。死に絶えたように人影がなく、油蝉の声だけが町のいたるところから聞こえてくる。

盛土された道路の脇にある家々は、まるでうずくまった黒牛か泥亀のように身を低くして、強い日差しの中で真昼の眠りに就いている。自転車に乗っていると、目線が平屋の鬼瓦と同じ高さになり、信一は自分が並の大人以上の存在であるような昂然たる気持ちになった。

六月に最後の新聞を発行して引退し、全力で受験勉強に入ったはずが、信一は折角の意気込みを長続きさせられなかった。勉強のことさえ考えればいいという心の隙間に、自分を待ち受ける直子の面影が、侵入してきて気持ちを分断させた。

医学部志望を断念するように言われてから直子の生活態度が大きく変わり、図書館にもあまり姿を見せなくなった。週一度の約束の日に現われても勉強より読書の方が多く、成績も下がって、ずば抜けた存在ではなくなった。

ふたりで会っても、自然に志望校や将来の夢の話は遠ざけられ、人の噂や直子の読んだ本が主になった。いや、むしろ話より黙って抱き合うのが目的かもしれなかった。言葉が途切れたり、身を隠すのに相応しい場所を見つけたりすると、ふたりは互いに相手をまさぐった。今や直子の方が積極的とも言えた。信一は、最後のところまで進むのが恐ろしく、渇望しながらも踏みとどまっていた。

だが、夏期講習が終わった一昨日、信一は決意を固め、直子を真夏のピクニックに誘った。

直子は、紺色のリボンのついた麦わら帽子を手にして、西公園の木蔭で待っていた。白い顔が上気して赧らみ、ハンカチで額の汗をぬぐっている。自転車には水筒と弁当らしい小さな荷物がくくりつけられてあった。

「凄い暑さだねえ。こんな日に誘って悪かった」

「ううん、平気。家にいるよりずっと愉しいわ」

直子は、迷いも見せずにまるい顎の下に帽子のゴムをかけて、出発の準備をした。

花見道路と呼ばれている農道を二十分ほど走り、桜並木があるK川の堤防へ行って自転車を放した。

街では風を感じなかったが、堤では風道に立ちはだかったような涼しさがあった。かなり強く吹き、汗がみるみる引いた。左手には平野が隅々まで見渡せ、その真中に平べったい町並みが貼りついている。

穂を出し始めた稲はまだ緑色のまま頭を垂れて風になぶられ、遥かな地平線までつながっている。強く吹くたびに畦の鈴懸が揺れ、稲田も水のように風紋を作ってざわめいた。心地よい自然の香りがふたりの鼻先をかすめ、強い日差しをしのぎやすくしてくれる。

直子も信一も、いつもより快活に振舞った。童心にかえって尻取り歌で遊び、ジャンケンで負けた方が荷物を持って歩いたりした。

河床の水量は少なく、鮎釣りをする人影も見えない。両岸に続く桜の大木が、繁った枝を堤の上に投げかけ、風にゆったりと応えている。見ているのも見られているのもふたりだけという景色が、緑と日差しと風に包まれて、どこまでも続いていた。

いつもは滝が五本並んだように水を落としている水門が、わずか一門と魚道だけから流し、水音も静かで迫力がなかった。水量の少ない堰が小さく感じられた。白い手拭で頭を包んだ老人がひとり、木蔭で休んでいる。

五十メートルほどある水門を渡り、対岸に出て、昼食を取った。水位の下がった岸辺に雑草が繁り、その下にさら泥の乾いた跡がある。樹皮のむけた木の枝が、水中から差し延べられた腕のように水面に突き出ている。

食事後、魚が跳ねた波紋をぼんやりと追っていた信一の脳裡に、「今日こそは」と心に期していたことが、鮮やかに浮かんできた。時刻も場所もまだ万全の条件にはなっていない。しかしこの機会を逃したら、妄想に悩まされ続けるだけだ。決めた通りにしなければ。そう胸の中で呟いて、静まった水面に大きめの石を投げた。

直子も黙っている。来る時の陽気さを失い、寂しげに目を細めている。水の照り返りは苦になるほどではない。

「疲れたの？」

信一の問いかけに、直子は首を振って、ニコリとした。しかしどことなくもの憂い感じが漂っている。直子の周囲にだけ秋風が吹いているような心に沁みてくる表情だ。

「家がつまらなくて」

ぽつりと言い、しばらく間を置いてからいつかのように父親と家の不満を喋り始めた。思いもよらない話になったが、信一は気をそらさずに耳を傾けた。

「夏休みになって皆が家にいるから大変なの。大人って、どうして我を張るしかできないのかしら。以前は伯母と母のいさかいを父が母の肩を持ったからおさまっていたのに、今は逆だから深刻になっちゃう。母はかっとなる人だし、父は自分のことしか考えないし……」

直子は、「早く夏休みが終わってほしいわ」と言って、暑さにしんなりしている草をむしって放った。

「秋から出直すつもり。こんな町にも家にも愚図愚図していたくないもの」

珍しくきっぱりした声で将来について触れた。だがすぐに肩をすぼませ、父親の話に戻った。

「毎晩酔っぱらって帰って来て、校長にしないのはおかしいってくどくの。きのうは森口家の当主として面目ないって泣き出したりして、本当に耐えられないわ」

信一は、聞きづらくなって腰を上げ、「歩こう」と直子を促して、来た時と反対側の堤を上流へ目指した。

歩き出すと直子は少しずつ元気を取り戻した。並んでいる肩がぶつかると面白がって幾度も信一の肩を押し、土手の道から下へ落とそうとした。しばらくすると、中学の時に痛めた膝が苦しいと言って、信一の右腕にすがった。こんなに素直に甘えを表わすのは初めてだった。

出発点に近い、川が迂回して河原が広くなったところで、直子が休みたいと言った。信一はその前から適当な場所がないかと目を走らせていたが、迷いを断ち切り、斜面を下りて灌木の間の小道に直子を誘い込んだ。偶然、河原の中に出来た小さな丘のような隆起へ出た。乾いた砂と小石に覆われ、しかも周囲が低い木で遮られて本流の方だけが開けている。少し位置をずらせば、誰からも身を隠せる。一本だけ高く伸びたクルミの葉に似た木の蔭に腰を下した。

くっきり青空に浮きでていた入道雲が溶けかかり、空には夕暮れの気配が漂っている。しかし地表はまだ熱く、アブが時折飛んでくる以外は、虫も少なかった。水筒の水を交互に飲んだ。

「食べない？」

直子が鉛筆のように細いカリン糖を出した。信一はあまり食欲がなかったが、ふと思いついてつまんだ。きみも食べない？　と言って口にくわえ、直子の方に先を向けた。直子はびっくりした顔で信一の口にあるカリン糖を見つめ、やがてウィンクするように、片側だけに笑いを見せて顔を寄せた。両端から二人で齧り始め、最後に唇を合わせた。

三度繰り返した時、信一は我慢ならずに彼女を抱き、そのまま砂の上に押し倒した。直子は拒まず、信一をやさしく抱きとめていたが、どたん場になって頑強に抵抗した。信一は直子の腕を抑え、半ば暴力的に挑んだ。だが直子の粘り強さに根負けし、惨めな思いで彼女の脇にうつ伏せになった。

乾いた新聞紙を通して砂の匂いがした。大立ちまわりを演じたわけではないが、新聞紙がズタズタになっている。信一は、胸の下に数え切れない感情の破片を抱えて目をつぶった。

「いいわ」

直子の声が信一の首筋に触れた。信一は意味が摑めず、じっとしていた。やや掠れた声がして、直子の手が首から肩に移った。

「きっと、こうなるしかないんだわ」

驚いて念を押す信一に、直子は呟くように言い、緊張し顔をちょっと綻ばせながら目を合わせ、すぐに自分の胸許の方に向けた。信一は突如鳴りだした胸を気取られないように、静かに深く息を吸い、直子の肩を抱いて初めからやり直しをした。

信一は、雨だれの音に起こされ、寝過ごしたかと心配になって、腕時計を見た。まだ六時にもなっていない。

昨夜、興奮気味の自分に気付き、早めに布団を敷いて横になったが、直子との一日を幾度も思い返しているうちに、知らぬ間に眠ってしまった。時計を外し忘れ、夢も見ずに熟睡した。疲労は消え、頭が冴えざえとしている。

きのうの夕方、河原でわけのわからぬまま秘密の営みを終えたあと、直子はほとんど口を利かずに帰った。肩を尖らせてハンドルを持ち、蒼ざめた顔でペダルを踏んで、信一を振り切るように脇道にそれた。信一は、ついていってやりたいと思ったが、直子の家の近くで、家族の誰かに会ったらどんな顔をしたらいいのだろうか、と考え、気後れがして諦めた。明日の約束の念を押して別れた。

信一の方は満足感を抱いて家に帰り、入口に自転車を置いて、まだ開発されていない裏の道へ出た。夕焼けが西の空を染め、暮れ残った反対側の空が、暗い色調の青を際立たせて風を呼んでいた。信一は、疲れた踵を静かに運びながら、母親に悟られないように、予め自分の心で決着をつけ、平常の顔で家に入らなければと考えた。畑の中にぽつんとある小さな社の踏み段に腰を下ろして、初めての体験を振り返った。

長い間想像の中でうごめき、自分をつき動かそうとしてやまなかったものが、とうとう五感の封印を破り、実体となった。思ったよりも快楽は刹那的で、「こんなものか」と醒める部分があるにはあるが、それよりも、大人の世界に一歩も二歩も踏み込めたという感激と喜びの方がはるかに大きく自分を包んでいる。恥ずかしいはずの行為が、むしろ誇らしく、清らかに感じられるのも不思議だった。

だが、一晩明けた今、昨日の出来事が、妙にはかないものとして信一の脳裡に浮かんできた。何があったのか、その一部始終を思い出せるのに、自分のことではなかったような、はるか遠くの思い出に感じられた。あれほど感激したにもかかわらず、信一自身の中にはこれはと思う具体的なものが何も残らず、五感にも刻みつけられていなかった。たった一晩の雨と睡眠で洗い流されている。

伸ばした腕が、ひんやりした畳に触れた。水の匂いに混じって冷気が漂ってくる。今日だけは蒸し暑さから逃れられそうだった。信一は、傍らで屈託なげな寝息を立てている弟の亮介に背を向け、指で畳のスベスベした表面を撫でながら、昨夜の思考の続きを捜した。

一夜で印象が薄らいでしまったのは、肝心な自分の行為が、あまりに上滑りだったせいではないだろうか。余裕をなくし、差し網にひっかかった鮎のように、ただ先へ行こうとあわてふためいていた。新しい体験に向かうという喜びや確信を中途で見失い、脱出口を捜すように快楽の入口を求めて、何もわからずに全力疾走をしていた。そんな姿を、彼女はどう見、どう感じたのだろうか。そもそも本当に、目的を達し得ていたのだろうか。ただ彼女を求め、何も果たさないうちに、惨めに彼女を汚しただけではないだろうか。

顔をそむけるのが礼儀だと思い、後始末する直子を、見ていなかった。自分だけ満足して納得していたが、冷静に振り返ると、すべてが不確かなものに思われてくる。

もう一度、もう一度だけでいいから、直子を抱いてみなければならない。そうすれば、もっと巧みに彼女を扱い、もっと詳細にすべてを観察できるだろう。女や性について本当に体験したと言えるにちがいない。

信一は、そう振り返り、直子がこちらの物足りない気持ちを理解して、きっともう一度チャンスを与えてくれるだろうと、期待した。

約束の時間より早く、信一は図書館の二階の閲覧室に席を占めた。横のベンチの上にカバンを離して置き、直子の場所も確保しておいた。雨にもかかわらず、高校生が結構多い。新しい人が部屋に入ってくるたびに、胸をときめかせて顔を上げた。照れくさかったが、以前とはまったく質の違う親しみが加わった気がして、早く直子の顔を見たかった。

だが、約束を三十分過ぎても、一時間になっても、直子は姿を見せなかった。机の上に広げた英語は、同じページのまま放って置かれた。信一は我慢ができずに本やカバンを目につきやすいように並べて、席を立った。

雨は同じ強さで降り続けていた。階段から眺める門が、雨に打たれて小さく見える。そこを直子が歩いてくるのではないかと、信一は振り返り振り返り確かめながら下りた。靴ぬぎの傘立てに、直子の赤い傘があるように思って調べたが、別人の名前が白糸で縫い込まれてあった。

直子が来そうな道を辿って、家の前まで行った。墨色の板塀と黒いトタンのトンガリ帽子をかぶった木の門柱が、雨に濡れながら無愛想に立っている。その五、六歩入ったところに格子戸がある。

信一はとても中まで行く勇気が湧かず、人の気配の感じられない二階の直子の部屋を見上げて、また来た道を戻った。直子はすでに別の道から図書館についているところかもしれなかった。だが門が見えなくなるまで幾度も後ろを向き、赤い傘が出てきていないかと捜した。

急いで図書館に戻ってみたが、やはり直子はいなかった。ほとんど同じ三十人ほどの顔ぶれが、静かに机に向かっている。その間に腰を下ろしてみたものの、信一の居心地はよくなかった。なぜ、思い切って直子の家を訪ねなかったのかと悔やんだ。

まもなく二時間遅れになる。今から直子がやって来るとは考えられない。信一は決心し、直子の家へふたたび出かけた。

直子の部屋を見上げながら、何度も前を往復した。だがどうしても格子戸に手をかける気持ちになれなかった。これまで、直子を直接呼び出したのは、わずか二、三度しかないが、それはすべて中学時代だった。古い格子戸の薄暗い玄関口に出てくる、直子の伯母の悪意のこもった目付きがいやで、高校に入ってからは、外で待ち合わせたり、図書館の帰りに会ったりしていた。ましてきのうのことを思うと、とても顔を見せる気持ちにはなれなかった。

直子の家に電話がないのを、それほど不便だとは感じてこなかったが、今日は別だ。いや、もしかしたら直子の方から家に連絡があったかもしれない。そう思い付き、信一はすぐに離れ、図書館の荷物を取って、家へ帰った。だが、電話も伝言もなかったと弟に告げられた。

縁側に腰をついて、信一はぼんやりズボンの後ろについた泥水のはねを眺めた。直子に何があったのだろうか。やはりとんでもない失態を彼女に見せてしまったのだろうか。不安に嘖まれながら、指でズボンの泥を丹念に落とした。

三

図書館のいつもの席にカバンを置くとすぐに腰を上げ、信一は直子の家の前へ急いだ。昼前にもかかわらず、気温はまた三十度を越しているのだろう。ハンドルを持った手の甲に汗が吹き出し、陽に焙られながら流れ続けている。地面からも日が差してくるかのように、下へ向けた顔が熱気でむせかえる。まるで大粒の光が地べたではぜて燃えあがっているようだった。

直子の黒い家は、陽炎と光の雨の中に陰鬱に静止している。誰もいない。曇りガラスの窓には人影が見られず庭先にも人の気配がない。打ち水もなく、ただ乾いてじっと暑さを耐えている。昨夜までの直子の部屋には明かりが灯っていた。中にいるのは間違いないはずだった。それとも街へ買物に出かけているのだろうか。

自転車を走らせ、繁華街や目ぼしい場所を巡った。すでに今日で四日間、信一は直子の姿に出会う偶然を捜し求めて、空しい軌跡を描き続けてきた。直子を見失い、狼狽と惑乱に荒された信一の胸も、今では怒りと恨みの方が強い匂いを立てていた。なぜ理由も告げずに約束をすっぽかしたのか、無言の底に潜んでいる直子の悪意が、日に日にはっきりと透けて見えるように思われた。

たとえ侮蔑や絶交が申し渡されるのでもよかった。なにがしかの真情が直子の言葉や表情で伝えられるのならば、心構えのしようがあったが、突然の逃亡と拒絶は、心のごみ捨て場を掘らされるような、厭な感情だけを発見させて信一を苦しめた。

旧市街を幾度も回り、疲労と心の腐臭をたっぷりとため、汗まみれになって図書館へ辿りつき、入口の洗い場で水を飲んだ。石壁を割って突き出た鉄管の水は、金気臭い後味を与えながらも冷たく喉に滲みて生気を甦らせる。閲覧室に上がり廊下のベンチで弁当を広げた。

勉強もせずに何をしているのだ、と信一はふと自分を嗤いたくなった。だが嗤いながらも、直子に会うまでは勉強どころではない、と無為な生活を変えられない自分の軟弱さをそのまま呑み込んだ。今ほど直子が恋しいと思ったことはない。胸を詰まらせ、信一は味のしない弁当を慌ただしく食べた。

日差しが傾く頃、飽きもせずに直子の部屋の窓を見上げた。西日が窓で照り返り、中の様子は少しもわからなかった。色あせた木の窓枠が火のつきそうなほど赤く染まっている。すだれもカーテンもないすりガラスの向こうの日なたに、一日中坐っていられるだろうか。そう考え、信一はふたたび古い城下町の街の巡回を始めた。

平野の真っただ中の城は、深い堀と家並みで防御を図るしかなかったのだろう。迷路のように曲がりくねった道と古い家が、戦災にも遭わずに城趾を囲んで低い堡塁のように残っている。直線のまま二百メートルと続く道が一本もなかった。弧をえがいたり、袋小路になったりして、信一を何度も右に左に揺さぶった。

ふたたび駅前通りの繁華街へ戻り、ゆっくりと走った。バスがすれ違おうとして道路一杯に寄って徐行している。信一は自転車を降りて歩道へ逃げ、そのまま引いて下った。

町で一番早く信号のついた四辻まで来た時、直子を見かけたように思ってドキリとして足を停めた。逃げるのを恐れてこっそりと、角にある本屋を覗き込んだ。やはり直子だった。下の妹と一緒に本を買っている。普段と少しも変わった様子がない。信一は静かに自転車のスタンドを立て彼女を待ち受けた。

直子は、信一を見て足をすくませ、顔を赤らめた。だがすぐに躰をゆらゆらさせながら血の気をなくした。目を見開き、手に持った本の包みを胸の前で握りしめている。その手が小刻みに震えた。

「どうしたんだい、具合いでも悪かったのか」

知らぬ間に信一は詰問口調になった。溜っていた思いが吹き出し、信一の目をくらませる。

「待って……」

直子が叫ぶように言って後ろを振り返った。父親似の骨ばった顔の妹が直子の脇から信一を見上げている。

「あとでね」

直子は力のこもった声で短く言うと、妹の肩を抱くようにして信一の横をすり抜けた。そしてそのまま足早に立ち去った。信一は何も言えず、何もなせず、ただ呆然と二人を見送った。

窓を開け放した『山小屋』の中へ汽車の汽笛や目抜き通りを走る自動車の音が飛び込んで来る。店の大きな扇風機がゆっくりと動き、騒音と熱気を気だるそうにかき回して送り出している。外に比べれば、この人工的な風があるだけでもしのぎやすかった。信一は、汗を拭きながら、直子が現われるのをじりじりした思いで待った。

きのうひと目だけ直子を見せられて、信一は我慢の限度を越えた。今日の午後まで迷い、とうとう最も暑い時間に、禁じていた直子の家の戸に手をかけた。

恐れていたように、猫背の伯母が現われて信一をうさんくさげに見た。唇の上に鬼歯を覗かせて薄暗い玄関口の三畳間に立った姿は、まるで魔物よけの仁王のように感じられ、信一をひるませた。

「直子さんに会いたいんですが」

「あんた誰」

「高井と言います、クラスメートの」

クラスは違ったが、自分の立場について何か説明しなくてはならないと思い、咄嗟に浮かんできた言葉を口にした。

伯母は、眼鏡に手を当て、信一の全身を吟味してから奥引っ込んだ。教頭が出て来たら最悪だと心配していたが、家の中にいる気配がなかった。下駄箱の下に、小さな女物の靴が三足並べられている。

階段を下りる音がしたが、そのまま奥へ行き、誰も現われなかった。しばらくしてさっきと違う小さな軽い足音が階段の方から聞こえ、ゆっくりと直子が姿を見せた。白いブラウスにピンクの混じったスカートを着けている。笑うでもなく怒るでもない、曖昧な表情を見せて頷き、黙って玄関口から外へ出て戸を閉めた。

直子はすぐに下を向き、戸に寄りかかって動かなかった。信一は言葉もなく直子の横顔をみつめた。不意に、思いっきり抱き締めて、直子の脚をこなごなにしたくなった。忘れていた感触がなまなましく甦り、信一の自由を奪った。

ようやく口を開こうとした時、顔を上げた直子が言った。

「『山小屋』で待っていて、あとで行くから」

直子のあの強い声に押されて家を離れてからもう三十分近く経った。また気が変わって現われないのではないかと信一は心配になり、いつもあとで悔やむ自分が我慢ならなかった。

ドアが開き、直子が入ってきた。紺のスカートにはきかえている。信一は思わず二階の手すりから身を乗り出して合図した。顔を赤く火照らせた直子が、表情を殺して上がってくる。前に坐り、かき氷でいいかという問いに黙って頷いた。

「どうしたの？」

あらかじめ考えていた通りに、信一は喋る前にふた呼吸置いて、できるだけ穏やかに訊いた。

「わからないの」

直子は、自分の膝に目を落として言った。

「わからなくなったの、あの日以来……」

急に頭痛でもするように顔をしかめ、眉の上に鋭い傷を作った。

信一はその苛々した嫌悪の表情を見せつけられ、最悪の予想が的中したのかと不安になった。やはり余裕のない行為が直子を脅えさせ、男に対する厳しい感情を生んだのかもしれない。このまま、失望を与えたまま引き下がるのはまずい。もう一度チャンスをもらわなくては……。

信一は、口ごもりながらあの日の不始末を弁解して了解を求めた。しかし直子は何も言わず、頭を左右に振った。

手をつけなかった氷が崩れ、シロップと一緒にガラスの容器から溢れそうになっている。容器が結露して、テーブルの上に水溜りを描いている。

「俺を嫌いになったのか？」

言ったあとで、信一は胸に痛みを感じた。考えたとして決して口に出してはならないことを、不用意に、しかも飼い主を見上げる犬のような眼で言ってしまった。潰れた自尊心の苦みに顔をしかめながら、信一は深く息を吸って背筋を伸ばし、脅すように上から直子を睨んだ。

直子は、信一の声が聞こえなかったふうに、手にしたスプーンで氷をかき回している。落ち着き払った動作がふてぶてしく、敗者を前にした者のゆとりに見えた。

氷を食べた直子の唇が、濡れて眩ゆく光っている。つい先日まで信一を待ち受けていた心の入口が閉ざされ、分厚いガラスに囲まれたショーケースの中の宝石のように、手の届かぬところにある。信一は苛立ち、ふたたび屈辱を押して訊いた。

「どこが厭なんだい？」

そんなことはない、という否定を期待している自分の心の弱さを意識し、言い終わるや否や後悔した。だが耳はさもしく、直子の言葉を待った。

「わからないの」

直子の抑揚のない声が信一の鼓膜を突き、喉にまで通すような痛みを生んだ。

「何もかもわからないんだわ……」

直子はそう繰り返すと、焦点をぼかした目でテーブルのふちをなぞり、口をつぐんだ。

直子が遠くに坐っている。信一は、皮膚の下を冷気が辷り落ちるのを感じながら、直子を見失うまいとした。二人の間に透明な壁がそそり立ち、凹レンズのように互いを遠ざけているようだった。信一の言葉ははね返され、その一方で直子のわずかな言葉はナタのように簡単に手足をもぎ取ってしまう。どうしたらいいのだろう。このようにわけもわからないまま、五年も続いた初恋が終わるものなのだろうか。終わっていいものだろうか。

信一は狼狽し、後悔と懺悔こそが直子の胸をこじあけてくれるにちがいないと思い直して、もう一度直子にすべてを語ろうとした。だが直子は耳を覆って信一の声を遮った。

「お願い、やめて、惨めさしか残らなくなるから」

喉を詰まらせ、信一は顔を伏せた。直子の拒否の身振りが信一の額を激しく打った。

「しばらくわたしを一人にしておいて……絶対に家には来ないでね」

直子は冷たく言って立ち上がった。

何があったのかさっぱりわからない、と信一は重いペダルを踏みながら夕闇の道をさ迷った。直子の姿を捜しながら怒りに荒立った胸は今や小さく縮み、血を流している。

「何もかもがわからないんだわ……」

直子の悲痛な声がそのまま信一の声になって鳴り響いた。拒否されたという重い事実の向こう側にはただ深い闇が広がっている。隠しだてしたり、トリックを使ったりしたのではなく、直子が真情をぶつけているとわかるだけに、痛みは大きく、疑問の奥行きが果てしなかった。

自分が何か重大な失敗をしたのは間違いない。いつか寺島が言ったように、本当に好きな女が現われる前に、男はひと通り女について知っておかなければならないのかもしれない。寺島に反発した自分は、愚かのひと言につきる。

そう呟きながら信一は酩酊した自転車のように夜の街をのろのろと走り、後悔の黒い吐息を撒きちらした。


誰とも顔を合わせたくないと思っても、この暑い時期、図書館以外に行くところはなかった。ここならば知った顔を見ても、会釈だけで済む。信一は一番隅の、人に背を向ける場所を選んで坐り、勉強する振りをして一日を過ごした。

図書館の二階は、お盆を過ぎてから大分涼しい風が通り、勉強にもうたた寝にも快適さが増した。信一はたびたびベンチの上で横になり、沈み込むような躰の重さを耐えた。熱意や気力を入れた袋が破裂したように集中力が拡散して、自分の背骨を支えきれない気がした。白ペンキを塗られた天井板を仰向けになって眺めていると、直子の仕打ちへの懐疑と恨み、あるいはそんなことに捉われずに勉強しなければならないという反省と叱責の声が交互に仄めいては消えた。

「三無主義」という受験雑誌の標語が聞こえてくることもあった。無気力、無駄、ムラをなくせというが、自分はそのものの中に浸り切っている。このままの状態があと二週間は続き、九月の始業式まで立ち直れないだろうと他人事のように思った。

直子に拒絶されたばかりで、図書館にも腰を落ち着けられずにいた頃、信一は話相手を捜して、野村、小針、寺島とたずねて歩いたが、三人とも不在だった。野村は両親の墓参り、小針は東京の予備校へ行き、寺島はアルバイトの擅家回りで忙しかった。

結局一人で耐えなければならないと郊外にある寺島の家から戻りながら信一は思い、たとえ親友であろうと直子との経緯を詳しく語れるはずがなかったと、むしろ留守だった偶然に感謝した。

漫然と三十分ほど世界史の教科書を眺め、久し振りに勉強した気分になって、信一は早めに図書館を出た。自転車に乗ると、風に吹かれるように躰が漂い始め、ハンドルの向くまま、直子の家の前を過ぎて街へ行き、本屋に入った。文庫本の前に立ち、読む意欲を湧き立たせてくれるものがないかと背表紙に目を走らせた。

「高井くん」

親しげな声に、信一は直子かと期待して振り向いた。志水ハルが立っている。まるで『明星』か『平凡』から抜け出したモデルのように、しゃれたワンピースにパーマをかけて微笑んでいる。あざやかな色合いが心地よい香りを送ってくる。

東京から一週間前に帰ってきたのよ、と歩きながらハルが歯切れのいい言葉を喋った。東京の様子や私立大学の学生生活を、軽やかな語尾の響きで描いた。信一は喉の渇きを癒されるような気がして引き込まれ、自転車を押してハルと一緒に城趾の脇の道を抜けて、西公園へ行った。

あくる日、同じ本屋で待ち合わせて『山小屋』へ向かったが、店に近づいた時、ハルが突然気が進まないと言い出した。信一もほっとして同意した。

「裏の神社の境内にでもいきますか」

「虫が多いでしょう？　きのうの夜は痒くて大変だったわ。どう、私の家へ来ない？」

ハルの家は、下町でスーパーマーケットという最新式の大きな店を開いていた。逆方向だったが、強く誘われ信一は同意した。

荷台にハルを乗せ裏道を走った。スカートをまとめて足の間に挟んで横乗りになったハルが、躊躇なく信一の腰に手を回した。信一は拒否できずに黙ってペダルをこいだ。小さな穴や溝に入るたびに、ハルが声を上げて手に力をこめた。一年前に比べてほっそりしただけ、気持ちが軽くなったようにハルの振舞いが自由で大胆だった。

背後でハルがクックックッと笑い続けている。

「どうしたんですか」

「考えたら、おかしくて」

道で遊んでいた四、五人の小学生たちが二人を見上げ、そのうちのひとりが、「アベックだ」と叫んだ。他の子供たちが同じ言葉で囃したてている。

「東京じゃあ、デートは自動車なのに、ここは自転車の二人乗りなんだもの……」

「そんなぜいたくを言って馬鹿にすると……」

信一は、半分怒ってハンドルを蛇行させて振り落とそうとした。ハルはますます上機嫌に笑い、信一にしがみついてきた。

スーパーマーケットの近くでハルは自転車を下り、先に行っているから、と信一に入口を教えた。裏通りの駐車場の脇に倉庫とならんで自宅用の木の門がある。その左手にある非常口から階段を昇り、ハルの部屋へ案内された。

部屋は母屋から店の上にせり出して作られ、窓の真下に店のトタン屋根があった。それが向こう側の大通りまで読き、屋根の終わりに切り妻を隠す壁が立ち、周囲の視線を遮っていた。信一は、コンクリート造りだとばかり思っていた店が、貧弱な木造長屋なので驚いて眺めた。

だが信一にとってハルの部屋にいる自分自身の姿の方がもっと大きな驚きだった。応接間や居間に案内されるものとばかり考えていたが、いつの間にか女の部屋にいる。腰が落ち着かず、信一は窓につかまって外へ顔を向けた。

「さあ、ここに坐って」

ハルがサイダーとコップを文机の上に置いた。信一は命じられるままに窓を離れ、アップリケのある紺の座ブトンの上に腰を下ろした。八畳ほどの広さだったが、信一が弟と共用している部屋に比べて、柔らかい感じがする。まるでビロードの空間に誘い込まれたような生あたたかい感触がある。喉が渇き、甘く刺すようなサイダーを幾口も飲んだ。

低い唸り声のような音が響いてくる。店の冷房の音だとハルが説明した。どこからともなく伝わってきて躰を震わせる。机やタンスの上、窓の横にある人形やぬいぐるみが二人をじっと見ている。

信一はふとハルの一番変わったのは目の表情だと思った。はっきりわからないが以前よりも動きがあるようだ。

「そうかしらねえ」

初めて真顔を見せ、ハルは呟くように言った。

「わたしも、いろいろあったから。四月に上京してすぐに恋して、そして終わって……」

躰をこわしてここに帰ってきたけれど、退屈で死にそうだったわ。ハルは東京の学生生活の愉しさを語った昨日とは違い、しんみりと失恋の経緯を喋った。文机に肘をつき、顔を傾けながら横から信一に微笑んだ。その目が泣いたように濡れている。信一は不意に胸元にとび込まれたような圧迫を感じて動揺した。こんなに美しく、可哀相な人だったのだろうか。そう思った瞬間、無意識に自分の左手が彼女の方に伸びそうになったのに気付き、周章てて握り締めて唾を呑んだ。ハルは、上気した顔に微笑を強め、黙って信一の左手を取った。指を開かせ、手相をみるように自分の胸の前に置いた。だが、急に笑いを消すと、無抵抗な信一を強く引き寄せ、大きな吐息とともに畳の上に崩れ落ちた。ハルのしなやかな腕と躰が、倒れかかった信一をやわらかく受け止め、しっかりと抱いて逃がさなかった。

「会えてよかったわ、好きだったの……」

信一は囁き続けるハルに絡め取られ、何もかも忘れて欲望の底へ辷り落ちて行った。

日差しが傾いたとは言えまだかなり強く、自転車で乾燥した道を巡るのは決して愉しいことではなかった。

信一は、できるだけ蔭の中を通ろうとつとめたが、折れ曲がりの多い道は、汗の引かぬうちにすぐにハンドルを切って、西日に全身を晒さざるを得なかった。しかも今日は、ハルのところへ行く決心がつかないまま図書館を出発し、いつもと違う遠回りのルートを取った。

これまでの四日間は、ハルの指定した午後四時を待つために、同じように街を走って時間潰しをしたが、それは仕切り線で睨み合う力士の間に似た、程良い気持ちの高ぶりを与えてくれた。ハルは、渦の中心にいて、すべての思惑に目をつぶらせる強烈な光を放って信一を引きつけた。

だが昨夕、ハルの部屋を出る時、信一は満足感よりも訳のわからない物哀しい不快感が大きくなっているのに気付き驚いた。二回三回と逢瀬を重ねる毎に度胸がつき、ハルの前で自由に振舞えるようになっていたはずだったが、帰り際の重い気分の方は進歩がなく、むしろ心のケバ立ちが、より一層ひどくなっているのは確実だった。

ハルと思いがけぬ関係になった翌日からもう、ためらいに似た迷いがあったのは事実だが、ハルの魅力に比べれば、それは無視できるほど些細なものだった。消極的な気持ちは、ハルの家が近づくにつれて薄れ、ハルの目を見た途端にすべてを捨て去れた。ハルの溶けかけたような潤んだ目は、何か話さなければという意志を萎えさせ、信一の欲望をそそって引き回した。信一は、興奮の頂点にいる時のハルの目の変化とその美しさに驚き、それに取り込まれている自分を小気味良くさえ感じた。

しかし火の消えたあと、静まりかけているハルの目に出会うのは疎ましかった。鏡に映る自分の顔とみつめ合うような恐怖に襲われ、少しでも早くハルから離れたくなった。肌を触れ合わせて最も長い時間を一緒に過ごしているはずだったが、隔たりだけが奇妙に強く意識された。昨夕は、誤って砂を呑み込んだような辛い思いが、不意に喉元にこみあげ、慌ただしく帰り仕度をせざるを得なかった。

信一は、いつの間にかハルの家の裏道に辿りついていた。かなり遠回りをしたにもかかわらず、時計も丁度四時だった。信一は半ば呆れ、半ば観念してハンドルをしっかりとハルの方へ向けた。背後から西日が追い、黒い影が案内人のように先に立って導いている。それを眺めているうちに、心が固まってくるのを感じた。

日蔭の壁際に自転車を置き、門の脇から敷地に入り、素早く身を隠そうと非常扉を引いた。だが赤茶色の鉄の扉は、僅かな金属音を立てただけでいつものようには開かなかった。ノブを逆に回そうとしても同じだった。錠がかかり、胸を張って拒んでいる。信一は一瞬、自分の立場がわからなくなった。何のために人目を気にしながら開きもしない扉の前に立っているのだろうか。そう思ったが、すぐに、ハルに会わなければならないという考えに捉われた。建物を離れ、あちこちからハルの部屋の窓を捜した。敷地を出て、遠方からも仰ぎ見た。だが母屋の反対側にあってどこからも死角になっていた。

店には絶対出ないと日頃ハルが言っていたが、表通りに回って店の中を覗いてみた。奥の深い店は探しにくく、薄茶色の揃いのうわっぱりを着た中年の女が三人だけ客のあいだに見え、ハルらしい若い女の姿はなかった。信一は自転車に乗るのも忘れ、曲がりくねった道を歩いて帰った。

翌日も非常口は閉まったままだった。まるでハルが迎えてくれたのが夢だったように、鉄の扉は無愛想な壁に変わっている。信一はそれを確かめると、きのうとは違ってあっさりその場を立ち去った。やはりそうだったのか、と薄笑いを浮かべ、自転車をゆっくり漕いで街を抜け、農道に出た。

自分自身を踏み潰すような思いで、人影のない平野をただ一直線に走った。黄色く伸びた稲穂が首を横に振り、小さな乾いた笑い声を上げているように思えた。信一は、やはりそうだったのか、と幾度も呟いた。だがそれが何を意味しているのか、一言に絞って言い表すことはできなかった。たとえ浮かんだとしても口に出したくなかった。ハルが忽然と消えたという事実が、きのうよりもますますはっきりとした輪郭を見せて、大きな痼りのように胸に居座っていた。そこから湧いてくる苦い思いと安堵とが、躰中で混じり合って溢れ出てきた。信一は、誰に向けるともなく唾を吐き散らしながら進んだ。

Ｋ川の堤に辿りつき、草に覆われた土手の斜面に腰を下ろして膝を抱いた。

遠い町並みが半ば沈んで平べったく見える。人家の下半分が地面に隠れている。世の中から取り残されて埋もれかけているようだった。まるで自分そのものだ、肝心なことは何もできずに沈みかけている。そう信一は思い、いつまでも自分を罵倒していた。

四

九月の最後の水曜日、信一はいつものように学校帰りに図書館へ寄った。

裾の伸びた陽が窓から差し込み、中央の大机で反射している。空気が乾き、暑くも寒くもない心地よい風が吹いている。いかにも秋らしい日和だった。

町中の瓦屋根が光の波を立てて、信一に腰を上げろと誘っていた。だが信一は、この一ヶ月でようやく掴みかけた勉強のペースを崩したくないと考え、机にしがみついていた。たとえ街や郊外へさまよい出たとしても、心を寛がすより、直子へすり寄りたいという雑念にまどわされ、折角保ってきた程良い距離を失いかねなかった。

始業式の日、一ヶ月振りに姿を見せた直子は、日焼けした顔の多い中に白く目立ち、眼差しばかりでなく、全体が透き通るような清潔感に溢れていた。少し痩せて頬骨が高くなり、目の縁が翳って鋭さを増している。廊下で信一を見て目を伏せたが、防御した表情の奥で、何かが動いたのがはっきりと窺えた。信一は、見てはならないものを目にしたようにすぐに顔をそむけ、心の動揺を抑えた。会釈すら交わせずにふたりは擦れ違い、それきりになった。

信一は直子を思いながらも、諦めの気持ちが少しずつ定着するのを感じていた。ハルばかりでなく直子への未練や恨みも捨て去れるにちがいないと考え、なるべく過去を振り返らないようにつとめてきたが、受験勉強が何よりの救いになった。勉強中心の生活に変えようと心を砕くことで厭な思い出が薄らいでいった。

直子の教室だけが一階にあり、四階の信一が彼女に出会う機会は幸いにもそれほど多くなかった。偶然後姿を見かけた時など、信一の心は一瞬息苦しいほど荒立ったが、どうにか自分を失わずに済んだ。

「……高井くん」

低い声で二、三度呼ばれ、苦手の数学にとりかかったばかりだった信一は、誰だろうと後ろを振り向いた。直子が立っている。返事を忘れ、しばらく痩せ気味の直子をみつめたが、こらえ切れずに視線を落とした。直子が囁くように言った。

「外で待っているから来てね」

顔を上げた信一に微笑を残して直子は出て行った。信一は、直子の後ろから一本の道が自分の方へ延びてくるように思いながら見送った。

図書館の前の松の蔭に直子は立っていた。信一が近付くと、手にした小さな布袋を前に向き直った。白いブラウスに紺の制服を着た躰が、思いがけぬ圧迫感を与えてくる。信一は、自分自身の気持ちがつかめず、意味もなく視線を動かした。

何も言えずにいる信一に直子はもう一度微笑み、促すように向きをかえると、歩き始めた。図書館の林を抜け、垣根の破れたところから裏道へ出た。夕闇が漂いはじめた中学校のグラウンドへ通じる道を、どんどん先へ行く。

もうとうに下校時間が過ぎたのだろう。誰もいないグラウンド、人影のない古い校舎が、廃墟のようにふたりの前に横たわっていた。記憶の中の広大さを失い、視野のわずかな範囲にすっぽりと収まって黒ずんでいる。信一は並んで腰を下ろし、乾いてひびの入った地面を眺めた。

「どうしていたの、夏休みは?」

直子がグラウンドに向かって言った。信一は、すぐに答えられず、散って行く直子の言葉を追った。トラックの白線が切れ、雑草が気ままに地面を割っている。

「何をしたのかなあ……」

信一は、口どもった。

「あっという間に過ぎて、何が何だかわからなかった」

ほんのわずかな言葉だったが、後ろめたさが一緒に噴き出すのを感じて、信一は口を閉じた。

「わたしもそう……」

直子が寄りそうように言った。

「色んな気持ちに振り回されたけど、やっぱり高井くんがいないと寂しいわ」

直子は信一を窺うように顔を傾けた。その眼差しに目をやった信一は、受け止めきれずに下を向いた。何かを訴えるような、見る者をとろかさずにはおかないような色合いと光をたたえ、直子は信一をみつめていた。信一は惹きつけられ、だが同時に警戒と反発を感じて周章てて荒れた地面に注意をそらした。

すぐ脇で膝を抱いて媚びる直子は、信一が交際を諦めながらも秘かに思い浮かべ、心の中で日記に向かうように語り合ってきた直子とは、全くの別人だった。今一番遠ざけなければならないタイプの女のひとりにちがいなかった。誘惑と欲望に敗けるのはもう沢山だとばかり信一は思い続けてきた。

グラウンドに顔を戻した直子が、家庭の不協和音と裏表のある父親への批判をぽつりぽつりと語り始めた。寂しげな横顔から媚びが消えている。信一は少し落ち着いて話が聞けた。

「この間の模擬試験はどうだった？」

直子がこちらを向いて訊いた。信一は、目を合わせないようにして答えた。

「あまり良くなかったんだ」

夏休みの停滞が影響して、二十番ほど順位が下がった。有名国立大学に合格するには、常時五番以内に入っていないと無理だと言われていた。

「わたしなんて、それどころではないわ。心を入れかえて勉強する気になったんだけど、全然効果が表われない」

二年の時にはトップになったこともある直子の成績が凋落し、半分以下になっていた。集中力が戻らない、と直子は草をむしりながら言った。

信一はその所作を見て、救われた気持ちになった。昔のままの直子が甦っているように思われた。

「ねえ、また週一度会うことにする？」

なんでもないことのように、いやむしろ許可を与えるような口調で直子が言った。信一はすぐには返事ができなかった。

「どう？　いいでしょ？」

直子が信一の顔をのぞき込んだ。迷いも曇りもない真直ぐな眼差しだった。だがその周囲から誘うような燐光がやわらかに放射している。信一は、逡巡する気持ちを抑えて頷いた。そして付け加えた。

「まえみたいに英語を一緒にしようか」

暗くなった道を図書館から家へと走っていた信一は、ちょうど半分の距離に来て、自転車を降り、城趾の堀ばたを歩いて帰った。

最近いつも不機嫌な母親のせいで、家の中がどことなく落ち着かなかった。勉強もせずに考えごとをしていると、また何かいやみを言うにちがいなかった。きのうから突然再開された直子との交際について、気持ちを整理してから帰らなければならない。信一は自転車をゆっくり引いて進んだ。

日中には腐臭の立つ堀の泥が、夜の冷気に静められている。泥の発酵が止まり、カエルと虫の声が城の石垣に反響している。一本だけある外灯が鈍い光で中空に浮き上がっている。陽が落ちてからかすかに靄がかかっているのかもしれなかった。

信一は、昨日の、過去の行き違いなど意に介さない直子の態度を思い出し、こんなふうに何気なくふたりの断絶が埋められていくものなのかと考えたが、その一方で割り切れぬ思い、億劫がる気持ちが根強く残るのが気になった。とりわけ、ふたたび振り回され混乱させられるのではないかという不安が離れなかった。

来週から一緒に勉強しようと提案したものの、かつての罠に落ちずに勉強と付き合いを両立させ得るのかどうか自信がなかった。直子の蠱惑的に見えた態度が不安を刺戟した。そして何よりもやっかいに思われるのは、こうしてあれこれ思い悩まなければならないことだった。きのうからにわかに自分のリズムが狂い始めている。

堀を過ぎ、野球場の脇の細い道を抜けて、雑貨屋のある明るい道に出た。小さい頃よくお使いに来た店だった。客のいない店先に乳白色の傘をつけた裸電球が揺れている。それほどに感じないが、風が吹き始めたのかもしれなかった。店の前の道が広がったり狭まったりして光っている。信一は、自分の本当の心がどこにあるのかが掴めぬまま自転車に乗り、帰りを急いだ。

玄関に入るや否や、母親に奥の部屋から呼ばれた。声音がいつもと違っている。何だろうといぶかしく思いながら襖を開けた。

両親の寝室に使われている和室が荒れて見える。開けっ放しの和箪笥の前に母親が正座して信一を待っていた。蒼ざめて、ただならぬ顔つきだった。

信一を坐らせ、母親は大きく息を吸おうと肩を引き上げながら、その中途で止めて言った。

「お父さんの会社が駄目になったのよ」

父親の土建会社が倒産し、明日は債権者が家に殺到するだろう。今夜中に大事な物は運び出さなければならない。息苦しそうな切れぎれの言葉を、小刻みな呼吸の合間に挟んで母親はやっと喋り終えた。

「本当に？　どうして？」

信一は信じられずに、当惑して訊き返した。

「お金を持ち逃げされたのよ」

冬の大雪で工事が遅れ、除雪費用がかさんで資金繰りが大変だったところへ、将来に不安を感じた共同経営者の部下が、辛うじて集めた金を持ち逃げして破局に陥った。父親も万策尽きて身を隠し、行方不明だ。

そう語って、母親は堪え切れずに涙を流した。信一はやっと事態の深刻さが身に滲みてきた。

あわただしい夕食後、バスケット部の練習を終えて帰ってきた弟の亮介に手伝わせて、リヤカーに布団や日常生活に必要な物、勉強道具、それに母親が選んだこまごましたものを積み、町の西外れに急遽借りたかび臭い部屋へ運んだ。

三度往復してくたくたになった頃、空が少し明るくなってきた。

初めは遊び半分の気配があった亮介も、すっかり無口になり、リヤカーのあとをとぼとぼついてくる。信一が乗っていいぞ、と声をかけても、三度目の帰りには首を振った。

実感が湧かないという気持ちは変わらなかったが、その一方で、現実のことだと頷く気持ちも強くなった。意に添わぬ、予想に反する現実は起こり得るものなのだ。急に周囲と自分の皮膚との間に隙間が出来たように感じられ、信一はその感覚を奇妙な思いで眺めた。

家へ戻って、押し入れから残しておいた古い布団を出し、亮介と一緒に横になった。父親は顔を見せず、母親は一人で眠らないで荷物の整理をしていた。母親に命じられた時に、どうしてこんな事を、と仏頂面をした亮介も、布団の中で「夜逃げってこんなふうなのかな?」とぽつりと言ってため息をついた。

「大丈夫だよ、心配するな」

俺がいるから、という言葉をのみ込みながら、弟を励まし、長男の自分が何とか頑張らなければならない、と信一は自身に言い聞かせた。

重大な事態が進行していたこの五、六ヶ月の間、自分は何をしていたのだろう。一年の浪人は仕方がないという甘い考えに乗り、直子やハルとのつき合いに多くの時間を割いてきた。自分の足場がこれほど脆弱だとは考えもせずに、感情の世界でうつつを抜かしていた。そしてこの決定的な日に、また飽きもせず、直子とのつき合いに頭を悩ませて時間を潰していた。今、見事に恐ろしいシッペ返しを受けたのだ。

寝苦しい布団の中で転々と寝返りを打ちながら、信一は傾斜を辷り落ちるような墜落感に襲われ、自分を作り変えなければならないと幾度も布団に爪を喰い込ませて歯噛みした。

翌日、信一は学校を休むつもりでいたが、母親に強く言われて普段通りに登校した。

授業に身が入らぬまま過ごし、放課後すぐに帰ってみると、急に広さを変えた家の中には何も無くなっていた。信一が中学校の工作で作った折り畳み式のテーブルまでも持ち去られた。白い塗り壁や畳が、感光紙のようにくっきりと蔭だけを映している。鳩時計も茶箪笥も、家にあった時の長さだけを記して消えてしまった。亮介が修学旅行で買ってきた東山温泉の壁飾りが、色鮮やかに片隅に残っている。

母親が板の間に尻をつけてぼんやりしている。信一の足音に驚いて振り向いた顔が、正視できないほど無惨だった。

夕方、前の晩にリヤカーで荷物を運び入れた知人の小部屋に移った。

十月に入って以来、信一は腹痛に悩まされ続けた。みぞおちが苦しかったり、左の脇腹が痛んだり、まれに右の下腹部がシクシクして、盲腸かと心配したりした。

今一番苦しいのは、臍からみぞおちにかけてだった。原因はわかっている。空腹のためにちがいなかった。腹に始終空しさ、頼りなさがあり、腹の虫が鳴くというのが嘘でないのをいやほど知った。喉が渇き、水だけはよく飲んだ。

稲刈りがほとんど終わり、ハザ木が稲の壁になって、平野の見通しが悪くなっている。何気なく見過ごしていた実りの風景が皮肉っぽく迫る。

新しい借家の裏には豊作の稲田が続いているにもかかわらず、信一の家の米びつはいつも空だった。朝は少量のごはんを、以前は捨てていたみそ汁の残りかすと混ぜておじやを作り水増ししたが、それでも量が足りず、信一と母親が朝食を抜くのはしょっちゅうだった。たまに腹一杯食べたつもりになっていても、おじやは蒸気になったようにあっけなく腹から消えた。

伸びさかりの亮介には必ず弁当を持たせるようにした。だが信一にとって、バターピーナッツを塗ったコッペパンが最高の贅沢で、これまで二回だけ自分に奢った。今では何も塗らないパンを水道の水で呑み込むのさえ、おいしく感じられた。

田んぼ道を抜けて町を廻り込み、旧市内へ入った。下町のちょっと奥まったところに野村の叔母さんの小さな食堂がある。その二階に野村は住んでいた。

浪人せずに大学に合格さえすれば、必ず道は開けるから、と母親に励まされ、信一は大学受験を諦めないことにした。だがせめて春の受験費用だけでも稼ぎ出そうと考え、野村に事情を打ちあけた。秘密にしてくれと頼み、新聞配達ができないものかと相談した。野村は、希望者が多いから難しいけれど、俺も顔だから、なんとか頼んでみる、と言ってくれた。それから十日経った土曜日の今日、うまく行きそうだから、家に来てくれ、と廊下で野村にこっそりと声をかけられた。

揚げもののいい匂いが鼻から腹に滲みて、薄らいでいた痛みが強くなり、口中に唾液が湧きだした。昼を過ぎているが、店には四、五人の客がいる。勝手口に廻って、野村がいるか訊いた。

「二階へ上がんなさい、ちょっと前に帰ったようだから」

白い上っ張りを着た叔母さんが、関東出身らしい歯切れのいい言葉で言った。

「高井、来いよ」

上から野村が呼んだ。信一は、勝手口の左脇にある急な階段を昇った。

掃除の行き届いた六畳の部屋に、座卓が置いてある。

「どうだい?」

「なんとか落ち着いたよ」

「少し、やせたんじゃないか?」

「ああ、気苦労が多いからなあ」

「例の仕事が来週からできそうなんだ。中途半端だけど、中学生がひとり、やめたんだ」

「あしたからだっていいよ」

信一は、嬉しくなって、野村に礼を言った。月に二、三千円の収入というが、今の信一の家にとっては大金だった。これからはひもじさもいくらか楽になるにちがいない。月曜日に見習いをして家を覚え、翌日の十五日から一人で配達することになった。

「吸うか？」

野村が煙草を出した。手を出しかけて、信一はよした。

「まだ実感が湧かないんじゃないか？」

「いや、そうでもないんだ。自分でも意外なほど適応してるんだ」

「どのくらいになる？」、

「もうすぐ三週間だけど、三ケ月くらい経った気がするよ。でも三日前のことにも思えるし……」

「俺の時もそうだったなあ……」

野村は、薄っすらと髭のはえ始めた顎を撫でながら、窓の外に視線をやった。窓ガラスがきれいに拭いてある。四、五軒先の寺の境内の大木が視界の半分を埋めて、町の中心にいるような感じがしない。この町では、いたるところで寺に出会った。

「おやじさんの消息はつかめたの？」

顔を外に向けたまま野村が訊いた。

「いや、おふくろも何も言ってないし……もう当てになんかしていない、死んだと思っているから」

「そんなことはないよ、死んだらおしまいだ、どうであろうと生きていてくれる方がいいよ」

強い声で言って、野村は、信一に初めて自分の父親について詳しい話をした。

野村の父親は、東京のある官庁に勤めていたが、同僚の汚職事件に巻き込まれ、心労から持病の喘息を悪化させて急死した。病弱だった母親も間もなくあとを追い、野村と妹二人は、親戚に引き取られて離ればなれになった。

突然の死を自殺と誤解し、汚職の黒幕でないかと無責任に報道する新聞もあったらしかった。

「そうだったのか」

野村に事情があるとは感じていたが、特に詮索しないできた。中学ですでにそんな試練を経てきたとは驚きだった。

「どう？　腹が空いていないか？」

「それほどでもないよ」

信一は、しばらく空腹を忘れていた。

「折角だから何か食べていけよ」

遠慮する信一を置いて、野村はうどんを作りに下へ降りて行った。

うどんに酔うはずもないと、陶然とした頭で考えながら、一滴の汁も残っていない空どんぶりを見るともなく見ていると、野村が下からお茶を運んできた。

「悪いなあ」

心から礼を言った信一に、野村は直子のことを訊いた。

「森口に何か言ったのか、すごく元気をなくしていたようだから」

「いや、忙しくてずっと会っていないんだ」

事務員の仕事がみつかるまでと、母親は病人の付き添い婦になって毎日出かけ、帰りが遅かった。信一が夕食の準備をすることが多く、学校の図書室で少し勉強する以外は、寄り道しないで帰らざるを得なかった。直子とは勉強の約束をすっぽかして以来、会う機会がなかった。むしろ避けていたと言うべきかもしれなかった。

「まだ、家を移ったことも話してないんだ」

「そうか、じゃあ、寂しいんだ」

「まさか」

信一は、夏休み早々、直子から遠ざけられたことを話した。

「どうして?」

「俺が悪いんだ、よからぬことを考えたもんだから」

何かは曖昧にし、未遂に終わったとぼかした。そして「大したことではなかったんだけどな……」とわざわざ付け加えた。

野村は驚いた顔を信一に向け、誰かに言い聞かせるように力を込めた。

「そうだろう。彼女は潔癖なんだよ」

「潔癖か……」

呟いた信一に、野村は二度書きするように同じ言葉を繰り返した。

潔癖という言葉の持つ語感は、確かにかつての直子に相応しかった。背筋のしっかり伸びた潔さと清らかさが直子の特徴だった。それがあったからこそ、信一は自分の好意と欲望と好奇心を思うまま彼女にぶっつけられたのかもしれなかった。

「そう、彼女は潔癖だったんだよなあ……」

確認した信一に、野村が言った。

「多分、彼女の親父さんのことも影響しているんじゃないか?」

「なんだい、それは?」

「知らないのか?」

直子の父親は遊び人として街では有名だ、と野村は言った。

「中学だからいいけど、高校教師だったら毎年の運動会で瓢箪池へドボンのクチさ」

信一の高校では、運動会の後夜祭のファイヤストームで、けしからぬ教師や人気のない教師がグラウンドの隅の瓢箪池へ投げ入れられるのが恒例行事になっていた。

野村は、信一が一度も耳にしたことのない教頭の酒と女のエピソードを語った。信一の家がよそ者のせいか、こういう噂話の類は何ひとつ入ってこなかった。

高校生になってから直子が急に父親への批判を強めたのは、これが原因だったのだろう。

「ところで、石山はどうなっているんだい？」

信一は、話題を変えたくなって、敢えて石山景子を持ち出した。

「えっ？」

半分笑いを見せながら野村はとぼけた。

「好きだったんだろう？」

「まあ、そうだけど……」

野村は窓の外に目を向け、夏休みの終わりにさよならしたんだ、と呟いた。K川の河原を歩き、これから勉強しようと言って、最初で最後の握手をして別れた。

「そうしたら、手を握った瞬間、パチッと音が出たんだ、電気が走るって言うのかな……」

これは別れてはいけないっていう合図ではないかと後悔したが、そのまま石山景子を見送った。

「だけど、あとで考えたら……」

感心して聞いている信一に、野村が色白の顔を崩して言った。

「店の発動機付きの自転車で行ったもんだから、静電気が起きたらしいんだ」

信一は、野村につられて久し振りの笑い声を上げたが、苦いものがこみ上げ、長くは続かなかった。

「お互い、今は好き嫌いなんて言ってられないものなあ」

「ああ、勉強して、稼いで、とにかく大学に入ってこのしけた町から脱出しなくてはな……」

笑いを消した野村が、これまでにない厳しい顔を見せて頷いた。

五

塗料の剝げ落ちた窓枠の向こうに、校庭の一部とそれに地続きの田んぼが広がっている。のび放題の雑草と玉砂利混じりの地面には、乱雑に植えられたツツジやツゲ、山桜、枯れかけた椿、そして名もわからない痩せた木々が、思い思いに空間を切り取り辛うじて庭の凹凸を演出している。強い風に、不ぞろいの技が乱された髪のように支離滅裂に絡み合い、ちぎれた葉を震わせている。

その背後には、切株だけになった田と、低く雲の垂れこめた空がある。まるで店仕舞いした早朝の市場のような荒廃が、あたりを包んでいる。

雨を心配するならば、早く帰った方がいいと信一はわかっていたが、ノルマを果たし、かつ直子と顔を合わせるのを避けるには、もうしばらくここで時を過ごすしかないと思い、留まっていた。

信一が初めてここへやってきた時、人を拒むような気配に、同じ図書館なのになぜこんなに違うのかと、居心地のよかった市の図書館を懐かしく思い浮かべたものだった。二年半以上も通学しながら、ほとんど利用する気が起きなかったのは、このせいだったかと納得した。

荒れた景色を三方の広い窓が、室内にたっぷりと取り入れ、その窓の下に巡らされた書棚は、古びて背表紙の破れたままの本を恥ずかし気もなく晒している。棚も、そしてテーブルや椅子や窓も、すべてが黄褐色の塗料のあばたを作り、不規則な濃淡を描いて、頭上の蛍光灯に照らされている。

だが毎日通っているうちに、だんだん慣れ、気にならなくなった。今ではむしろこの素っ気なさが、小気味良く感じられる。いつも同じ椅子に坐り、その日に計画した勉強をどうにか終えてきた。

新聞配達を始めて四日目だったろうか。夕食の準備に帰った信一は、家を捜し当ててきた債権者の砂利屋に捕まり、長々と厭味を言われ恫喝された。ただ頭を下げてあやまり通したが、とうとうその日は勉強が手につかなかった。それ以来、母親と相談してできるだけ外で勉強して遅く帰宅することにした。受験勉強のためには厭な役廻りを弟の亮介に頼むしかなかった。だが幸いなことに中学生を相手にするのは勝手がちがうらしく、債権者の姿がだんだん間遠になった。

信一が勉強の場所を変えたのは、自分の境遇にあわせてすべての点でけじめをつけたいという気持ちのためだったが、直子から姿を隠したいという思いも強い動機だった。時折、四階まで上がってきて教室の外を歩く直子を視野の隅に見ていた。

野村と話したあと、失われていくものと新しく獲得しなければならぬものが明瞭に浮かび上がってくるように思えた。父親や育った家が失われたように、直子もまた失わざるを得ない。そのかわり、敵対するように迫ってくる社会に押し潰されないだけの新しい力を身につけるしかない。直子にどんなに誘いたげな素振りを見せられても心を動かすわけにはいかない。誰であろうと今、気を許すことは、重大な戦いの最中に、無防備なスキをさらけ出すに等しい、と信一は自分に言い聞かせた。

とりわけ十日ほど前に新聞販売所で手にした地元の小新聞を読んで以来、直子に同情しながらも遠ざからざるを得ないという気持ちを強くした。

旧市街の中心部に僅か三万人ほどいるだけのちっぽけな城下町にもかかわらず、市長派と反市長派に分かれて抗争があった。反市長派が数ヶ月前から発行し始めた小新聞には、市政や派閥の様々な問題について批判記事が載せられていた。ところがその最新版で、市長派の重鎮と目されていた直子の父親のスキャンダルが取り上げられた。名指しではなかったが、数行読めば「M教頭」が誰のことなのかは明白だった。

徒士町の女給、教え子の母親、市長派某商店のお上、とイニシャル入りで三名の相手が挙げられ、直子の父親の破廉恥ぶりが糾弾されていた。

信一はそれを読んだ瞬間吐き気を催した。記事が嘘であろうとなかろうと、極端に誇張されているのであろうとなかろうと、小さく澱んだ町の中で、泥をかき回すようにし中傷し合う大人たちの薄汚い営みがたまらなく感じられた。これを知った時の直子の衝撃はどんなだったろうと推測した。だがしばらくすると、直子を含んだこの町全体が耐えられなく思えてきた。その新聞を教室へ持ち込んで、なぐさみにする同級生も疎ましくてならなかった。

自動車のエンジンの音が聞こえてきた。グラウンドで就職組の生徒が運転を習っているのだろう。今年から就職組に運転免許を取らせる方針が決まり、ナンバープレートのない中古の自動車が、グラウンドの隅に作られた臨時教習場を走り始めた。他の生徒は羨ましそうに窓からそれを眺めていた。

もし大学受験に失敗して就職することになったら、信一の計画は何もかもが狂ってしまう。免許もとれず、キチンとした就職口さえ残っているかどうかの保証もない。自分は絶対敗けられない戦いに臨んでいるのだ。信一はそう気持ちを引き締め、ふたたび自分の勉強に戻った。

五時を過ぎたところで、信一は参考書をカバンに仕舞い、帰り仕度をした。これから市の図書館まで自転車で走るのは、疲れた頭にとって丁度良い休憩になる。そのあと閉館の七時まで一時間半の余裕がある。幸い雨雲は、水をこぼさずに静かに頭上を流れている。

自転車置場へ行くと、部活動を終えた後輩たちが五、六人ひとかたまりになって騒いでいた。信一は、荷台にカバンをくくりつけ、自転車に乗ろうとして、誰かに呼ばれたように思った。他に人影はなかったはずだ。空耳だろうと無視して走り出した。とその時、視野の左隅に、いつの間に姿を現わしたのか、直子が立っているのが見えた。信一は周章てて、足に力を込めて逃げた。

踏切を渡って街まで走り、信一は今頃の時間まで直子が学校にいるはずがなかったと、影におびえた自分を笑った。だが、もし直子本人だったとしたら、これほど露骨な逃亡を前にして、どんな気持ちになっただろうと一瞬気がとがめた。

図書館に着いて予定の勉強に入り三十分ほど経った時、信一は喉の奥を冷たい水が流れたような感覚に襲われ、手にした辞書を机の上に置いた。気がつくと、さっきの人影は直子だったという断定が頭の中に居座っていた。気持ちが落ち着かず、英文が訳せなくなった。

こういう中断が最近の信一にとって一番の悩みだった。精神を集中して思考の糸を紡いでいるはずが、いつの間にか勉強とは関係のない糸を握っている。無為な時間が流れっぱなしになり、計画が進まない。将来を不安気に眺めている場合もあるが、ほとんどが直子にかかわる事柄を追っていた。直子と過ごした昔の一場面や、教室の外を歩いている髪の長い直子の後姿が浮かぶ。空想の中で直子を相手に様々な問題で一問一答していることも多い。

すべての面で、直子から遠ざかったにもかかわらず、ちょっとしたきっかけや思いがけない時に、直子の幻影が現われて気をそらさせる。そのたびに信一は心を引き締め、蛋を潰すように始末してきたが、邪魔される回数が減った証拠はない。むしろ最近の直子の動きから、それが増加する恐れが強かった。

早く予定に戻らなければと苛立ちながら信一は、机の上の英読本を手に取った。一センチほどの厚さの本の小口が黒ずんで三つの部分に分かれている。まだ読まれていない真っ白な三ミリと薄く汚れた六ミリと、濃く汚れた一ミリ。最初は中断ばかりしてなかなか先へ進めず、同じ頁を何度も開いたからだろう、手垢で黒くなっている。一番頁・数の多い薄く色づいたところは、境遇が変わって集中力が生まれ、勉強にはかがいったのを証明している。毎日五頁のノルマを一日も休まず続けてきた。

パラパラと質を走らせていた信一は、偶然開いた頁の最初の一節に目を奪われた。has been dead these few months… dead… 死んで数ヶ月になる……

信一はインスピレーションを感じて、本から顔を上げた。人影がさらに減った閲覧室に視線を漂わせ、窓の向こうの夜を眺めながら考えた。そう、直子は数ヶ月前に死んでしまった。あの直子は死に、自分の胸の中に僅かな残像をとどめているだけなのだ。直子のまがいものが騒いでも無視しなくては。

急に気持ちが楽になるのを感じ、信一は同じ言葉を反すうした。死という黒い板が幻影の湧き出る穴にきっちり蓋をしてくれるにちがいない。家を失った不幸に、直子を喪った悲しみも加え、それをバネにしてあといくらもない期間を突っ走るのだ。『亡霊』に出会わぬように注意してわき目を振らずに目的に向かおう。

信一は、焦点をぼかした目で闇に笑いを送り、自らの着想に満足を感じた。

紅葉した楓の木の下に、大きな芭蕉の石碑がある。昨日までの大雨に濡れて黒ずみ、直子のかつての言葉通りに、陰気な顔で立っている。それでも今は、弱い日を浴びた紅葉の華やかさに染まり、普段よりは明るい色をしているのかもしれなかった。

巧みな草書で俳句が三行に記されている。

『雲折々　人を休むる　月見哉』

直子に教えられていなければ信一はとても読めなかったにちがいない。だが最初に聞かされた時にはもう少し興味深く響いたものが、再読しても何の感慨も湧かなかった。むしろ石碑の土台の周りにころがっている、不揃いな石の乱れの方に、注意を引かれた。

信一は、木のベンチを離れ、碑の脇にある手水所から、ひしゃくで水をすくって一口飲んだ。十一月に入って冷え込みが強くなったが、久しぶりに晴れ間の出た今日はかなり暖かい。神社の中を抜けて、駅に向かう家族連れが多い。

直子に言われた時間をとうに過ぎているが、会うべきか会うべきでないのか決めかね、諏訪神社まで来て動けないでいた。これまで直子の『亡霊』を見まいとして成功してきたが、今日禁を犯したら、折角平穏に過ごしてきた心が乱れるのはあきらかだった。ますます大切なこの時期に、無用な苦しみと惑乱をふたたび味わなければならない。

しかしすっぽかしたにしても、昨日の顔つきからみて、直子が黙って諦めるとは思われなかった。明日も明後日ももっとしつこく信一を追いかけるにちがいない。

きのうの土曜日、信一はいつものように学校の図書室へ行ったが、臨時の休みのためにそのまま渡り廊下を戻り、下駄箱へ向かった。二日間降り続けだった雨がやみ、雲が山の方へ退いていた。用心して行くのをやめていた図書館で久し振りに勉強しようかと考えながら歩いた。

不意に下駄箱の蔭から直子が現われた。無防備な信一の前に立ち、真正面からみつめた。

「大事な話があるの」

直子の迫力に押されて、信一は逃げるのも忘れて、直子の言葉を待った。

「あしたの十一時に『山小屋』へ来てね」

人前も場所柄もわきまえずに大きな声を出す直子に、信一は後ずさってようやく外へ逃れた。直子もついて来る。腕を掴まんばかりに間近に寄り、建物の外壁に信一を押し付けて返事を迫った。痩せ気味だったが、透明感のある眼差しは変わりなく、思いつめたように光を強め、承諾を強要している。信一は繰り糸を引かれたように頷いた。直子の顔が少し和らぎ、ひきつったような笑いが浮かんだ。信一は正視できずに、彼女を脇へ押しのけた。

「きっとよ、きっと来てね」

叫ぶように言う直子を裏切れずに、信一はもう一度頷き、雨水の大きな水溜りを次々に跳びながら、足早に自転車置場へ向かった。

直子と二度と会うまい、いや目に入れることすらしまいと決意していた自分が、易々と彼女を受け入れたのが恥ずかしく、いたたまれなかった。しかも、心のどこかにそれを嬉しがっている弱い部分があるのではないか。信一は自転車を走らせながら、自分と彼女の両方を許せないと思った。

信一は、『山小屋』で苛立って待っているにちがいない直子を思い浮かべ、きのう一ヶ月半ぶりにまじまじと見た直子の変貌ぶりを反すうした。指で弾けば金属音でも聞こえてきそうなほど固い感じが全身を覆っていた。父親のスキャンダルをきっかけに、直子の家族が世間から浴びせられた好奇の目と嘲笑がどれほどだったのか、窺えるように思った。

こちらがどんな気持ちでいるのか、直子がとうに知っているのは間違いなかった。それにもかかわらず会いたいというのはなぜなのだろうか。信一は考え始め、だが周章てて打ち消した。余計な関心を抱いては失敗だ。ようやく死の虚構で塗り固めてきた防壁を崩されかねない。何も考えず、雨滴をはねのける壁のように直子の前に立ちつくそう。

信一はそれからさらに十五分ほど迷ったあげく、ようやく直子と向き合う決心がつき、腰を上げた。今回だけは何とか凌ぎ、決着をつけるのだ。だが、店が近付くにつれて、怒りっぽい直子が一時間も待たされて帰ってしまっているのならばありがたい、と弱気になった。

『山小屋』の入口脇に、見覚えのある直子の赤い自転車が置かれてあった。信一はあてが外れ、仕方なしにその横に並べて停めた。

お昼に近いせいか、店はかなり混み合い、直子は、テーブルがいくつもある一階の隅に坐っていた。背筋を伸ばした固い姿勢のまま、身動き一つせずに待ち受けていた。遅刻の非難も忘れて瞬きのない目で信一をみつめ、席に着くまで、ずっと同じ静止を続けた。

信一は、小さな声で、遅れたことを詫びた。直子は小さくかぶりを振り、「ありがとう」と言って目をしばたたかせた。大粒の涙が、乾いた薄い頬を伝い、膝に落ちた。直子は周章ててハンカチを捜し、信一は誰かに見られたのではないかと周囲を気にした。

信一のコーヒーが届くまで下を向いていた直子は、顔を上げると無理に泣き笑いのような表情を浮べ、「ごめんね」と謝った。

予想もしない直子の初めての涙を見た時、信一は危く決意を忘れるところだった。誘われて流れ出した昔の感情が、重い蓋を吹き飛ばしそうになった。油断できないぞ、と警戒を強め、できるだけ冷やかに応対しようと身構えた。

隣の席に二十歳過ぎの男の二人連れが坐り、直子と信一を無遠慮に眺めた。白ワイシャツに、似たような鼠色の背広を着ている。ノーネクタイで前を開けているのがだらしない。話しかけた直子は、男たちの聴き耳に気付き、語尾を濁した。

「出ましょう」

直子が思い切りよく立ち上がり、川の堤防へ行きたいの、と言って自転車にまたがった。まるで予定の行動のように、行き先に迷いを示さなかった。

落葉が降る中を、ふたりはつがいトンボのように連なって走り、水田地帯に出て車の少ない農道へ曲がった。切株だらけの田のあちこちで、藁や籾殻を焼く煙が湿った灰色で昇っている。黄色くなった堤防が、葉を落とした桜並木を支えて地平を仕切っている。まだかなり遠い。

直子が速度を落とし、ゆっくりゆっくりペダルを踏んだ。後ろについていた信一は、仕方なしに前へ出て並んだが、それでも直子のスピードは上がらず、合わせるのが苦労だった。時折、直子の前輪が轍に取られて大きく揺れ、信一にぶつかりそうになった。しかし直子は、笑い声を上げて騒ごうともせず、固い表情で口を閉じている。自分の方が誘いながら、この遠出を愉しんでいるようには見えなかった。

堤防近くに来ると、黄褐色に見えた斜面が、長く伸びた雑草の葉先のせいだとわかった。枯れた葉の根元にはまだ緑が残り、遠目よりも青々としている。桜はほとんど葉を落として、曇天に細い枝を這わしている。

堤防の道を上って古い木橋へ行き、自転車を引いて向こう岸へ渡った。水嵩を増した川が濁った水を丸太の橋杭にぶつけて渦を巻いている。橋全体が身もだえしているように揺れて不気味だった。遥か上流にかかっているコンクリート製の新橋が、ゆったりと頼もしく見えた。

橋を過ぎてからふたたび自転車に乗り、直子は下流へ向かった。信一が予想した通り、例の場所で停まった。

「この辺だったかしら?」

喫茶店を出てから初めて口を利いた。直子は先に立って、土手を川床の方へ下りた。長く伸びた草が倒れて、小道をほとんど覆っている。夏にふたりが通ったあとには誰も歩かなかったように閉ざされ、灌木の切れ目から向こうへはとても進めない。増水して、クルミに似た木の根元まで水浸しになっている。思い出の丘が、島のように小さく残って漂い出しそうだった。

直子が、ぬかるんだ水際に立ち、黙って眺めている。何を考えているのか、痩せた横顔は少しの手がかりも与えない。直子と島の両方が信一には見辛く映った。信一はそこを離れて堤防の上の自転車まで戻った。

わざわざこんな所まで連れて来た直子の意図が不明だが、信一にとっては近寄りたくない場所だった。直子を得損なったばかりではなく、二人の行き違いの出発点だとも言えた。

髪と紺色のスカートを風になぶらせ、直子はまだ川を見ている。風上に向いた直子の左側のシルエットが、なめらかな躰の線を浮き上がらせている。だが形を変える右裾の方は、まるで溶けかかっているようにはかなくはためいた。信一は、そのまま置き去りにできそうだと思いながらも、その一方で、今こそ手を差し延べなければならないと勝手に心が翻りそうな危険をも感じて、身動きできずに見守った。

水辺から直子が戻ってきた。足を取られてヨロヨロしている。斜面を登る直子に手を貸すべきかと思ったが、信一は、雨雲に覆われている山の方に視線を移して、気付かぬ振りをした。

直子が前に立ちはだかった。大きな目で信一を捉え、無言のままのぞき込んだ。信一は負けまいとして、見返し、だがこらえ切れずに僅かにずらした。その時直子の唇がかすかに痙攣して言葉が放たれた。

「どうしてわたしから逃げるの」

その思わぬ勢いに押され、信一の眼蓋が細かに震えた。

「嫌いになったの？　助けて欲しいのに……」

直子の顔が歪み、言葉が聞き取れなくなった。涙が溢れ、夥しい流れになった。いつの間にか信一の腕を掴んでいる。信一は、顔を上げて踏みとどまり、直子の頭越しに空を眺めた。雨雲の流れが速くなっている。また雨が来そうだった。

堤防の上の、車がほとんど通らない道だとはいえ、ふたりが公道の真ん中で抱き合った形になっているのはまずい。信一はそう考えつき、斜面を下りて、湿気のない場所に直子を坐らせた。直子は、信一が導く間も腕を離そうとせず、感情の揺れをじかに信一の躰に伝えてきた。

「ごめんなさい」

しばらくして直子は泣き止んだ。喋りながら無理に笑おうとする直子が、信一には辛くてならなかった。

「父のことを知っているでしょう？」

直子の問いに信一は声になるかならない返事を口の中で発した。

「どう思った？」

「びっくりしたけど……」

信一は間を置いてから渋々答えた。

「あんなふうに言葉にしてバラまくやり方も厭らしかった」

「そう？」

直子がほっとした思いを滲ませて頷いた。だが信一は、その横顔に浴びせるように言った。

「なおさらこの街のすべてが厭でたまらなくなったよ」

「わたしもそうよ。一日だってこの街で息しているのが耐えられないわ。家にも学校にもわたしの居場所がないの」

シラを切って仕事へ行く父親をどう考えていいのかわからないでいる。あれ以来、父親と一度も口を利いたことがない……と喋る直子に、信一は生返事を返したものの、ほとんど聞いていなかった。神経を目に集め、増水した水が繁みの間から岸辺を洗っているのを眺めた。土色に濁った水が小さく波打って、雑草を揺らしている。

信一は壁になり、直子の言葉を雨滴のように撥ね返しているつもりだったが、直子の悲しみと孤独が、水のように滲み透ってくるのを感じた。東京にいる姉やまだ幼い妹たちと違って、家の不幸を直子が一番鋭く受け止め、傷ついたのは間違いなかった。

深い穴の底へ直子と一緒に引きずり込まれるような感覚に襲われ、信一は身震いした。支え切れないほどの重さを受けて自分が沈みかけている。身じろぎしようとして、右腕が直子に掴まれたままなのに気付いた。

しばらく口を休めていた直子が、低い声で言った。

「二度も手紙を出したの……二度とも戻ってきてしまったわ」

信一は、その恨みがましい声が、救いの合図のように聞こえて、自分を取り戻した。直子から伸びてきた湿った蔦を切り捨てようと、全身に力を込めて厳しく答えた。

「九月に、親父の会社が倒産して、夜逃げしたんだ。親父は行方不明だし、残された俺たちは、喰うのが精一杯なんだ」

大学受験を諦めて就職しなければならないかと思ったけれど、一度だけチャンスを貰った。毎朝新聞配達をしながら寸暇を惜しんで勉強している。今は最後の追い込みで、三十分だって時間を無駄にできない。

自分の苦境を語れば語るほど直子を隔てられるつもりで、ことさらに強調した。直子の表情をうかがいながら、境遇の激変を繰り返し語った。直子は何も言わず呆けたような眼差しで聞いていた。信一が緩んだ直子の手から腕を外したのにも気がつかなかった。

今は自分のことしか考えられない。母親に一家の希望だと託された期待に応えるのが、自分の果たさなければならない役割だと思う、と信一が話している途中で、直子が何かを呟いた。凧の舞いを追うように顔を左右に動かし、独白した。

「わたしはどこへ行けばいいの？　たったひとりで……こんな町に残されるのは絶対厭なのに、どうしたらいいの?」

信一は、躰をずらして直子との距離を取ってきっぱり言った。

「どうしようもないさ、これが現実なんだから」

結局人間は、自分ひとりの足で立って歩くしかない。信一はことさら冷たく突き放した。自虐に似た満足感すら味わった。

顔を伏せた直子が、静かに肩を震わし始めた。両手で顔を覆い、全身に力を入れて何かに堪えている様子だった。不規則に背中が揺れ、手の間から嗚咽が漏れ、涙が滴り落ちた。信一は当惑し、目を背け、川や曇り空を眺めた。だが直子はなかなか泣き止まなかった。

膝を抱き、背を丸めた直子の姿に打たれ、信一はおずおずと手を伸ばして肩に触れた。その瞬間、直子は鋭く肩を振って立ち上がった。そして信一に背を向けて立ち、涙を丹念に拭き、髪を整えた。信一は飛ばされた腕をさすりながら、ゆっくりと躰を起こした。

「どうしたんだい?　……大丈夫?」

信一の問いに直子は答えず、信一を置いて斜面を登り始めた。足の運びは相変わらず遅かったが、しっかり踏みしめられていた。信一は命じられたように後を追って登った。もう一歩で土手の上に辿りつこうとした時、直子は足を停め、そのままの姿勢で言った。

「もういいの、わかったわ、先に帰って」

顔を見せなかった直子が振り向き、陰の濃い作り笑いのような微笑みを浮かべて見せた。目の縁が赤らんでいるが、恐ろしいほど奥深い冷たい眼差しだった。落ち着きを取り戻した声は、むしろ冷静すぎる印象を与えた。その揺るぎなさに信一はどぎまぎし、しばらく返事ができずにぼんやりしていた。

「帰って。ひとりにして」

横を向きながら直子が一語一語投げつけるように言った。

「うん」

信一は答えたものの、動き出せなかった。

「ねえ、早く」

苛立った声が信一の気持ちを押した。

「どうするんだい？　帰らないの？」

自転車のところで振り返って訊いたが、直子は川の方を向いて答えなかった。信一は自転車に乗り、ゆっくり走った。七、八十メートル離れてから停め、直子の様子を窺った。姿を隠していた直子が現われ、自転車の方へ歩いている。ほっとしてまた走った。

木橋まで来て、自転車を降りた。低い木の欄干、馬の背のように中央が高く、降り積もった土砂から雑草が生えている。自動車が一台通れるかどうかという細くて長い橋を自転車で走り抜ける勇気はない。信一は川下から直子の姿がだんだん近付いてくるのを確かめ、いつものように自転車を引いて渡った。

渡り終えて向こう岸を見ると、直子が橋のたもとで自転車を降りたところだった。少し待ったが、愚図愚図して渡ってこようとしない。自分がいるからかと信一は思い、自転車のペダルに足をかけて走り出そうとした。だが気になってもう一度橋を見た。

直子が自転車から離れ、左側の川下の欄干に近寄っている。橋のたもとの柱に手を当てて躰を支え、靴を脱いで、白いソックスのままヒョイと欄干に飛び乗った。そしてこちらを向いて立ち、欄干の上をゆっくりと歩き始めた。両手を広げてバランスを取り、白い足を鳩の首のように尖らして、交互に前へ出して、慎重に進んでくる。五メートル、十メートル。紺のスカートをまとわりつかせ、髪を風に流し、曇り空を背景に一歩一歩向かってくる。顎を引いた顔は、足許の微妙に歪んだ欄干を見据えて揺るぎない。

二十メートル、二十五メートルと過ぎ、直子は川の流れの上に差しかかった。はるか下を濁流が泡立っている。もし左側へ落ちたら呑み込まれてしまう。信一は、そう気付き咄嗟に自転車を投げ捨てた。そして痺れかけた手足を動かし、直子へ向かって全力で駆けた。小石に足を取られながら橋の中央部へ急いだ。

どうにか直子に届きそうになった時、これまでになく強い風が、橋全体を震わせるように川下に向かって大きく吹き抜けた。信一がそう感じた瞬間、直子の躰が大きく揺れ、ぐるりと左へ回り、はばたくように二度三度腕を振って、空に向かって飛んだ。

信一はとびついて腕を伸ばした。だが空しく風を切っただけだった。直子の躰は斜めに回転しながら落ち、泡立った土色の水面に呑み込まれた。わずかな水しぶきがあがり渦を巻いた。新しい渦がいくつもいくつも生まれ、その上を覆って流れた。

思いがけない遠くに直子が現われ、白い手と黒髪を覗かせた。渦に沿って半円を描き、蛇行し、もみくちゃになってもの凄い速度で去って行く。信一は震えながら欄干にしがみつき、ただ直子を見送った。

水嵩を増した川が激しく橋を揺すって流れていた。

〈了〉

田野　武裕（たの　たけひろ）

1944年三重県生まれ。東北大学医学部卒。

東北大学で研究生活を続け、77年退職。

その後は仙台市の医院に勤務しつつ創作活動を続ける。

本書に収録の「浮上」で1982年『文學界』新人賞受賞・第88回芥川賞候補。

84年発表の本書収録「艫綱（ともづな）」で第91回芥川賞候補、91年発表の「夕映え」で第106回芥川賞候補。

主な著書に『再生』『夢見の丘』（ともに新潮社）がある。

浮上（ふじょう）

2024年５月25日　初版発行

著　　者　田野　武裕
発行・発売　株式会社三省堂書店／創英社
〒101-0051　東京都千代田区神田神保町1-1
TEL：03-3291-2295　FAX：03-3292-7687
印刷・製本　大盛印刷株式会社

ISBN978-4-87923-251-9 C0093